聽見100%的村上春樹

Haruki Murakami and the Music of Words

Jay Rubin

傑・魯賓——著　周月英——譯

聽見100%的村上春樹　目次

致讀者

首先應該言明：我是村上春樹的書迷。讀他的書時，我知道自己會喜歡作者這個人。這本書是為其他對村上有類似感覺、想進一步了解他的生活及創作，卻受限於日語而無法如願的書迷所寫。

自我翻譯村上的作品以來，數年內收到讀者提出的各式各樣問題，這本書試著解答這些問題。此外，讀者在網路上的意見也是另一個寫作動機來源。這個取向也許會引起外界對學術客觀性的質疑，但我寧可認為，個人的學術經驗，有助於向自己及其他人闡明我對村上的感受，包括指出其創作上的缺失。偶爾我也會依據自己的詮釋，修改引述的譯文。這麼做並非故意要引起疑惑，而是為了讓讀者有機會一睹文學作品，尤其當代文學的翻譯是多麼充滿不確定性，正如我在附錄所詳述。然而我最大的期望，乃是與讀者分享我閱讀及翻譯村上長、短篇小說，得知它們產生過程時的興奮心情。如果我似乎快樂得有點得意忘形，敬請多多包涵。

Pintac ni derewohs, amat. *

傑・魯賓

* 譯註：此句意義請見第三章，頁一二三。

中文版序

撰寫本書時，我從未想過英語地區以外的讀者也會讀到這部作品。知道本書即將出版中譯本時，我甚覺驚喜與榮幸。

寫作本書的原始動機，是為了讓英語讀者多了解一些未見於英語的背景資料。村上作品的英譯本出版順序有點凌亂，英美讀者可能會誤以為，最近出版的英譯本即是村上的最新著作。同時，我也希望藉此讓讀者知道村上在寫作上的成長過程，並和讀者分享個人閱讀村上作品時的愉悅。

雖然最後才提及閱讀的愉悅，其實，這種快樂才是促使我以數年時間研究村上作品，並將其中數本譯成英語的最初動力。在這方面，我和世界各地成千上萬的村上迷是一樣的。即使我為這位作家及其作品寫下這本研究專著，還是沒辦法具體表達其他書迷和我自己對村上著迷若此的愉快感覺。他的小說充滿了自殺、橫死、絕望，以及「人生世事毫無意義」、「現實不過是個人記憶片段的總和」這類信念。儘管村上如此泰然自若地接受生活的空虛，卻也能在人生的荒誕中找到這麼多的幽默；而他決心不斷了解世界，以開放的態度面對日常生活的玄祕奧義，也因此才不致落入虛無主義或悲觀主義中。由於村上的虛無觀並不帶絲毫幻覺的成分，因此反而有提升的作用。

村上的作品十分誠懇，正是這點，吸引了日本、中國、韓國、歐洲、美國以及其他各地的讀者，尤其是年輕的讀者。期望中文讀者覺得本書有所助益，不管諸位同不同意我的觀點，冀望本書能促成更多關於村上作品的討論。

雖然不懂中文，但我相信本書翻譯定然十分精確嚴謹，因為譯者在翻譯期間向我提出了許多問題，在在顯示她是極為細心又要求嚴格的人。她指出了書中許多小疏漏，這些錯漏在中譯本皆已更正，未來英語版本再刷時，也將一併訂正。

傑・魯賓

寫於劍橋，美國麻薩諸塞州

二〇〇三年十月十九日

譯者的話

一、為顧及讀者查證核對的需要，書中引述村上原著的段落，多直接引用時報「藍小說」系列的中文翻譯。然而由於英譯版與藍小說版所本的原著不盡相同，加上每位譯者對原著的解讀或有差距，如遇英譯與藍小說中譯相差甚遠、藍小說譯文明顯有誤，或者因為版本差別而有明顯出入的文字段落，則以英譯版為主，將藍小說的引文稍予修潤。

二、本書原文及註釋有幾處誤植之處，經與作者核對確認後，已於譯文中予以更正。

三、本書原文中某些「即將」發生的事件，若翻譯時已確定發生者，則逕將原文中不確定的未來式語氣更改為已確知的資料。

四、《發條鳥年代記》第三部藍小說原作《刺鳥人篇》，英譯版作「The Birdcatcher」，日語原意則為「捕鳥人」，本書翻譯皆依此更改為《捕鳥人篇》。

五、《神的孩子都在跳舞》一書收錄的數篇小說，最初在日本連載時，系列名稱原為「地震之後」，集結成冊時則改以《神的孩子都在跳舞》為書名。藍小說版沿用此書名，英譯版則據村上之意，改回《地震之後》（*After The Quake*）。本書作者提及此書時，皆以《地震之後》稱之，中譯則沿用藍小說書名，稱為《神的孩子都在跳舞》。

六、註釋部分，為便於中文讀者查詢，譯者加入了中譯版出處，頁數皆以藍小說系列為準，標示則以藍小說編號代替書名。除已有中譯的書籍或篇章之外，英語資料保留原文不譯，日語資料則還原為日語，唯部分日語資料因年代久遠，無法查得原文，則保留羅馬拼音，以便利讀者查索。

七、本書原有「Pronunciation and Name Order」一章，乃作者為英語讀者解說日語發音及羅馬拼音規則而作，其規則皆以英語為基礎，故中譯本予以省略。

八、感謝翻譯過程中協助查核資訊、提出指正或給予建議的所有朋友。

前言

哦丹尼男孩，風笛聲聲在呼喚
穿過重重峽谷，越過層層峰巒
夏日已逝，玫瑰逐漸凋零
你就要離去，我只能等待
當你回來時，不論是盛夏
或山谷覆雪的寒冬
不論陰晴，我都會等著你
哦丹尼男孩，我好愛你

沉浸在這首愛爾蘭民謠的情緒裡，《世界末日與冷酷異境》「內在」的主角藉由音樂再度與他的心取得了聯繫。它激起內心的主角和「外在」世界的主角（也就是他有意識的自我）之間的共鳴。在村上春樹這本極富想像力的小說中，這是最動人的片段。[1]

村上極喜歡音樂，不論爵士、古典、民謠或搖滾等，音樂是他生活和工作的重心。他第一本小說的書名帶領讀者去「聽風的歌」，某家雜誌甚至整理了他作品中提及的所有音樂目錄，日後更擴編成一本專書。[2]村上經營爵士酒館七年，收集了六千多張唱片，而且還持續在添購。他經常參加音樂會或聆聽唱片，令人好奇他為什麼沒有成為音樂家——雖然在某方面來說，他已經是個音樂家了。他的散文重心就在其間的韻律，他悠遊於文字、音樂之中，領略個人風格的韻律和爵士樂節奏之間的共鳴。一如在美國加州大學柏克萊分校演講時，他所提到：

> 我的風格總歸來說就是這樣：首先，我只在句子裡放進真正必要的意義，絕不多放；其次，文句必須具有韻律。這是我從音樂，尤其是爵士樂學來的。在爵士樂裡，能容許即興演奏的節奏才是最好的韻律，這全靠基本工夫。要維持這種韻律，必須刪除多餘的重量，這不是說要變成毫無重量，而只是除去非絕對必要的重量。你得把贅

肉切掉。[3]

對村上而言，要進入潛意識的幽深處、觸及心靈內在恆久的另一世界，音樂是最佳良方。在自我的核心裡，有著我之為我的故事：一個唯有透過意象才能了解的破碎故事。夢境是觸及這些意象的重要通道，當我們清醒時，它們也常會在不經意間浮現，被意識短瞬間察覺，然後又倏忽潛回原來的地方。

小說家敘事的目的是為了帶出心裡的故事，經由某種說不出道理的過程，這些故事喚醒潛藏在每個讀者內心深處的故事。這是種奇妙的過程，微妙得猶如「似曾相識」（déjà vu），無法以言語道盡。在《世界末日與冷酷異境》書中，主角「內心」的故事（世界末日）裡，弱小的影子努力尋找他意識「外在」的冷酷世界，淋漓盡致地展現了上述的過程。

在這種富含音樂和故事的文學作品裡，可想而知耳朵扮演了重要角色。村上的許多人物都非常仔細照料他們的耳朵，他們幾近上癮地清洗耳朵，以便能及時接收到生活中無可預期、變動不定的音樂。《尋羊冒險記》中沒有名字的女朋友，到了續集《舞・舞・舞》則喚做「奇奇」（意即「聽」），這個角色擁有異常漂亮的耳朵，也具有近乎超自然的能力。對村上筆下的敘事者來說，耳朵也相當重要，因為他們大多數時間都在聆聽故事。

舉例來說，在他的第五本小說《挪威的森林》裡，主角渡邊曾經感嘆：「覺得好像是好長的一天。」[4]理由很簡單，這一天共占了七十幾頁的篇幅*，其間我們不僅看到渡邊的各項遭遇，也同時聽到一則很長的故事。滿臉皺紋的中年婦女玲子（三十九歲）告訴渡邊（和我們）她人生的故事：她年輕時夢想成為鋼琴家、精神疾病發作後這個夢想隨之破滅、結婚後康復了、女兒出生、重拾音樂生涯擔任鋼琴教師，最後卻遇見一個摧毀了她平靜心情的邪惡學生。

然而就在故事說到這個新轉折時，玲子發覺時間已晚而就此打住，讓渡邊和讀者懸在半空。渡邊恭維她是《天方夜譚》裡的莎拉嘉德，我們也期待著她故事的後續發展，這部分在原始版本的第二冊才出現。直到那時我們才知道，玲子被她年輕漂亮的女學生所引誘，重新建立起來的生活又被敲碎了，再度陷入瘋狂狀態的她才會來到這家療養院，講故事給渡邊聽。這是個令人著迷又悲傷的故事，一字一句都吸引著我們，這部分得歸功於敘事者每逢緊要關頭就會問玲子一些我們也會想問的問題。他對時機的掌握和領悟都很強，他的好奇心、敏銳度、領悟力和同情心就和我們一般無二！

村上熟諳如何說故事，也知道怎麼聽故事。他對說話者和聽眾之間意見交流的韻律十分敏感，而且也很清楚這種機制的運作過程，所以常能在虛構的場景裡將它重構出來。一九八五年時，村上甚至出版了一本短篇小說集†，宣稱裡面記錄的全是朋友或點頭之交告訴他的真實生活經驗，後來他承認這些全是虛構的。[5]《發條鳥年代記》這部塞滿了各種故事的小說裡，第三部出現的另一個角色如此描述說故事的過程：「我發現納姿梅格是非常練達的聽眾。她理解力強，知道如何適時加入應答和問題，以引導談話順利進行。」[6]

或許她是個好聽眾，不過讀者得先對她說的故事產生興趣，才能讓敘事者對我們傳達遠超出他經驗範圍的故事。村上的敘事者通常在自己的生活上顯得消極被動，但扮演聽眾時卻百分之百積極活躍，就像在《一九七三年的彈珠玩具》一開頭，敘事者形容他自己的片段：

曾經近乎病態地喜歡聽一些從來沒到過的地方的事。

有一段時期，雖然已經是十年前的事了，我每逮到一個身邊可能遇到的人，就一

---

* 譯註：中譯版共占五十一頁的篇幅。

† 譯註：指《迴轉木馬的終端》。

定追問他有關生長的故鄉，或成長的地方的事情。或許那個時代，像我這類主動去問人家閒事的人還極端缺乏，因此不管什麼人都親切又熱心地告訴我。甚至有些陌生人不知從哪裡聽到我的傳聞，也特地跑來告訴我他們的故事。

他們就像往一口枯井裡投石子一樣，對我說了形形色色的故事，而且說完以後每個人都心滿意足地回去。……我都盡可能認真地洗耳恭聽。[7]

雖然不是真的治療師，敘事者還是具備了溫和風趣的個性、令人心安的語調，以及同情共感的傾聽態度。村上曾告訴心理學家河合隼雄說：「聆聽其他人的各種故事對我來說很具療效。」河合回答道：「沒錯，沒錯，我們也是這樣。我們治療別人，同時自己也被治療了。」[8]村上早期作品裡「具療效」的調性，無疑是讓他迅速成名的要素之一。對剛要面對二十幾歲那令人驚恐的十年、離開穩定的學校生活但尚未找到安頓自己的生活方式的讀者來說，這些由一個二十九歲的過來人描述他如何熬過二十幾歲日子的早期作品，讀來就像生涯指南一般。

村上是個暢銷作家，雖然他的作品已經在十八個國家以十五種語言翻譯出版*，但主要銷量還是在日本。他的作品在東亞其他國家賣得特別好，書中冷靜疏離卻經常語帶諧謔的敘事者，似乎為生活在儒家嚴峻宗族制度下的讀者提供了另一種出口。舉例來說，二〇〇〇年十一月時，台灣有家書店的村上專櫃陳列了將近二十種的中譯本；某家報紙連續兩天推出村上專題報導，稱他是自明治時期夏目漱石[9]以來最重要的日本小說家，並且推測有一天他的肖像也會像夏目漱石一樣印在日本的紙幣上；此外，中文書市裡出現過的《挪威的森林》至少有五種譯本。韓國的村上譯本數量領先其他國家，共有二十三種、計三十一冊，包括一些不可能被譯成英語的短篇隨筆和旅行札記。

早在一九九〇年，日本便出版了八卷本的《村上春樹作品全集》，收錄他從三十歲開始出書以來頭十年的作品。村上五十三歲時，為數可觀的創作成果裡又增加了十本小說和非小說書籍。以他為對象的日語書籍大概是當時同類作品中唯一超過作者本身產量的了，除非加上剛剛沒計算在內的四十幾本隨筆、旅行札記，以及村上在「閒暇」時間從英語翻譯而來的成人和兒童讀物。全球各地由「村上春樹」列名為作者或譯者的新書，一九九九年內至少出現了二十二本，二〇〇〇年則有二十三本，這還不包括再版書籍。

＊ 編註：作者提及的紀錄以寫作本書當下時間——二〇〇二年二月為基準。

許多評論者（大多數都比村上的主要讀者群年紀大得多）認為村上作品的暢銷，不僅代表他的寫作有問題，也顯示整個當代日本文學都出了問題。西方的日本文學研究泰斗唐納德・基恩（Donald Keene）就很痛惜日本文學的現況，在論及一九九四年大江健三郎[10]以其「扎實」的小說獲得諾貝爾文學獎時，他曾說：「走進這裡的書店，除非是家大型書店，否則你根本找不到一本真正扎實的文學作品，現在的作者只會投合年輕讀者一時流行的品味。」[11]

對村上批評得最露骨的是向來善辯的日裔美籍學者三好將夫，他應和唐納德・基恩的觀點，說道：「（日本讀者）抱怨大江健三郎太難讀了。他們只迷戀製造速食娛樂的空泛寫手，包括所謂的『日本新聲』，如村上春樹和吉本芭娜娜。」[12]三好將夫表示，村上春樹就像三島由紀夫[13]那樣，為海外讀者專門提供量身訂做的商品。「三島展示的是異國情調的日本，強調它民族主義那一面」，而村上陳列出「異國情調的日本，強調的則是國際化那一面」。他「沉溺在日本，或者說得更精確一點，在他想像中外國買家想看到的日本風情裡」。

三好將夫認為村上是個玩世不恭的寫手，沒有隻字片語是出自靈感或者內在衝動這種舊式的創作動機。為了警告沉不住氣的學者不要太認真看待村上，他說：「只有極少數人會笨到想用力讀他的東西。」[14]

好吧，那就讓我們當個笨蛋吧。我們先來讀一段村上作品裡最富音樂性的故事：〈一九六三／一九八二年的伊帕內瑪姑娘〉。這篇文章開頭是一段歌詞，它的文意比常見的英語版更接近原來的葡萄牙語歌詞。[15]

一九六三／一九八二年的伊帕內瑪姑娘

高䠷黝黑年輕又可愛
伊帕內瑪姑娘走過來
走過來，宛如跳著森巴舞
冷冷地搖、柔柔地擺
怎麼說出我愛她？
啊，我想獻上我的心

而她每天走向大海
卻只顧望著前方，對我不理不睬

一九六三年，伊帕內瑪姑娘就這樣望著前方大海。而現在，一九八二年的伊帕內瑪姑娘，依然同樣地望著大海。她沒有變老，她被封閉在印象之中，靜靜地飄浮在時光之海裡。如果她會變老的話，現在應該也將近四十了。當然也可能不是這樣，不過她應該已經不再苗條、也不再曬得那麼黑吧。她也許風韻猶存，但可能有了三個孩子，肌膚也被陽光曬傷了。

但是唱片中的她，當然不會老。在史坦蓋茲天鵝絨般次中音薩克斯風的包覆下，她淡漠一如以往，永遠是那個輕柔搖擺的伊帕內瑪姑娘。我把唱片放在唱盤上，唱針一放上去，她的姿態立刻出現了。

怎麼說出我愛她？
啊，我想獻上我的心

每次聽到這首曲子，就會想起高中學校的走廊，暗暗的、有點潮濕的高中的走廊。天花板很高、走在水泥地上會發出咯吱咯吱的回音。北側有幾扇窗，但是因為緊靠著山，所以走廊永遠是暗的，而且大都靜悄悄的。至少在我的記憶裡，走廊大都是靜悄悄的。

為什麼每次聽到〈伊帕內瑪姑娘〉就會想起高中的走廊，我也不清楚，簡直沒有一點脈絡可尋。到底一九六三年的伊帕內瑪姑娘，在我意識的深井裡，投下了什麼樣的小石頭呢？

一提起高中的走廊，又使我想起綜合沙拉。生菜、番茄、小黃瓜、青椒、蘆筍、洋蔥圈，還有粉紅色的千島沙拉醬。當然高中走廊盡頭並沒有生菜沙拉的專門店，盡頭只有一個門，門外是個不太起眼的二十五公尺的游泳池。

為什麼高中走廊會使我想起綜合沙拉呢？這也一樣無脈絡可尋。它們只是湊巧碰在一起，就像一個倒楣的小姐發現自己坐在剛油漆的椅子上。

綜合沙拉讓我想起從前認識的一個女孩子，這個聯想倒是十分有道理，因為她每次都只吃生菜沙拉。

「你的、咯啦咯啦、英語報告、咯啦咯啦、寫完沒？」

「咯啦咯啦、還沒有、咯啦咯啦、還剩下、咯啦咯啦咯啦、一點點。」

因為我滿喜歡吃沙拉的，因此只要跟她見面，就那樣老是吃著沙拉交談。她是一個所謂信念型的人，她絕對相信只要均衡地攝取青菜，其他一切都會順利。只要每個人都吃青菜，世界就永遠和平美麗、健康而充滿愛心。聽起來像是「草莓宣言」似的。

「很久很久以前，」某個哲學家這樣寫道：「有一個時代，物質和記憶被形而上的深淵所隔開。」

一九六三／一九八二年的伊帕內瑪姑娘繼續無聲地走在形而上的熱沙灘上。非常長的沙灘，白色的浪花輕柔地翻著，幾乎沒有風，海平面上什麼也看不見，只有海的氣味，太陽非常熱。

我躺在海灘傘下，從冰桶拿出一罐啤酒，拉開蓋子。她還繼續走著，曬黑的修長身體上，緊緊貼著原色的比基尼。

「嗨！」我開口招呼。

「你好。」她說。

「要不要喝一點啤酒？」我試著邀她。

她有點遲疑，不過她終究走累了，而且她也渴了。

「好哇。」她說。

於是我們在海灘傘下一起喝啤酒。

「嗯……」我說：「我確定在一九六三年時看過妳喲。在同一個地方、同一個時間喏。」

「那不是很久以前了嗎？」她只微微抬起頭說著。

「對呀。」

她一口氣喝掉半罐啤酒，然後望著罐頭頂上的開口。那只是個普通的啤酒罐，上頭的開口也很普通，但是她盯著那個開口的神情，看起來帶有特別的意涵，好像整個世界都要跑到裡面去了似的。

「也許我們真的見過面。你說一九六三年對嗎？嗅——一九六三年……嗯，可能見過。」

「妳一點都沒變老。」

「當然啊，我是個形而上的女孩呀。」

我點點頭。「那時候妳根本就沒注意過我，老是一直望著海。」

「很可能噢。」她說，然後笑了。很棒的笑容，但帶著一點憂傷。「我可能真的一直看著大海，但也可能什麼都沒看哦。」

我又開了一罐啤酒，同時拿一罐給她。她搖搖頭說：「謝謝，可是我不能喝太多啤酒，我還得一直走下去哪。」

「腳底不熱嗎？」

「沒問題。因為我的腳底長得非常形而上，你要不要看一看？」

「嗯。」

她把苗條的腿伸直，讓我看她的腳底。那確實是美妙的形而上腳底。我用手指輕輕摸一下，既不熱、也不冷。摸到她的腳底時，傳來一陣輕微的海浪聲，連那海浪聲都非常形而上。

我閉上眼睛，一會兒之後張開眼，灌下了一整罐冰啤酒。太陽一動也不動，連時間都停止了，簡直像被吸進鏡子裡去了似的。

「我每次想到妳，就想起高中學校的走廊。」我說：「不曉得為什麼。」

「因為人的本質是複合性的啊。」她說：「科學研究的對象不在於客體，而在於身體所包含的主體。」

「哦！」我說。

「總之好好地活吧！活著、活著、活著，如此而已。最重要的事就是要繼續活著，我能說的就這些了。真的，就這樣而已。我只不過是擁有形而上腳底的女孩而已。」

然後一九六三／一九八二年的伊帕內瑪姑娘拍拍屁股上黏著的沙粒，站了起來。

「謝謝你的啤酒。」

「不客氣。」

偶爾，久久才一次，我會在地鐵遇見她。我認得她她也認得我，她總是送我一個「上次謝謝你的啤酒」式的微笑。自從那次以後，我們沒再交談過，雖然如此，卻覺得內心某個地方是相連的。我不清楚那個連結是什麼，可能是在某個遙遠的世界一個奇妙的場所吧？

我試著想像那個連結，在我的意識中，那個連結穿過渺無人跡的幽暗長廊，無聲地延伸下去。這樣一想，很多事情，很多東西都漸漸令人懷念起來。一定在某個地方，我和我自己也有一個互相聯繫的結存在。相信總有一天，我會在遙遠的世界一個奇妙的場所遇見我自己。而且，希望那最好是個溫暖的地方，如果那裡也有幾罐冰啤酒的話，就更沒話說了。在那裡我就是我自己，我自己就是我。主體就是客體，客體就是主體，兩者之間沒有任何間隙。一定在某個地方有這樣一個奇妙的場所。

一九六三／一九八二年的伊帕內瑪姑娘，如今依然繼續走在灼熱的沙灘上，直到最後一張唱片磨平為止，她會永遠不停地繼續走著。

在這則簡短、風趣，像首歌般的故事裡，我們讀到了失落與成長、記憶與音樂、時間與永恆、真實與潛意識的深淵等主題，並且憂鬱地渴望著某個特別的時空，那裡「沒有任何間隙」，我們可以全然地接觸到別人和自己。接下來我們會看到，這就是典型的村上春樹。

第一章

僕的誕生

京都曾是日本首都，期間長達一千多年（西元七九四至一八六八年）。事實上，京都市區目前的街道布局仍維持西元八世紀時的形制，市內也仍保有舊皇宮，以及構成日本宗教生活核心的眾多神社和佛寺。無數遊客前往京都，就為了尋訪在現時的首府東京裡已杳無蹤影的昔日根基。

一九四九年一月十二日，村上春樹誕生在這個歷史悠久的城市，在京阪神（即關西）地區的古代文化、政治和商賈傳統下度過童年，蹣跚學步時全家搬到大阪郊區的西宮市。村上說著當地方言長大，而且和地方人士一樣，不信任話語裡聽不到當地獨特語彙和柔軟口音的外地人。[16]

一般認為村上十足國際化，僅帶有少許日本風格，這顯示他已跨越了濃厚的家鄉情感。關西向來有自成一格的忠誠感，食物偏清淡帶甜的口味，而非醬油調味的菜肴；就學一定要上京都大學，甚至棒球選手也只有本地出身的投手村山實才值得一提。如今，我們已很難在村上身上找到這些痕跡了。村上的祖父是京都的僧侶，父親村上千秋也曾在家中經營的佛寺擔任過幾年住持。[17]不過，村上絲毫沒有傳承到尊崇古文物的家風，他既不信佛，也沒有其他宗教信仰。母親村上美幸是大阪商人的女兒，村上似乎也沒有承襲這一家族傳統。

村上千秋和美幸相識時，兩人都是中學日語教師。雖然母親婚後即成為全職家庭主婦，小時候用餐時，村上春樹仍經常聽到父母討論八世紀歌謠或古代的戰爭故事。村上春樹是獨子，他推測這可能是自己個性內向的原因。他記得小時候曾跌入小河裡，被沖到一個開口很寬的陰溝內，後來他將這次恐怖的經驗改寫成《發條鳥年代記》第一部第九章〈電的絕對不足和暗渠……〉。[18]

村上父母的管教一向開明，雖然嚴厲，大體上仍給予他很大的自由空間。[19]提起這段寧靜的鄉下童年，回憶所及盡是在山上漫遊、和同伴在附近海灘游泳的時光（海灘後來被填平，新生地作為都市開發之用，村上傷感地把這段故事記錄在《尋羊冒險記》）。父母還允許他跟當地書店賒帳買書，只要不買漫畫或無聊的周刊雜誌就行了。

在雙親的期望下，村上變成了嗜讀若渴的小孩，然而，他們鼓勵閱讀的開明政策卻可能引起反效果。村上十二歲時，全家搬到鄰近的蘆屋市（也是一個安適的住宅區），他們訂購了兩套世界文學叢書，每月寄達當地書店，村上的青少年時期就在狼吞虎嚥這些作品中度過。村上千秋或許期望每周日上午輔導兒子學習日語，培養他對日本古典文學的興趣，但村上春樹卻偏好斯湯達爾（Stendhal），進而喜歡上托爾斯泰（Tolstoy），更鍾情杜斯妥也夫斯基（Dostoyevsky）的作品。

近年來，村上開始讀起日本文學，但也只及於現代小說，不包括古典文學。從他一九八五年和福克納式風土寫實小說家中上健次（生於一九四六年，卒於一九九二年）的對談中可以明顯看出，除了中上健次以及官能文學大師谷崎潤一郎（生於一八八六年，卒於一九六五年）[20]的作品外，村上讀過的日本作家很少，尤其不喜歡三島由紀夫。[21]他曾說：「在整個成長過程中，我從來不曾被日本小說深刻感動過。」[22]

村上曾提及，在蘆屋市的初中生活，記憶所及都是挨老師打的場景。他討厭這些老師，老師們也不喜歡他，因為他不用功。他把不用功的習慣也帶到神戶高中，幾乎每天打麻將（很熱衷但打得很差）、和女生廝混、在爵士咖啡館或戲院混時間、抽菸、蹺課、課堂上閱讀小說等，但他的成績一直都不差。[23]

早年這種生活，很可能會使村上春樹淪為芸芸眾生中一個不起眼的人。他是出身寧靜郊區的好孩子，故鄉生活從沒留下強烈的影響。[24]儘管個性內向、愛好閱讀，但並未與世隔絕。他沒有明顯的嗜好或惡習，沒有特別著迷之物或專長；沒有殘破的家庭問題需要面對，或個人的危機創傷等待克服；沒有大貧或大富；沒有宿疾惡病，肢體也健全正常。換句話說，他完全不像其他敏銳善感的作家般，擁有乖戾扭曲的童年，需藉由寫作來為自己或整個世代療傷。然而這一路下來，村上卻成了執拗的個人主義者。在這個以加入團體為常規的國家，他始終避免被納入任何小圈圈裡。在日本，作家也可以選擇自己所屬的圈子，但村上春樹從來沒有加入過任何一個團體。

就讀神戶高中時，村上常在校刊上發表文章，此時他閱讀的偏好又多了羅斯·麥唐諾（Ross MacDonald）、馬克班恩（Ed McBain）和錢德勒（Raymond Chandler）等冷硬派偵探小說家，後來還包括卡波提（Truman Capote）、費滋傑羅（F. Scott Fitzgerald）以及馮內果（Kurt Vonnegut）。神戶是全球貿易重鎮，城裡有許多銷售外籍人士二手書的書店，價格只要日語譯本的一半，村上相當沉迷於此。他說：「最初會喜歡美國平裝小說，是因為發現自己可以讀懂以外語寫成的書籍。我不僅能理解後天學來的語文寫成的書，甚至還受到感動，這對我是種全然新奇的經驗。」[25]

這種語文當然就是英語。儘管早先曾對法國及俄國文學感興趣，但村上出生於美軍占領期間，在他成長的年代，日本雖已日益富裕，但仍對美國的財富和文化豔羨不已。他熱愛約翰和羅勃·甘迺迪的「美國傳統式」（American trad）穿著，看了電影《梟巢掃蕩戰》（*Harper*）十幾遍，就為了欣賞保羅·紐曼（Paul Newman）不拘禮節的西岸風格——要像紐曼那樣，才算得上懂得戴太陽眼鏡。[26] 愈來愈融入英美作品後，他已經不耐煩循序漸進地去學習語文，英語成績也始終只有中等而已。「那些老師要是知道我後來做了這麼多翻譯，一定大吃一驚。」[27]

另一個令村上著迷的是美國音樂。起初是搖滾樂，他是透過收音機聆聽貓王（Elvis Presley）、瑞克．尼爾森（Rick Nelson）和海灘男孩（The Beach Boys）的歌曲。[28]後來，聽過亞特．布雷基與爵士使者樂團（Art Blakey and the Jazz Messengers）一九六四年現場演唱會錄音之後，年僅十五歲的村上就經常把午餐錢省下來，以便購買爵士唱片。

村上對爵士樂及其他美國流行文化鉅細靡遺的知識，直接反映在他的作品裡，但並非藉此呈現沉重的象徵意義。由於在外國人密集的神戶度過青少年時期，因此當美軍撤守、日本逐漸與美國並駕齊驅後，許多日本人覺得新奇的異國事物，村上卻早就習以為常。谷崎潤一郎將拍立得相機視為西方頹廢的象徵；神戶出身的作家野坂昭如＊戰時歷經轟炸、靠著為美國大兵拉皮條過活，美國對他來說是個揮之不去的夢魘；[29]即使是比村上小三歲的小說家村上龍，由於在美軍基地附近長大，也被認定是占領時期心態的最後見證。[30]

相反地，提及滲透到當時日本社會的美國流行文化，村上往往被視為第一個全然接受的作家。他也被稱為第一個純正的「後—戰後時期作家」（post-post-war writer），最先拋棄戰後的「陰鬱沉重氛圍」，作品中展現美國化之後的全新輕盈基調。[31]與他同時代的讀者，在他書中讀到海灘男孩的歌詞，立刻覺得親切熟悉：他寫的既非異國文化也非外國事物，而是他們當年的生活寫照。[32]如果村上書中大量出現的流行事物代表了什麼，那便是他們這一代人對上一輩文化的拒絕排斥。

村上高中時期嗜讀的不只是小說而已，他還曾反覆閱讀中央公論社出版的一套大部頭著作——《足本世界史》，讀了不下二十遍。[33]雖然論者認為村上作品與政治、歷史無關，但其實他的作品大多細心安排了特定時期，整體合併來看，當可視為一套日本「後—戰後時期」的心理史：從一九六〇年代學生運動的熱潮、七〇年代的「大寒」†、八〇年代的賺錢至上，到九〇年代（可能）重現的理想主義。《發條鳥年代記》的時間雖然設定在八〇年代中期，故事卻一直深入到戰前年代，探索現代日本抑鬱的根源。短篇小說集《神的孩子都在跳舞》的時間點更是明確，六篇故事都發生在一九九五年二月，正好介於一月發生的阪神大地震和三月的東京地鐵毒氣事件之間。

村上對歷史的興趣，似乎部分來自他父親的影響。村上在接受採訪時一向相當隨和，唯獨不喜歡談論仍在世的人物，以免評論傷及對方，他尤其不願談論他的父親（我們可以

---

* 譯註：動畫片《螢火蟲之墓》原著作者。
† 譯註：指理想熱情不再而導致的冷漠疏離。

在他書中讀到不少叔叔、伯伯，但幾乎看不到父親的角色）。然而，專研亞洲政治文化的作家暨評論家伊恩．布魯瑪（Ian Buruma）在深具洞見的《紐約客》人物特寫中，卻成功突破了障礙：

> （村上的）父親戰前是京都大學的學生，前途看好，後來被徵召入伍，前往中國打仗。村上幼年時，曾聽父親提及在中國經歷過的駭人遭遇。他不記得詳細內容……，但記得聽了之後非常難過。34

此後，村上對中國及中國人的情感便一直十分矛盾。在他的第一篇短篇小說〈開往中國的慢船〉（一九八〇）裡，敘事者描述他對相遇的幾個中國人心懷歉疚的經歷，通篇語氣幽微但異常動人。這個主題在《尋羊冒險記》再度出現，書中觸及日本對其他亞洲民族犯下的暴行，而在《發條鳥年代記》中，描述戰爭的那些陰森恐怖場面，更是悲慘的極致。

如果說村上在校時討厭為了考試而念書，這種感覺在面對惡名昭彰的日本「考試煉獄」時便更為加重了。在教養良好的中產階級環境，他從沒想過要反抗整個體系，只是心不在焉地參加幾所名校的入學考，好讓父母高興。他選擇念法律系，以為自己有一點興趣，結果和大多數考生一樣，第一年落榜，成了「浪人」，等待第二年重考。一九六七那年，他大多時間待在蘆屋的圖書館念書（他說自己都在打瞌睡）。[35]

英語一向是入學考最難的科目，村上卻沒耐性研讀文法，反而一段段翻譯起自己喜歡的美國驚悚小說。不過，有本參考書引用了卡波提短篇小說〈無頭鷹〉（The Headless Hawk）的開頭段落，令村上有了新的感動。他說：「讀了那麼多冷硬派小說之後，這是我第一次接觸到純正的文學作品。」他找了一本卡波提的小說集，一讀再讀。[36]經過這一年悠閒的閱讀及省思，村上確定自己喜歡的是文學而不是法律，因此轉而報考東京早稻田大學文學部，也順利被錄取。

講了十八年的關西方言，村上原先擔心自己說不來東京的標準日語，結果他在三天內就運用自如了。他說：「我想我的適應力還滿強的。」[37]

剛就讀早稻田時，村上住在一處名為「和敬塾」的宿舍，這個經驗後來被大量改寫至《挪威的森林》。這是一家由財團法人經營的私人機構，宿舍蓋在林木茂盛、可俯瞰早稻田的小山頂。它並不專屬任何大學，住宿學生來自多所不同的學校。村上以喜劇筆法把它描繪成右翼傾向、偏愛名校學生，而且是「恐怖」的髒亂洞窟（最後這點和其他國家的所有男生宿舍似乎沒有兩樣）。學習日語的外籍留學生常會住到這裡來，但因村上對此地的描述很不友善，所以試圖到此追尋村上舊跡的外國人，不一定會得到禮貌的招待。《挪威的森林》的主角在東京的前兩年都住在這裡，村上卻只住了六個月後便逃到一間小公寓，好擁有他渴望的個人隱私。

村上表示，他和其他日本大學生一樣很少去上課。他說：「高中時，我不讀書；大學時，我是真的沒讀書。」[38]他不是流連在新宿的爵士酒館，就是到宿舍山腳下、早稻田附近的酒吧耽留。當年校園裡政治標語看板叢集，這些木製看板正好可用來扛抬昏醉到走不動的傢伙。有一次村上喝醉了，同伴抬著他沿著陡峭的水泥台階上山回宿舍時，用來扛抬的臨時擔架裂成兩半，他的腦袋重重撞到台階上，著實疼痛了好幾天。[39]

學生時代的村上也喜歡徒步旅行，他愉快地回憶露宿街頭以及在各地接受好心陌生人施捨食物的情形，很像《挪威的森林》主角在故事尾聲會發生的事。[40]

早稻田是一所以文學見長的私立學校，尤其是它的戲劇研究，可以一路回溯到早期的莎士比亞學者及翻譯家坪內逍遙（生於一八五九年，卒於一九三五年）。村上就讀早稻田戲劇系，但在就學期間，他從沒進過劇場，也不滿意上課內容。他比較喜歡看電影，希望成為電影編劇。然而電影劇本課程太無聊了，於是他開始把時間耗在早稻田著名的戲劇博物館，閱讀了大量電影劇本。他說：「這是我在早稻田得到的最寶貴經驗。」[41]他嘗試撰寫電影劇本，卻沒寫出半點讓自己滿意的東西。「我不再寫電影腳本，它不適合我的個性，因為從劇本到最後電影完成，得和一大堆人合作。」[42]長久以來他一直認為靠寫作為生應該很不錯，倒不一定要寫小說，不過發現電影劇本這條路走不通時，他二話不說就放棄了這個未成形的夢想。[43]

這段日子最讓村上滿意的是他生平第一次獨居，其次是碰見了幾個女孩——或者說某個特別的女孩。「我的朋友不太多，大學時只有兩個，一個是我現在的太太，另一個也是女生，我僅有的朋友都是女生。」

高橋陽子瘦削文靜，留著長髮，五官含帶笑意，具有難以形容的獨特魅力。她與村上春樹是一九六八年四月在早稻田同上的第一堂課裡相識的（日本的學年從每年四月開始），兩人沒過多久就開始約會。村上出身現代中產階級家庭，過去從沒遇過像陽子這種在老東京傳統工匠商賈街坊長大的人。陽子的父親是寢具師傅，祖上幾代都以此為業。她出生於一九四八年十月三日，比村上年長三個月。由於在校成績優異，父母曾送她到有錢人家女兒念的預科學校就讀，她卻一直難以適應。陽子曾向一個家境富裕的同學抱怨，說她到澡堂都得走好長一段路，她指的原是公共澡堂，因為當時她所居住的老街坊還少有人家備有浴盆。這位同學故意曲解其意，毫不掩飾地挖苦道：「哦，那妳家一定大得不得了！」陽子從此再也沒有提過這個話題。

兩人結識之初，陽子告訴村上她正和某人交往，不久之後，當政治風潮興起時，不管上課下課，他們都已出雙入對了。

如同《聽風的歌》的敘事者所言，一九六八年十月二十一日，當國際反戰日的盛大示威活動爆發開來，新宿車站及附近的火車、公車全部停駛，造成多人被捕的那個晚上，[44]村上應該就在新宿。小時候老師曾灌輸他一個觀念：像日本這麼貧窮的國家，差堪自豪的僅有，日本是全世界唯一在憲法裡宣示放棄戰爭的國家。在這種信念下成長的學生，因此將日本籌組自衛隊的「偽善」行動列為抗爭的中心議題。[45]（由美國主導的日本憲法第九條明定放棄發動戰爭的權力，這使得保守政府一直在廣大的反戰民眾，以及要求日本參與軍事行動的世界局勢之間左右為難。最著名的例子包括一九九一年的波斯灣戰爭，以及二○○一年九一一事件時的全球反恐怖主義聯盟。）

次年，早稻田的學生發起罷課運動，使所有課程停擺了五個月。後來學生還構築起防禦工事，然而集體行動的符咒卻對村上失效。他一向獨來獨往，不屬於任何政治團體。[46]

「就個人而言，我也樂見學校暴動，我也丟石頭、與警察對抗，但我覺得構築防禦工事以及其他有組織的行動『不純潔』，所以沒參加。」「光想到手牽手一起示威遊行就讓我毛骨悚然。」[47]幾個月下來，學運內部派系鬥爭愈演愈烈，讓村上益發感到疏離。他後來在《挪威的森林》中譏諷校園激進分子，其中一幕是兩個學運分子占領了教室：

高個子的學生發著傳單時，圓臉的學生便站上講台去演說。傳單以將所有事項單純化的口號寫著：「粉碎校長選舉的黑幕」、「全力支持新全國罷課運動」、「打破帝國—教育—工業的勾結」。我對內容沒有意見，但那文筆實在拙劣，既無信賴感，也沒有感動人心的力量。圓臉的演說大致也半斤八兩，老調重彈，只不過換幾個字而已。這些傢伙真正的敵人不是國家權力，而是缺乏想像力。[48]

沒有團體可參加也沒課可上，村上心想，沒事可做，就看電影吧。一年之內，他看了至少兩百部電影。

個人風格也滿麻煩的，「我的頭髮長到肩上，還留著鬍子。上大學前，我完全一副常春藤盟校學生的裝扮，但在早稻田這麼做可行不通。我並不在乎別人怎麼想，不過穿那種衣服真的沒辦法過活，所以我也採取了邋遢的造型。」[49]

一九六九年九月三日，校方召來鎮暴警察，結束了對峙局面。激動和理想主義的氣氛一夕之間瓦解，只留下乏味、徒然的可怕感覺。校方宣布全面勝利，學生毫無異議地屈服讓步。再看看《挪威的森林》：

大學並沒有那麼輕易地就「解體」。既然已經投下了大量資本，總不會因為少數學生一鬧暴動就瓦解了。事實上那些搞障礙物封鎖的傢伙們也不是真的想把學校解體掉，他們只是要求改革所謂大學這機構的主導權而已。對我來說主導權怎麼變都完全無所謂，所以罷課被制伏了，我也沒什麼特別的感慨。[50]

這個令人震驚的心境變化，是村上春樹和高橋陽子這輩子相當關鍵的經驗。[51]其後當村上著手將這個年代的歷史寫入小說時，必然會提及前後的時間：一九六九年的承諾希望，以及一九七〇年的寂寥貧乏。日本與其他國家的學運幾乎在同一時間內瓦解，正是這種近乎全球一致的失落感，緊緊攫住日本國內外與村上同一世代的讀者，也吸引了雖然未曾經歷過這些事件、但同樣悲嘆著生命中欠缺「什麼」的年輕讀者。《紐約客》專欄作家及文化評論家路易士・梅南（Louis Menand）寫道：「既然生命幾無例外地總是有所欠缺，於是每個世代均以其各自的方式感到失望……，也因而需要自己的反叛文學。」[52]舉例而言，《麥田捕手》深切掌握了幻滅的情緒，所以能夠不斷吸引新世代的讀者。

若說村上的作品和老一輩小說家三島由紀夫（村上最不喜歡的作家之一）之間有所重疊，那便是生命的允諾從來未能實現的感受。三島向來渴望生命具有配樂和大銀幕的豔麗色彩，他的作品過於耽溺（也很廉價）地追求所謂的崇高「美感」。村上則較像沙林傑（J. D. Salinger，《麥田捕手》作者），大體而言，他較貼近生活，不斷追問失去了什麼，或者說，他體驗到某種曾經帶有魔力的東西那曖昧不明的親密感。學運的崩解可說是村上這個世代初次嘗到空虛的體驗。《挪威的森林》描寫了這場失落了純真的歷史情境，以此而論，它是村上最「寫實」的作品。

一九七一年，村上和陽子都已二十二歲，兩人開始認真思考彼此的關係。他們都確定自己想和對方在一起，不只是住在一起，更希望有婚姻關係。村上的父母並不贊同，主要原因是不希望他娶京阪地區以外的人，更不希望他在還沒畢業、尚未依循「常規」建立起「正常」的事業之前就結婚。村上春樹卻十分堅決。相反地，陽子父親的反應完全出乎村上意料之外，他只問了一句：「你愛陽子嗎？」村上非常佩服高橋先生的明理，全無老派專制的作風。

十月，村上和陽子前往區公所登記，事情就此定案，平靜無波。唯一的問題是：他們要住哪裡、怎麼過活？這時候，高橋先生可能後悔當初考慮不周了——他們搬去與他同住。當時陽子的母親已過世，兩個姊妹也都不住家裡，於是全家就只有陽子的父親和這對新婚夫婦。[53]

至於村上父母這邊，兩人的婚姻造成了持續的緊張關係，不時讓陽子備感壓力。結婚前不久，他們曾到蘆屋探望村上的父母，陽子表示，當時她人雖清醒，卻陷入「金縛」（kanashibari）的狀態，四肢動彈不得——這種狀況國外很少聽聞，但在日本嚴格的社會制度下則十分常見。她什麼事都不能做，只能躺著等待麻痺消退後，才能到村上的房間找他。[54]

村上暫時休學，後來花了七年時間才拿到大學學位。他決定休學一年，也知道不能一直仰賴丈人過活。他想到電視台找份工作，也實際參加了幾次面試，但是「那些工作都太無聊了，我想我寧可開一間小店，自己做點像樣的工作。我希望可以挑選自己要的東西，親自動手做給顧客。唯一想到能做的事，就是經營一家爵士酒館。我喜歡爵士，也想做點和這有關的事」。[55]

婚姻違背父母的期望已經夠糟了，村上和新婚妻子還打算涉足酒館這種見不得人的「水商賣」*行業。當然，兩人並不會像村上父母所擔心的那樣，讓陽子在酒館擔任服務生，和醉酒的客人打情罵俏。如同其他爵士酒館，村上的店裡播放著震耳的音樂，根本無法交談；吸引村上開這家店的正是可以只聽音樂，不必太去招呼顧客。陽子的父親同意借錢給他們開業，但這「借」是要算利息的，這是他在明理之外，不好的那一面。[56]

為了替新生活做準備，村上和陽子白天到唱片行、晚上到咖啡館打工。村上在《挪威的森林》第六章以小說手法描述了他在唱片行的這段經驗。夫妻倆攢積了兩百五十萬日幣，相當於當時的八千五百元美金，加上跟銀行借貸了同等金額之後，一九七四年終於在東京西郊開設了一家舒適的小店。店名為「彼得貓」（Peter Cat），和村上飼養多年的寵物同名。正牌的彼得貓這時已經送到鄉下朋友家，以紓解大都市生活帶來的緊張壓力。當時牠大約九歲多，大概像《尋羊冒險記》裡那隻貓一樣虛弱無力。雖然不久牠就過世了，卻在村上夫婦的生活裡及他的作品中占有一席之地。他們家中有許多貓咪的圖片或玩偶飾品，他的小說也經常出現貓。例如在《發條鳥年代記》中，夫妻合養的貓走失後，牽引出

* 譯註：指夜生活、娛樂業。

一連串奇特的事件。「彼得貓」酒館內有西班牙式的白牆、木質桌椅，一點都不像《聽風的歌》以及早期小說中的傑氏酒吧。村上夫婦在這裡是完全平等的事業夥伴。[57]

攝影師松村映三是早年的常客，後來和村上成為好友。起初他對村上印象最深刻的是他不僅工作時全神貫注，當他利用空檔讀書時也同樣專注。這種奇特的執著，讓「彼得貓」顯得十分特殊：「時間猶如靜止，它是一間沒有窗戶的地下室，白天是咖啡館，晚上供應酒。在闇暗的燈光下，村上一邊放著爵士樂、準備飲料、洗碟子，一邊讀書。」[58]他把能找到的小說都讀遍了，不管是美國或其他地方的小說（譬如狄更斯〔Charles Dickens〕或巴塔耶〔Bataille〕）。「村上深信，如果沒有在酒館工作的那幾年，他不可能成為小說家。他有時間觀察、沉思，他相信『體力勞動是精神的支柱』。」[59]

村上表示，他的「觀察」中最有價值的，在於應付這麼多客人及助手的各種問題時，所看見的「活生生的人類」。「以我這樣的個性，絕不可能像經營這個地方時一樣，在充滿壓力的環境下接觸到這麼多形形色色的人。這是很有用的生活訓練，別無其他途徑可以獲得。」[60]由於天生內向，村上必須強迫自己扮演招呼客人的主人角色，但顯然他的表現不太成功。包括著名小說家中上健次在內的許多人都認為，他是徹底反社會的。[61]

酒館生意很好，全賴這對年輕夫婦所投入的大量時間。但為了要有自己的房子，他們仍舊必須辛苦地量入為出。短篇小說〈起司蛋糕形的我的貧窮〉（一九八三）讓我們得以窺見村上和陽子結婚初期，兩人和繼彼得之後飼養的貓一起住在東京一處不尋常的三角地的生活景況。這塊地夾在兩條火車成天絡驛不絕的鐵路之間，異常嘈雜，但也因為地段很差，他們才有能力租下這個透天小厝，不必因為財力有限而擠到狹窄的公寓裡。

「決定租下來吧，確實是吵了一點，不過我想習慣就好了。」我說。

「只要你說好就好。」她說。

「在這裡像這樣安靜不動，覺得自己好像真的結了婚，有了家似的。」

「本來就真的結婚了嘛！」

「說得也是。」我說。[62]

接著，陽子如期在一九七二年自早稻田畢業，而村上還得再讀三年。他利用閒暇時間完成了論文〈美國電影中的旅行觀〉，終於在一九七五年三月畢業，時年二十六歲。他沒有找正常的支薪工作（從反文化的角度來看，這太「墮落」了），[63]而是繼續經營酒館，每天準備店內的招牌菜——包心菜捲。因為做太多了，後來他看到這道菜就倒胃口。

一九七七年，酒館搬到市中心，店內裝潢將貓的主題發揮到極致：一隻巨大的柴郡貓對外微笑；每張桌子和鋼琴上都擺有貓咪玩偶；牆上掛著貓咪的照片和繪畫；插著楊柳枝的花瓶是貓咪形狀；火柴盒、杯墊、筷子包裝紙，甚至衣架上都有貓咪圖樣。一九七九年，一家愛貓人雜誌訪問這對年輕夫婦時，陽子穿的毛衣上面也織著「彼得貓」字樣和貓咪圖案。

切洋蔥及破碎的小說

村上在小說界嶄露頭角的情景，和書中的景況非常相似。根據村上在柏克萊的演講，事情是從一九七八年春天開始的：

我的第一本小說《聽風的歌》是在二十九歲時寫的，當時我在東京經營一家爵士小酒館。大學畢業後，我不想進企業工作當個上班族，所以貸款開了這家店。還在念書時，我就隱約有寫點什麼的念頭，但從來沒有真正動筆，開店後更沒再想過這件事，只是從早到晚聽爵士樂、調酒、做三明治。我每天都得切一整袋的洋蔥，因為這個緣故，我現在切洋蔥都不會掉眼淚。[64]那時我大多數的朋友都是年輕的爵士樂手，而不是作家。

一九七八年四月，有一天我突然想寫小說。那天的事我還印象深刻，當天下午我正在看棒球，坐在外野區，一邊喝著啤酒。體育場離我住的公寓只有十分鐘路程，我最喜歡的球隊是養樂多隊，當天他們是和廣島隊比賽。養樂多隊在一局下上場的第一棒是個美國人，大衛·希爾頓（Dave Hilton），各位可能沒聽過，他在美國籍籍無名，所以才跑到日本打球。我記得很清楚他是當年的打擊王，總之，投出的第一球就被他打到左外野，二壘安打。就是那時我起了這個念頭：我可以寫一本小說。

這個念頭就像突然從天而降的啟示，沒有理由、無從解釋。那只是突然湧現的一個念頭，一種想法。我可以啊，時機已經成熟了。

球賽結束後——插一句話，養樂多隊贏了——我到文具店買了鋼筆和紙，每天打烊後，我就坐在廚房桌前一、兩個小時，邊喝啤酒邊寫小說。我常熬夜到凌晨三、四點，每天能擠出來的時間通常只有一個小時，頂多兩小時，這是我的第一本小說句子和章節都很短的原因。沒錯，當時我很喜歡讀馮內果和布勞提根（Richard Brautigan），我從他們的作品中學到這種簡潔、步調快速的風格，但影響我第一本小說風格的主要原因還是，我沒有時間寫長篇鋪陳的文字。

（持續了六個月）小說完成後，我投稿到一家每年舉辦新作家文學競賽的文學雜誌。我的運氣很好，贏得一九七九年的群像新人獎。要以作家為業，這是個很好的開始。（附帶一提，得獎後，我跑去要了一張大衛．希爾頓的簽名照，現在還在我家。我覺得他是我的幸運符。）[65]人們稱我的小說為「流行」文學，認為它簡短、破碎及象徵性的風格是種創新。事實上，完全只因為我太忙才會寫成這樣，我沒有時間用其他手法來敘述。當時唯一的想法是：我可以寫一篇不錯的小說，也許要一段時間，不過我一定可以成為不錯的小說家。[66]

村上將作品投到《群像》雜誌的理由非常實際：它是唯一接受這種長度作品的競賽。此外，他認為這家雜誌較能接受新的寫作風格。後來，其他雜誌社的人員告訴他，如果當初他的作品寄到別家，絕不可能得獎。村上常說，如果當初沒有得獎，可能再也不會寫小說了。

只要日子過得下去，即使不寫作我也覺得無妨。但情形就好像我到了快三十歲時才收到一張帳單，要我為先前的沉默付出代價，所以只得好好算計一番……。我想我並不需要靠寫作為生，事實上寫作耗費了過多時間，我實在吃不消。一整天工作下來，不到凌晨一點沒辦法到家，其後我還要繼續寫到太陽出來，中午又得去工作。[67]

村上這本小說的書名，靈感得自卡波提一九四七年的作品〈關上最後一扇門〉（Shut a Final Door）。這部以命苦操勞的瓦特為主人翁的小說，比村上的作品陰沉多了。瓦特了解到別人完全有充分的理由討厭他時，還試圖否認這件事：「他把臉埋進枕頭裡，兩手摀住耳朵，心想：什麼都別想，想想風吧。」[68]後來村上很懊惱，小說書名比他原先構思的要抒情得多，不過他還是借用了風的意象以及祈使句的語氣。[69]

撰寫《聽風的歌》的動力似乎憑空出現，而這部作品本身也具有一種漫無目的的質素。村上曾表示，他並非按照時間順序書寫，而是先單獨「拍攝」每一「場景」，之後再把它們串聯起來。「《聽風的歌》裡有很多篇章我自己都不太了解，它大多是在無意識之間完成的……，簡直像是自動寫出的……，頭幾頁我把想說的都說了，後面的部分其實並沒有『訊息』……，從來沒想過它可以出版，甚至變成三部曲之一。」[70]

聽起來這部小說勢必是一團混亂，但它確實具備了傳統小說的要件——在可以辨別的歷史背景裡，發生在一群身分明確的人物身上的連串事件（即使並未構成一個完整的「故事」）。書中情節明確發生在一九七〇年八月八日至二十六日期間，正是緊隨在學運瓦解之後的無聊暑假、大學新學期正常開課之前。沒有名字的敘事者當時二十一歲，主修生物，回家過暑假，即將在秋季開學前回東京。他有一顆門牙前一年被鎮暴警察打斷了，那是參加現在想來「沒什麼意義」的學生示威活動時發生的。[71]

比他年紀略大的朋友「老鼠」因為失戀而心情沮喪，不打算回學校念書。但我們慢慢才清楚，真正令他幻滅的，是他體認到被鎮暴警察毆打並沒有換來任何結果。這兩個人經常待在傑氏酒吧，喝下多得驚人的啤酒，就為了排遣存在的饑渴、互相傾吐醉話（有錢的老鼠痛恨財富，他父親在二次大戰、美軍占領時期和韓戰時都賺了不少黑錢）。

村上用非常精彩的詼諧筆調，描寫老鼠從天生不喜歡文學，到漸趨熱衷沉悶的西方經典，再轉變成自己寫起小說來。後記告訴我們，故事主要情節過後幾年，敘事者已經二十九歲，已婚、住在東京，老鼠則是三十歲，還在寫著從未發表的小說（小說中沒有性愛場面，也沒有死亡），送給朋友當聖誕節兼生日禮物。

在「老鼠」這個人物身上，我們可以看到作者以挖苦的筆法描述自我的構思過程。

「為什麼取這樣的名字呢？」

「我忘了，好久以前的事了。起先人家這樣叫，我好討厭。現在倒不覺得，什麼事情都會習慣噢。」72

這是個老綽號了，深深混入心靈最原始的往昔裡，以致老到「忘了」它是怎麼來的。這個自我耽溺的年輕人，是個個性憂鬱頹喪、藏匿在隱密暗處的角色。村上春樹或許不「了解」第一本小說裡的所有事情，但他知道，小說所圍繞著的是不期然從「另一個世界」出現的、半已遺忘的記憶和似懂非懂的意象所構成的心靈既往。正如早期某一短篇小說（後文將提及）裡的作者／敘事者所言：「不知何故，我記得的事都是一些不能理解的事。」無法合理解釋、遺忘、自由聯想，這些事物開啟了深邃的井及幽黑的通道，通往與現實世界平行的另一個永恆的世界。日後，村上愈來愈有信心地繼續探掘這個世界，傑氏酒吧即是通往這個精神世界的一個入口：

「傑氏酒吧」櫃檯上掛了一張被尼古丁薰黃了的版畫，沒事無聊的時候，我們會不厭其煩地一連好幾個鐘頭一直望著那張畫。就像羅沙哈測驗（Rorschach Test）可以用的那種圖案，看起來像兩隻坐在我對面的綠色猴子，正互相投擲兩個洩了氣的網球一樣。

我對酒保傑這樣說時，他注意看了一會兒，然後有氣無力地回答道：「嗯，這麼一說，好像是這樣噢。」

「不知道象徵什麼？」我這樣試著問他。

「左邊的猴子是你，右邊的是我，我把啤酒瓶子丟過去，你把錢丟過來呀。」[73]

村上經常拿動物圖像和象徵開玩笑，他一向堅決否認作品中有任何「象徵」，但這裡的羅氏猴子正是他向讀者亮出的典型意象：那是（不管受訪時或在行文中）作者不願明確界定的動物、水漬、蔬果或風景，因而，這些圖像就像羅沙哈測驗一樣，可以任由讀者各自詮釋。

如果老鼠是沉迷於內在象徵世界的作者，敘事者便是「這幾頁」稍微外顯的作者。[74]他會回應（或者僅只觀察）注意所及的人或事，那通常比他自己來得有趣。年紀還小時，他主要的問題是如何與外在世界溝通。因為他不愛說話，父母便帶他去看心理醫生。醫生告訴他：「文明就是一種傳達，不能表達的事物，就形同不存在。」[75]回顧這一段時，他同意：「如果失去可以表現、傳達的東西，文明就結束了。喀嚓……ＯＦＦ。」[76]十四歲那年，他突然開始說話，像決了堤似地連說了三個月，但說完的時候，他就變成一個話不多也不少的「平凡少年」。[77]

高三時，敘事者刻意養成一種冷漠、疏離的態度，決定將心裡的話只說出一半。他開始寫作後，卻發現這個冷漠的習慣變成一種殘缺。當老鼠覺得沒辦法找他商量事情時，這個習慣確實也成了友誼的障礙。正如傑所說：「你的個性很溫柔，可是……怎麼說呢，好像有某些地方悟得很透似的。」[78]敘事者答應傑會和老鼠坦誠相談，但兩人都沒有真的跟對方透露什麼，作者性格的兩面從來沒有正面接觸過。

書中敘事者，也是故事裡的小說作者，將他的木訥寡言帶進書中。無疑地，這本小書最吸引人的特色，即是村上風趣的遣詞。村上完成數本小說之後，有一次接受採訪，訪問者說：「我很喜歡你的風趣筆調、文字遊戲。在你和你的文字間有種距離，這點和過去的作家大不相同。」村上回答：「嗯，那是因為我極度想要寫作，但卻沒什麼好說的。有很多事情我不想寫，於是當我把它們都拿掉，就什麼都不剩了。」村上這時笑了笑，接著又說：「所以我選定一九七〇年代為背景，開始湊上字句。我想我當時的盤算是，管它呢，總會寫出一些東西，還是值得試一試。現在想來，我當時一定料想，不管寫出什麼，動筆的人終究是我自己，我的意識最後總會在字裡行間流露出來吧。」[79]

在柏克萊演講，提到如何拿捏風格時，村上舉出他在日語之外獲得的影響：

> 我想在座諸位可能許多人會覺得奇怪，我談了這麼久，從沒提到影響過我的日本作家。確實如此，我提及的不是美國作家，就是英國作家。很多日本評論家因為我作品的這種取向而指責我，貴國許多日本文學的學者、教授也是如此。
>
> 然而，事實單純只因為，在我嘗試動筆前，喜歡讀的就是布勞提根和馮內果這些作家。拉丁美洲作家我喜歡馬努葉．普易（Manuel Puig）和馬奎斯（Gabriel Garcia Marquez）。當約翰．厄文（John Irving）、瑞蒙．卡佛（Raymond Carver）和提姆．歐布萊恩（Tim O'Brien）的小說剛出來時，我也很喜歡。他們每個人的風格都讓我著迷，那些故事都有很大魔力。老實說，在我同時閱讀的當代日本小說裡，找不到這種魅力。我覺得很困惑，為什麼用日語沒辦法創造出那種神奇的魅力呢？
>
> 所以我才會去創造自己的風格。[80]

村上提到《蜘蛛女之吻》和《被麗塔．海華斯出賣》（*Betrayed by Rita Hayworth*）的作者普易，顯得特別有趣。中上健次稱普易為「拉丁美洲的村上春樹」，他是少數村上會喜歡到進而大量閱讀的拉丁美洲作家之一。[81]

村上還寫過關於風格的事：「起初我試著以寫實手法創作，結果不忍卒讀。於是我改用英語寫開頭幾段，再翻譯成日語，稍微修潤。用英語時，我的字彙有限，也沒辦法寫長句。只用少數字詞和短句，反而形成了某種韻律。」這也是他在馮內果和布勞提根作品中讀到的基調。[82]

這令人想起貝克特（Samuel Beckett）以法語寫作的經驗，顯然這兩個例子的結果都釋放出冷漠與距離，不僅表現在語言上，也在於對生命以及死亡幽默的疏離觀點。但村上的世界少有貝克特筆下冷硬的滑稽所形成的荒涼，它較為輕鬆易讀，猶如粉彩著色的世界，偶爾會透露出幾許傷感來。

村上透過幾種手法來達成這種令人慰懷的疏離感，敘事者記下二十出頭發生的事情時，是從年紀大一點、也更明理的觀點出發，卻沒有賣弄半點成人的自以為是。村上稱呼「我」時一直使用「僕」（boku）這個字，這點十分重要。雖然「私小說」早已見諸日本文學，但用於指稱「我」的通常是更為正式的用詞：「私」（「watakushi」或「watashi」）。村上採用較為輕鬆的「僕」，這個字雖然也是「我」的代名詞，卻較質樸，通常是年輕人在非正式場合才使用。[83]（女性不會用「僕」代表「我」，村上少數幾次寫到女性敘事者時，使用的是中性的「私」〔watashi〕。）

村上並不是第一個以僕指稱不具名的男性敘事者的日本小說家，但他筆下這個僕的個性十分獨特。首先，這個角色和他自己如出一轍，具有某種好奇心、冷漠、淡然，默默接受生活中固有的異境。這種性格自然使僕顯得消極，從而形成某種說話的習慣——可稱之為「春樹體」——村上的主角遇到無可奈何的情境時，總會說：「要命」（やれやれ），譯成英語，可以說成「Great, just great」、「Terrific」，或者只是一聲感嘆，端看譯者喜好以及上下文語氣而定。[84]村上決定以僕來稱呼這個書中人物，因為他認為日語裡這個字較接近英語中性的「I」，沒有日本的社會階級意味、較為民主，當然也不是權威角色的稱呼。[85]

寫作初期，村上不習慣扮演全知創造者的角色，俯身為每個人物命名、以第三人稱視角描述他們的動靜。村上以第一人稱的僕來敘事，是為了避免落入威權姿態的本能決定。僕的遭遇也許十分奇特，但他向讀者徐徐道來時的語氣彷如舊識——也多少與故事情節拉開了距離，如同向朋友訴說他的親身經歷。二十年來，村上一貫運用友善可親的僕為敘事者，這已成為他敘事策略的重點。

村上二十九歲那年，也將僕設定為年齡二十九歲、正在記錄十年來的生活事件。結果，敘事者猶如讀者們和善的兄長，可以告訴他們一路走過混亂不安的二十幾歲是什麼感覺、累積了一點見識（但不像大人那麼自以為是）又是什麼樣子。僕見識過死亡和幻滅，但他沒變成神經質的藝術家或傑出的知識分子，仍是個平凡、愛喝啤酒的傢伙。他舉止規矩有禮，嗜好是棒球、搖滾樂和爵士，喜歡女孩子和性愛，但不至於耽溺沉淪，對待同床的女孩也都溫柔體貼。實際上他可說是個模範，這本多少帶有說教意味的小說，溫和地向讀者提出建議，教大家如何克服青少年時期的頓挫、如何過日子。

在一群朋友中，僕總是最無趣、但也是最好相處的一個——就像史努比的主人查理·布朗，透過他，我們才認識了露西、萊諾斯（Linus）和謝勒德（Schroeder）這些不同個性癖好的人物的種種趣事。他是那種能讓人推心置腹的人，善於聆聽、長於分析，人們跟他傾吐過後就會感覺較為舒坦。儘管如此，他對他們的興趣，是因為那些怪癖和故事，而不是因為他們完整的人物性格。可以說，村上以僕為敘事者的作品中，唯一的「人格」就在僕身上，他的觀點不斷散發魅力，其他角色只是他精神下的配件。村上的故事焦點常在於僕奇特的觀點或遭遇（這類場景比比皆是），而不在廣泛的性格探索，或者緊湊情節的鋪展。當他以解謎過程來鋪陳劇情時，尋找的過程總是比被追索的鵝（或羊）本身還要有趣。*

* 譯註：「被追索的鵝」典出英語成語「wild goose chase」，「羊」則典出《尋羊冒險記》。

《聽風的歌》敘事者為了解除讀者的戒心，一開頭即否認他在創作精緻藝術，雖然書中「也許找得到一、兩則教訓」。[86]從書名看來，這本簡短詼諧的小說無疑是在說教，全然符合現代日本文學提供生活典範的傳統（就像夏目漱石或志賀直哉），[87]但如同史努比漫畫裡沒有半個家長式權威人物，所以書中傳遞訊息的方式能夠迅速被年輕讀者接受，而老一點的評論家則往往不以為然。（大江健三郎評斷村上無法「為日本的現狀及未來提供模型，以廣泛地吸引知識分子」，其實是錯的，只是他碰巧不喜歡村上的模型而已。）當村上後期的作品已較少公然說教時，讀者仍舊認為僕是其中最親切的角色。

村上表示他自信會贏得群像新人獎，尤其在入圍之後。被嚇到的反而是他的朋友，他們從沒想過這麼平凡的人也會得獎，有個朋友讀完這本書之後還勸村上別再寫了，因為寫得太糟了。[88]

村上在評論自己或提及別人對他的評價時，屢屢出現「平凡」這個字眼。確實，他本人看來平凡隨和，屬於啤酒加棒球型的，除非哪個時候，他毫無徵兆地陷入自己的內心世界裡，你會知道他的心思已經離開了。他也提出警告，坐在你面前嚼著潛艇三明治的傢伙和寫書的那個不是同一個人，不要把兩者弄混了。平凡的村上宣稱另一個人的成就不是他的功勞，這大概也是日常生活裡村上可以如此謙和、沒有架子的原因。他不會裝腔作勢，而且儘管有些誇張的報導把他比擬成沙林傑，他卻不至於像沙林傑般隱姓埋名。他不上電視也不愛參加宣傳活動，不過倒很擅長讓整屋子聽眾開懷大笑；如果被拉去參加聚會，他也可以十分盡興（如果能讓他早點回家，以便隔天清晨早起寫作的話）。平凡和親切是他作品最顯眼的特徵。村上最出色的成就，即在市井小民的生活中體察其間的玄祕和疏離。如果日常的村上對創作的村上有任何貢獻，就在於他謹守著必要的紀律，讓創作時的他得以專心致志。

紀律、專心，村上決定要做什麼就會去做。有一次在美國新罕布夏州越野滑雪時，他重心不穩摔下一個小斜坡，臉朝下跌進冰冷的雪堆裡。同樣不會滑雪的同伴，很有概念地先脫掉自己的雪屐再步行下來，抵達時發現村上有輕微暈眩、唇上有血。經過消毒棉布擦拭後，村上蹣跚爬上坡再試一次，一次又一次，直到學會為止。他的毅力令人印象深刻，此其一例。

如果村上只是不斷重複過去，頂多成為短暫受到高中和大學讀者青睞的作家。然而多年來，他展現了驚人的成長。使他一夕成名，也是他自認為把該說的都已說完的《聽風的歌》開頭篇章，足以說明是什麼吸引讀者，也可作為討論其後作品的參考。這部小說開頭也許看似新手對寫作的自我反芻深思，然而我們可以在其中看到，日後出現在村上許多重要作品裡的各種主題和意象[89]。*

二十九歲時，僕謙卑地希望將來能夠懂得一些東西（如果他繼續寫作，也許還可以拯救未來數十年的自己），但他覺得還沒找到答案。他不是權威，書中另有一個具備權威資格的人物出現，提供了一些粗淺的解答。籍籍無名的美國小說家戴立克．哈德費爾（Derek Heartfield），這個虛構的文學權威最後發瘋自殺。推薦他看哈德費爾的叔叔因為癌症萎縮成怪誕的猴子模樣（此處又是動物的意象）。代表戰爭世代的叔叔在戰後踩到自己埋設的地雷，戲劇性地喪生。唯一活著的叔叔靠變戲法謀生。

僕從「哈德費爾」那裡學到量尺的重要性：距離、反諷。他的一本虛構作品書名指出了追求的目標：《心情愉快有什麼不好？》，這也許是熬過二十出頭到行將而立的這八年唯一的方法（不管過了三十大關之後會是什麼樣子），不過並不保證絕對可行：哈德費爾為期八年兩個月的奮鬥最後以自殺收場（這是短短的這一章裡提到的五種死法之一）。你只能不斷告訴自己，從每一件事情都能學到一點東西，並且去測量你和這些事情以及周遭人群之間的距離。這是種深沉的嘲諷，但同時也展現了一種主動的意願，願意持續測量和檢視、積極界定自己與世界的關係、去檢查兩者之間溝通的本質、觀察外在世界能有多少夢想和觀點，以及去界定真實及幻境的本質。村上是個認識論者，一心探索「我們努力想認識，和實際上認識的東西之間，橫跨著的那道深淵」。

這個實驗成為日後村上所有寫作的基礎。他在測試自己的力量，質疑它的效力。身為作家，「只要用一點腦筋，或許就可讓世界照著我的意願去走，所有的價值可以轉向，時光也可以改道」。然而隨後喃喃出現的遲疑又混淆了這種唯我論：在知覺所能體察的世界之外，似乎存在著其他具有知覺的生命，而他們自有其內在世界。在「失去的、糟蹋的，尤其是我拋棄掉、犧牲掉或背叛的東西」裡，也包括人這種「東西」（即以日語平假名拼音的「物」，其字義相當模糊）。村上說過他「對當時真實存在的人沒有興趣」，這點在其寫作生涯中確然如此。[90]文學主要是逃離現實世界的手段，逃離日本文學以及文學語言。就猶如他在實際生活中，同時也在逃離日本。後來回憶起這段時期，他這麼說：

年輕開始寫小說時，滿腦子想到的都是怎樣遠離「日本的環境」，希望自己離日本的詛咒愈遠愈好……。

＊編註：原文以下為《聽風的歌》第一章，原作之所以全文刊出，因當時英美尚未發行該書英語版，中文版考量已有中譯，故刪，請參考時報出版《聽風的歌》。

這也許可以說明為什麼他筆下的敘事者會以美國的甘迺迪總統被暗殺，而不是以日本的歷史事件作為重要的里程碑。「我並不特別欣賞甘迺迪的政績，」村上說：「不過我很喜歡他帶動的六〇年代初期理想主義及自由主義氛圍，大約也頗受其影響。」[91] 至於決定離開日本的原因，他說：

在日本時，我只想自己獨處，離群索居，盡可能遠離社會、人群和各種束縛。大學畢業後，我沒有到企業工作，完全靠獨自寫作過活。參與文學團體對我來說太痛苦，所以我一直都一個人，寫自己的小說。

正因如此，我才會到歐洲待了三年，回日本停留一年後，又到美國住了四年多。[92]

然而，隨著村上和他的僕更為成熟後，自我和他人之間彼此了解與誤解的程度，逐漸成為他作品的核心。直到村上重新發現日本是他想要認識、不再想逃離的國家，那時他的作品中才開始出現「真實的人」。

| 第二章 |

隱約記得的曲調

完成〈聽風的歌〉並投寄到《群像》雜誌後，村上已經實踐了球場上突發的創作衝動。原本可能就此停筆[93]，獲獎一事卻使得一切改觀（雖然不是立即產生變化）。一九八〇年，時年三十一，村上仍然只是個碰巧寫了一本得獎小說的爵士酒館老闆，但獲獎的經歷卻鼓舞他繼續嘗試。他仍舊得在漫長的酒館工作結束後，才埋首廚桌寫作，不過有時並不是很順利。

「寫作時我常常罵粗話，我太太很生氣，說她聽不下去。」村上說，這個習慣他至今還改不過來。陽子有時會開玩笑說：「你為什麼不停筆別再寫小說，變回正常的丈夫？」[94]

村上寫的不全是長篇小說。由於編輯急於出版這個炙手可熱的才子的作品，他先交出了短篇小說、翻譯作品（一些費滋傑羅的短篇小說）及散文（談史蒂芬・金〔Stephen King〕、談電影代溝問題、談他不顧已屆「中年」打算繼續寫作的企圖）。他的第二部長篇小說則描述僕與老鼠後來的遭遇。

一九七三年的彈珠玩具

簡短敘及一九六九到一九七三東京學運興衰的那幾年後，《一九七三年的彈珠玩具》（一九八〇）集中描寫一九七三年九月至十一月這段期間，當時僕二十四歲，老鼠二十五歲。僕住在東京，和兩個只能靠運動衫上的數字「二〇八」和「二〇九」來辨識的雙胞胎姊妹同居。他和朋友合夥，無精打采地以商業翻譯為生，有個迷人的助理。他感覺二十五歲前後過得乏味無趣，不過當他告訴女助理，他對公式化的例行工作「心裡想再也不要去想得到什麼了」，[95]她不相信，他自己也不相信。

這段期間裡，老鼠退學後仍然流連於七百公里外神戶的傑氏酒吧，猶豫著是否要和他所愛的女人分手，離城遠去，再也不回頭。老鼠仍繼續寫著小說，讀者可以從他和女人初次見面是因為一則打字機分類廣告而瞧出端倪。（除此之外，我們對她僅有的了解，就是她擁有一張北歐樣式的床——也許村上是從書裡多次提及的披頭四專輯《橡皮靈魂》（*Rubber Soul*）裡〈挪威的森林〉歌詞中得到靈感。）

整本書中，僕和老鼠從沒有碰過面，故事以僕的第一人稱自述、第三人稱描述老鼠的手法，隔章交叉呈現（有時並不是那麼規律）。此時我們首度感受到，老鼠是「捏造」的小說人物，而僕則較貼近作者。這本小說同樣出現說教色彩，不過這次不是僕在事過境遷之後，以過來人身分說教，而多半藉由在第一本小說裡戲份不多的聰明「老」中國酒保（四十五歲）傑的嘴巴說出。僕是以現在式而不是以回憶的角度來敘事，二十四歲的他比《聽風的歌》裡與老鼠擁有更多共通性。老鼠的苦悶仍舊和上一本小說一樣鮮明而難以排解，僕也同樣讓我們看見過去的某些痛苦，那種偶爾為了抗拒失落感而表現的、不怎麼成功的冷漠。

也因此，這本小說通篇基調遠比《聽風的歌》更加沉鬱，不過村上並沒有讓僕回溯他所摯愛的直子過世時，那段生命中最哀痛的篇章，而是讓他開啟了一段自覺的、非亞瑟王式*的追尋過程，尋找三年前東京的遊樂場關門時跟著消失的一部彈珠檯。當年他在這部彈珠檯上度過了許多渾然忘我的快樂時光，就像在傑氏酒吧裡的同款機檯一樣。

故事高潮在於僕面對記憶中那個無聲無息、超越時間的世界，走進飄散著死雞味（非常難聞的死亡惡臭）的冷凍倉庫時，日光燈亮得讓人睜不開眼的場景。村上使用各種比喻來描述這個地方，把它比擬成傳說中的「大象墳場」，或說它是「令人想都想不起來的古老夢境的墳場」；它像童話中的「森林深處」，僕恍惚以為自己變成蹲踞在高處的怪獸；

它像褪色青春夢境裡的墓室，夢中每個甫出道的好萊塢女星都高挺著傲人的胸部；它也像一幕外太空場景，「太空船」彈珠檯全然靜止地站在那裡等候他。這是流行文學或電影中各種「異境」的匯總。

這個地方瀰漫著死雞的氣味，同時也充斥著數字：全部共有七十八部彈珠檯——「七十八個死亡和七十八個沉默」——以「三百一十二隻腳」站著。「數字非常精確」這個事實比數字本身來得重要，它意味著沉重、無可改變和死亡。[96]記憶乃是我們所經歷過的每件事、每個人，即使已從我們的現實生活中消失許久，也依然停駐不變的處所。對我們來說，彈珠檯在這個寂靜的大象墳場中就像某個人一樣，真實和重要到村上願意賦予他最珍惜的名字。那個名字，在這個故事（以及後來在《挪威的森林》）裡叫做「直子」。

在村上的「異境」裡，死亡是主要的存在，但這個世界並非單純只有死亡。《舞・舞・舞》書中神祕的「羊男」明確地否認另一個世界只是死亡的冥界。異境存在於他所謂的「現實」之中[97]——如果所有的「現實」都是記憶的話當然如此。《舞・舞・舞》裡僕所感覺到的「奇異又熟悉」的寒冷，可能就是這個養雞場倉庫裡的冰冷。此處動物所散發

---

* 譯註：指追尋最終註定不能由他尋得的聖杯。

出的死亡惡臭，也可以在其他幾部作品找到類似例子。譬如〈紐約炭礦的悲劇〉（一九八一）這篇討論日常生活中不斷處在死亡邊緣（非現實）的故事，既悲傷又有趣，發人深省。*文章開頭描述有名男子每當暴風雨肆虐時就急著要趕到動物園。[98]接著我們知道，敘事者每次要參加葬禮時就會向他借用全套西裝，而當時葬禮又恰好特別頻繁。由於特別突顯動物，加上故事來自人與動物生命禍福相倚的感覺，死亡的出現不像是種威脅，反倒像是神祕地扣連在一起、隨機的生命之河的另一面。動物之所以令村上著迷，是因為牠們和人類心靈的無意識生活有著共通之處：雖然活著但缺乏理性思維，明明觸及了神祕的力量卻無法溝通。如同《聽風的歌》裡的羅氏猴子，毋須賦予特定的寓言式主題，動物本身就具有豐富的象徵意義。運用這麼多隱喻來描述和失散已久的彈珠檯重逢這樣荒誕古怪的經驗，其實在僕早先的一些看法中即可窺見一斑。

有一天，有某一樣東西捉住我們的心。什麼都可以，些微的東西。玫瑰花蕾、遺失的帽子、小時候喜歡的一件毛衣、吉．比特尼（Gene Pitney）的舊唱片，或者一整隊已經無處可去、微不足道的東西。有兩、三天，那其中的某一樣在我們心中徘徊，然後回到原來的場所去……幽暗。我們的心被挖了好幾口井，井上方有鳥來回穿梭。

那年秋天一個星期日的黃昏，捕捉住我的心的坦白說就是彈珠檯。我和雙胞胎一起在高爾夫球場八號洞的果嶺上眺望著晚霞。八號洞是標準桿五的長洞，既沒有障礙物也沒有斜坡，只有像小學的走廊一樣平坦的路一直延伸出去……為什麼在這瞬間，彈珠檯會捉住我的心，我也不知道。[99]

通往過去的走道，是條長廊似充滿兒時回憶的地方，就像我們在〈一九六三／一九八二年的伊帕內瑪姑娘〉裡看到的一樣。

當年村上的生活難道只是「一整隊微不足道的東西」，在帶隊回到原處之前，不經意地「捉住」我們的「心」一陣子嗎？答案呢，既是，也不是。宇宙不停地前進，萬物終將歸於湮滅，我們卻仍擁有自己的生命，依照每個人的不同態度，而呈現其「意義」。底下是《一九七三年的彈珠玩具》傑所給的一段「教訓」：

我花了四十五年也只不過知道一樣事情，那就是：人不管做什麼，只要肯努力總

＊ 編註：中譯版〈紐約炭礦的悲劇〉收錄於《開往中國的慢船》。

會學到什麼的，不管多麼平凡無奇的事，你也一定可以從中學到一些東西。什麼樣的刮鬍刀都有它的哲學，我不知道在哪裡讀到這句。其實如果不這樣的話，誰也沒辦法生存下去。[100]

在尋找「意義」的時候，僕翻讀起康德的《純粹理性批判》，小說中他經常在讀這本書。那是一場「葬禮」，僕被迫當起祭司。十月的雨濕透了陰鬱場景裡的所有東西，儀式在莊嚴的氣氛下舉行。別介意這場敘述優美、甚至感人的葬禮不是為了直子，而是為一個已經「死了」而必須丟棄的配電盤所舉行。村上一本正經地寫著，直到：

雙胞胎中的一個從紙袋裡取出摯愛的配電盤交給我，配電盤在雨中比平常看來更加寒酸可憐。

「說幾句祭文吧！」

「祭文？」我吃驚地叫出來。

「這是葬禮呀，總該有祭文嘛。」

……

「哲學的義務是，」我引用康德說的：「去除因誤解而生的幻想……，配電盤哪！你好好在蓄水池底安眠吧！」

……

「好動人的祭文哪！」

「是你做的嗎？」

「那當然。」我說。[101]

為了毫無意義的東西舉行了荒謬的儀式，這場葬禮突顯了「人的生活比配電盤更有意義」這種想法不過是種「幻想」。生活的意義何在？出現在我們生活中，卻終歸要消逝的各種事物（包括人群在內）的意義又何在？他們都只是存留在心頭的印象，其所具有的意義，不多不少正是我們所賦予的。後來僕勸誡辦公室助理生活並不會一成不變時，又再次想起配電盤。他得到的結論是，對於生活的痛苦，唯一的回應之道是漠然以對：「心裡想再也不要去想得到什麼了。」[102]

老鼠也在尋找他自己的漠然，但方式較為老套。他的困擾在於無邊無際的各種念頭，小說結束時，他設法讓自己離開那個女人，依依不捨地向傑道別，然後在這個短短的故事之中，第三度熟睡在車裡，把世事完全拋諸腦後（這可能是《世界末日與冷酷異境》裡「我」的命運的前兆）。他說要離開這個地方，心裡想的卻是海底有多溫暖舒服，暗示著他可能有更徹底解決心中悲痛的方法。

僕的淡漠生活中最突出的特色，當屬那對雙胞胎二〇八和二〇九，小說情節從她們開始，也在她們這兒結束。雖然她們堅持兩人是不同的，實際上卻完全可以互換——只要交換僕用來辨別她們的數字毛衣，就可以假扮另一個人的「身分」。當別人問僕有沒有女朋友時，他並沒把她們算在內。[103] 他睡在兩人中間，但她們的存在沒有絲毫色情或肉欲的成分（前去埋葬配電盤時，雙胞胎之一曾在他的大腿內側搓摩，但這是為了安慰而不是在愛撫他）。的確，她們在小說中不太像人類，甚至比僕日思夜念、最後終於見到的「她」（彈珠檯）還缺少一點人格特質。僕說他不知道雙胞胎是何時出現的，因為他的時間感後來已經退化到單細胞生物的程度。她們蒼白而抽象（可能還算可愛）地體現了將作者切割成僕與老鼠的那個分歧點。二〇八與二〇九也屬於「一整隊微不足道的東西」，在僕的「意識」中「徘徊」一陣之後，又「回到來處」，她們離去後小說亦告結束。僕問她們：「要去哪裡？」她們說：「原來的地方啊。」她們和僕越過八號洞綿長筆直的球道，那是將彈珠檯從他記憶深處喚醒的地方，也是讓村上春樹創造出雙胞胎的潛意識的神祕通道。

他們在小鳥的凝望下走著——鳥類是可以在意識與潛意識之間溝通無礙的生物。僕說：「我不太會說，不過妳們走了我會非常寂寞。」

他當然不知道怎麼解釋為什麼她們走了他會很寂寞，作者沒有繼續寫下去，也不再考慮他虛構的這些情節，但她們對他來說已是如此真實，他會想念她們。他說：「下次什麼地方再見吧！」她們回答：「嗯，什麼地方再見了。」聲音如同回音般在僕心裡迴響。尋找能「再見」到她們（以及其他能捉住僕的心好一陣子的事物、念頭和文字）的那個「什麼地方」，便是僕的探索目標，也是村上春樹的創作核心。

雖然村上充滿爵士味的作品，乍看之下和川端康成（生於一八九九年，卒於一九七二年）[104]描寫藝妓和茶道等呈現日本神髓的小說大相逕庭，兩人卻都在作品中試圖描繪將生命無情掃進過往的時間之流，也都以淡漠作為解決之道。僕「失去」雙胞胎之後，他看著日子從窗外飄過，「一切都像要變透明了似的，十一月安靜的星期天」。[105]他又再度處於漠然狀態，探索之旅安然抵達終點。故事的結局令人想起川端《伊豆的舞孃》的尾聲：「真實」世界慢慢褪盡色澤，主人翁的心靈慢慢流逝至禪的虛空境界。[106]

貧窮叔母的故事

村上的作品中，最能顯示記憶的力量的是與《一九七三年的彈珠玩具》同年發表的一篇小說，標題有點奇怪：〈貧窮叔母的故事〉（一九八九，一九九〇年修訂）。故事中，「貧窮叔母」這個名詞莫名其妙捉住敘事者的心——它並不代表任何真實事物，在日語中也沒有特別的意義。英語讀者不必推想「貧窮叔母」這個詞語在日本比在英國或美國具有更特殊的意涵。

「貧窮叔母」是一則關於作家嘗試創作的故事，在村上的作品裡相當希罕（但在現代日本小說裡則頗常見）。[107]村上大多數的主角都是陷溺在無聊通俗（諸如廣告文案、商業翻譯之類工作）的男人，這些人已經喪失了六〇年代的理想性，向既有體制低頭。這則故事說的卻是一個作家對文字的迷戀，我們大可假設這裡所描寫的作家與村上春樹十分相近。

村上向來對於能從始料未及之處憑空產生文字的創作過程深深著迷。他曾表示，自己筆下多數作品都是從標題開始的。詞句會自發地在心裡產生意象，然後他會用寫作來「追逐」那個意象，事先無法預知自己會被帶到何處。有時過程不順利他就放棄，但通常這意象會導引出一個開場，故事情節也就能跟著發展出來。他說：「寫作時，有些我沒察覺到的東西會自動向我展現，那過程很過癮也很有趣。」

〈貧窮叔母的故事〉就是很好的例子。的確，「這是個以標題作為創作母題，一路鋪展開來的故事……這篇小說具有雙重結構：同時包含『貧窮叔母的故事』以及『貧窮叔母的故事的產生』」。「貧窮叔母」一詞在他和太太陽子聊天時出現，他頓時若有所感。[108]村上自己家族裡並沒有像「貧窮叔母」的人物，陽子的家庭背景則沒那麼富裕，這個語詞對她十分寫實。[109]

故事一開場，僕和女友坐在美術館外的池塘邊，享受七月的周日午後。一切都很寧靜而平凡，除了某些細節以典型村上手法襲湧上僕的心頭。「連揉成一團丟在草地上的巧克力包裝紙，都像是湖底的水晶一般，誇耀地閃閃發光。……清澈的水底好幾個生鏽的可樂罐頭在閃爍，令人聯想到很久以前沉到水底的城市廢墟。……我和同伴兩個人坐在池邊，望著池塘另一邊的獨角獸銅像。」突然間傳說中的永恆世界闖入了「真實」世界。此處的獨角獸尤富興味，它的靈感來自矗立在東京明治神宮外苑聖德紀念美術館外大型噴泉旁的獨角獸雕像，牠們後來也成了《世界末日與冷酷異境》裡永恆異境中的要角。[110]

不久之後我們聽到音樂，另一個象徵性的暗示，告訴我們已來到內心世界：「從放在草地上的大型手提收音機，隨風輕輕飄來甜膩的流行歌曲，關於已逝去的愛、終將逝去的愛之類的歌。我好像認得這曲調，但又不確定以前曾經聽過。可能它聽起來很像我知道的另一首歌也說不定。」

然後就發生了：

在那樣的周日下午，為什麼貧窮叔母會抓住我的心呢？我也不知道。周圍並沒有貧窮叔母的身影，沒有什麼東西讓我想像出她的存在。雖然如此，她來了，又走了。在那僅有的幾百分之一秒之間，她在我心中。她離開後，留下一個奇怪的、人形般的空白在那個地方，好像有個人嘶一聲穿過窗戶就不見了。

僕轉向他的同伴說：「我想寫一點關於貧窮叔母的事。」（他也簡潔地向讀者說明了：「我跟那些人一樣想寫小說。」）

「為什麼？」女友問：「為什麼想寫貧窮叔母？」

「我也不知道為什麼。不知何故，捉住我的心的，都是我不了解的東西。」

女朋友問起內心與外在世界之間的關係，問僕是不是真的有一個貧窮叔母？答案是沒有。相反地，她倒有個貧窮叔母，甚至一起住過一陣子，但她不想寫她的任何事。

「收音機開始播出另一首歌，很像第一首，但這首我沒聽過……」僕不再探索他的深層記憶，反而向外追問讀者是不是剛好有個貧窮叔母。「雖然如此，」他說，就算你沒有貧窮叔母，「在某人的婚禮上，應該至少也看過貧窮叔母的身影吧。就像每個書架上至少都會有很久沒碰過的書、每個衣櫥裡都會有很久沒穿過的襯衫一樣，任何婚禮中，都會有個貧窮叔母。」她的樣子太寒酸，幾乎沒有人跟她說話，她也不熟悉餐桌禮儀。

冥思過「貧窮叔母」一陣子之後，一個「真實的」貧窮叔母現身在他背上。他看不見她，但：

> 我最初發現她的存在，是在八月中旬。並不是有什麼事而發現的，只是忽然感覺到而已，感覺到我背上有個貧窮的叔母。那絕不是不愉快的感覺。她既不太重，也不會往我耳朵後面吐臭氣，只不過像一面漂白的影子般緊緊貼在我背上而已。要不特別注意的話，連別人也不會發現她貼在上面的這回事。跟我住在一起的那些貓起初兩、三天雖然也以懷疑的眼光盯著她，當牠們知道她無意侵犯自己的領域時，也習慣了她的存在。[111]

僕的朋友們就比較不能適應，「貧窮叔母」讓他們想起自己生活中一些愁苦的人或事，引起他們傷感。他知道「在我背上的並不是固定一種形象的貧窮叔母，似乎是隨著看到的人個別的心象形成個別不同形貌的一種如同以太（the ether）一般的東西」。對某個人來說，她是因為食道癌而痛苦死去的狗；對另一個人而言，她則是在一九四四年東京空襲時留下灼傷疤痕的小學老師。

媒體爭相採訪僕，他甚至還接受電視談話節目的訪問。當他解釋背上的「貧窮叔母」不過是一種語言，主持人問他是不是可以隨興把她放下來。他回答：「那沒辦法。一旦產生的東西，就會跟我的意志無關地繼續存在下去。它就像記憶，你也知道記憶是怎麼回事，尤其是你想忘記的回憶。」[112]

透過僕對「貧窮叔母」這個語詞的迷戀，村上實際上給了我們從未有過的記憶。他虛構了一個陳詞，替我們製造了似曾相識的經驗——這個語詞不斷出現，直到產生一種詭異的熟悉感，以致我們開始以為，它是我們早已熟悉卻從未仔細想過的習慣用語。村上巧妙地使用這個虛構的陳詞來暗示那些我們應該知道卻設法壓抑下來的事，以代表被我們拋到腦後的所有不愉快。對我們來說，「貧窮叔母」可能是街頭無家可歸的乞丐；薩爾瓦多、伊拉克、巴爾幹半島或阿富汗被美製炸彈炸成傷殘的兒童；橫遭折磨的政治犯；或只是我們不喜歡他們的餐桌儀態因而避不見面的親戚。僕解釋說：「當然，每個人的反應都會不一樣。」113

對僕而言，貧窮叔母不只讓他覺得可憐，更感到一絲愧疚，因為他無能為力，沒辦法減緩真實世界中任何一個「貧窮叔母」的痛苦和寂寞。他推論道，貧窮叔母讓我們感受到時間的衝擊：「在貧窮叔母身上，就像透過水族館的玻璃窗一樣，我們可以看見眼前時間的暴虐。」114

「貧窮叔母」只是種象徵，但它是透明的，讀者不一定能填進某個對等的事物。對村上來說，重要的是我們每個人心裡怎麼想。它應該是種彷彿見過的感覺，既奇怪又熟悉。也許沒有作家在處理記憶以及回憶過去的困難時，像村上這麼成功地捕捉了「既視感」經驗的立即性——川端康成沒有，甚至普魯斯特也沒有。當村上的敘事者告訴我們他對回憶沒有把握時，我們可以確定他正指向故事的核心。

貧窮叔母伏在僕背上幾個月之後，有一天突然不見了。僕在火車上看見一個小女孩受到母親不公平的對待，非常同情她。這一幕呼應了早先僕和同伴討論真實存在的「貧窮叔母」起源的一段對話：「我有時候會想，到底什麼樣的人會變成貧窮叔母呢？他們是天生的呢，或者需要有特殊的貧窮叔母的條件？……貧窮叔母或許有貧窮叔母的少女時代，有她的青春。或許沒有。不過，那怎麼樣都沒關係。」[115]

火車上的小女孩或許正在變成一個「貧窮叔母」，也許不是。重要的是，對僕來說，當時她就像是他朋友的那條狗、老師或母親，都形同是「貧窮叔母」。要緊的是在真實世界中，有人引起了他的同情（也引起讀者的同情，這一幕的確感人），因此釋放了僕心中對這個名詞的迷戀。

這種迷戀也同樣干擾了僕的人際關係，當他陷入自我的內在世界時，七月那個周日與他一起出遊的同伴也成了邊緣角色：他們有三個月沒見面，再次聊天已經是冬天了。貧窮叔母一離開他背後，他馬上打電話給她。聽到她「還活著」讓他覺得安心，代表他有這麼久沒想過她，而她還沒辦法敞開胸懷應答。有個小細節暗示了，在他陷入貧窮叔母的思緒之前，他們應該非常親近才對：「聽筒的那一頭她沒作聲，我可以感覺到她正咬著嘴唇，用小指摸摸眉毛。」

這通電話不了了之結束後，他突然感到一陣具有形上意味的饑餓，為了解決饑餓，他以令人驚訝的絕望之情向讀者求助，先是間接對他們說話，然後直接以第二人稱說：「如果他們能給我點什麼放進嘴巴裡，我會爬過去，甚至把他們的手指舔乾淨。沒錯，我願意，我會把你們的手指舔乾淨。」[116]

接下來是一段天馬行空的想像，在文字和意象的世界裡自由馳騁。這大概只有作家本人才能體會，即使是他本人，或許也只有在失神的那會兒，當他決定任憑潛意識自由發揮，既不修飾、也不分析的時候才行。其結果竟出奇地美麗：

她們（貧窮叔母）也許會製造好幾個巨大的醋瓶子，希望進去裡面靜悄悄地活也不一定。從空中眺望時，那樣的瓶子有好幾萬個、好幾十萬個一望無際地排在地面也不一定。……如果那個世界能夠容有一個詩人的話，我很願意擔任那位執筆者，成為第一位貧窮叔母們的桂冠詩人。……我會為映照在綠色玻璃瓶上的太陽而歌唱，為那腳下延伸出去閃著朝露的廣闊草海而歌唱。117

除了醋瓶子，故事中還有幾個沒有人能充分解釋的、奇特而醒目的村上式意象。這些奇妙東西的來源，有一個也許有跡可循。不知何故，僕揣想他如果背個傘架在背上，會比背貧窮叔母好些。一九九四年十二月一日在塔夫茲（Tufts）大學日本文學教授查爾斯·井上（Charles Inouye）的課堂上，有個學生詢問村上為什麼會選擇這麼奇怪的東西，村上凝神思索，說可能是那時他爵士酒館裡的傘架經常惹麻煩的緣故——客人常生氣地向他抱怨他們昂貴的雨傘被別人拿走了。

總之，敘事者似乎可以拯救世界上所有貧窮叔母、得癌症的狗，以及有疤痕的老師。他可以像桂冠詩人般為他們歌唱，多少補償他們的孤寂，也試著解除曾經背棄他們而去的罪惡感。

然而拯救只是暫時的，故事在七月晴朗的日子裡開端，結果當作者認清他這輩子不可能拯救什麼人時，冬日已近。要解救別人，也許一萬年以後才有可能吧。

貧窮叔母的消失，就像她出現時一樣毫無預警：「不知道什麼時候，就像她來時一樣，貧窮叔母沒有驚動誰就從我背上悄悄離去，回到來處。」[118]這個「來處」是記憶停留之地，回憶從這裡跳出來「捉住」我們，也是回到這裡，就像《一九七三年的彈珠玩具》裡的雙胞胎「回原來的地方」。[119]這個處所即是自我的核心：「她回到原來的地方去，我又變回原來的我了。但原來的我到底是什麼？我再也不能確定了。總覺得那是另一個我，另一個酷似原來的我的我。我不知道現在該往哪裡去才好。」[120]

村上在〈貧窮叔母的故事〉之後，又繼續探索這個模糊不明的心靈領域，這個「來處」，亦即他創作的根本。作家「僕」說：「不知何故，抓住我的心的，都是我不了解的東西。」這正是在傳達村上的意念。[121]

開往中國的慢船

〈貧窮叔母的故事〉後來收錄在《開往中國的慢船》（一九八三）一書。村上曾表示：「大多數所謂我的世界，都呈現在我這第一本短篇集裡。」[122]的確，〈貧窮叔母的故事〉無疑是個指標之作，先前提過的〈紐約炭礦的悲劇〉以奇特有趣的角度處理死亡問題，也是村上幾個核心主題的早期探索之作。

〈袋鼠通信〉（一九八一年十月）也是村上早期手法強勁、耀眼驚人、引來眾人注目的絕佳範例。這是村上第一篇在海外出版的英譯作品，原因也許在此（見附錄）。此篇的題目若叫〈三十六度的分離〉應該更好，喋喋不休的敘事者堅信即使生活中最不相干的事情，都可以分析出能夠聯繫彼此的合理步驟，譬如從動物園的袋鼠連到「你」的三十六個步驟。此處的「你」，是二十六歲的百貨公司員工口述在錄音帶裡，寄給前來抱怨的女顧客那封天馬行空「通信」的收件人。在真實世界中，年輕人告白說他想跟這位沒見過面、完全不認識的女人睡覺，這不只會讓他丟工作，更可能讓他被當成色情狂而琅璫入獄。但這個故事並不是社會的顯影，而是探討偶然性在人際關係中所扮演角色的一篇恣意揮灑之作。它很接近村上在同年稍早出版的另一篇故事〈四月某個晴朗的早晨遇見100%的女孩〉，這則故事收錄在後來的短篇集，容後討論。

《開往中國的慢船》書中另一篇值得注意的小說是〈下午最後一片草坪〉（一九八二）。故事中僕回想大學時期為了賺錢常幫人割草，因而體察到：「記憶這東西就像小說一樣，或許可以說，是小說像記憶一樣。自從我開始寫小說以來，就深深得到這種體會。」[123]這個故事重點在於僕的一個相當重要的典型村上特徵：習慣做一些不花腦筋的體能勞動，譬如燙衣服、煮義大利麵、割草，卻又謹慎專注在細節之上，有如治療精神異常的復健訓練——很像「禪與摩托車的維修藝術」。*

與短篇集同名的小說〈開往中國的慢船〉（一九八〇年四月）也是個指標作品，不過意義不太一樣。它是村上第一個公開發表的作品，也最先暗示了他對中國長久以來的興趣。然而，此處所使用的僅只是暗示，因此它的完整意義只能在回顧過往之中捕捉。

小說開頭即說：「我第一次遇見中國人是什麼時候的事？」僕回溯早年的記憶，搜索記得起來的蛛絲馬跡。隨後是三段簡短的插曲。

僕最先遇見的是一場考試裡的中國籍監考老師，他談到民族差異以及榮譽的重要性，讓僕留下難以磨滅的印象。

其次是與他一起打工的漂亮女生。有一天他約她出去，晚上愉快地跳舞，把她的電話記在火柴盒上，後來卻不小心送她上錯電車。他費盡唇舌才讓她相信並非因為她是中國人才故意惡作劇，他約好要打電話給她，道過晚安之後，卻又心不在焉地在點完菸後把火柴盒丟了。她已換了工作也搬了家，他再也找不到她。她必定會認為他不過是在捉弄她。他當然又自責又沮喪，卻無可挽回。這段插曲是整篇小說的情感核心。

僕遇見的第三個中國人是高中時認識，目前專門推銷百科全書給中國人的一個人，僕不記得他的名字，也有可能是不想去回憶。

三段插曲都包含了不安的記憶，留給讀者的是一股奇特、悲傷的氣氛。不管中國人讓僕困惑的是什麼，究其原因，都市生活的孤寂總要比民族的差異來得大。的確，這篇小說十分隱晦，一九八三年評論家青木保指出：「這個作品其實跟中國人本身沒有什麼關係，他們只是扮演敘事者從一九六〇到八〇年代一路走來時各階段的標記……，當（開往中國的慢船）旋律遠去後，一個時代誕生了，有段時間，我們也想起了自己在那段歲月的旅程。」[124]這可能是吸引村上早期讀者的主要動力，但如今我們已能看出村上確實持續地對

---

* 譯註：典出七〇年代新時代精神的經典著作《萬里任禪遊》（*Zen and the Art of Motorcycle Maintenance*）。

中國進行反思，同時也可以理解中國是日本人的一段痛苦回憶。

看袋鼠的好日子

村上早期的作品中有些是篇幅簡短、令人吃驚的心靈旅程，這些小說收錄在第二本選集《看袋鼠的好日子》（一九八三）*之中。〈一九六三／一九八二年的伊帕內瑪姑娘〉故事裡的僕漫遊在這首著名的爵士歌曲所塑造的心靈空間，而另一篇更明顯的作品〈鷺驢〉（一九八一年九月）則預示了《世界末日與冷酷異境》地下探索的場景，簡直是對讀者大腦的直接攻擊，是村上最奇怪的短篇小說之一，部分像貝克特，部分又像「勞萊與哈台」（Laurel and Hardy）。如果有讀者感覺自己常被村上的小說弄得不知所措，這篇則連村上自己都覺得困惑。每當提到這篇作品時，他總是抓抓頭，輕笑著說「那是一篇奇怪的小說」，好像他也搞不清楚它是怎麼來的。125

和〈貧窮叔母的故事〉一樣，〈鷚鷉〉也需要略加解說。原篇名「カイツブリ」

（Kaitsuburi）這個字的意義對一般日本讀者來說，就像「dabchick」這個字對大多數英語讀者而言一樣模糊。兩個詞彙都指一種真實存在但很少人知道的水鳥，英語裡「dabchick」有另一個同義字「grebe」。儘管毫無頭緒，但我們已經很熟悉故事裡的主要象徵——走廊。村上在此處盡其所能地以最直接、最抽象的手法處理。小說開頭是：「走下狹窄的水泥樓梯之後，前面就有一條長長的走廊筆直地伸出去。也許因為天花板太高了，走廊看起來像曬乾的排水溝一樣。一點裝潢都沒有，這可是貨真價實的走廊，除了走廊之外還是走廊。」

僕繼續沿著似乎沒有盡頭的通道往前走，突然發現來到一個丁字路口。從口袋掏出皺成一團的明信片上，寫著走到盡頭會有一扇門，他卻什麼都看不到。僕決心要得到這個工作，所以擲了銅板，然後右轉繼續往前。在走廊左彎右拐之後，終於找到了一扇門。敲門後，起初無人回應，最後有個臉色發青的年輕人穿著紅褐色浴袍前來應門，身上還滴著水，因為「規定」每天中午要洗澡。

僕道歉說遲到了五分鐘，但年輕人並不知道有人要來應徵，而且要僕告訴他密語，否

＊ 譯註：時報譯為《遇見100％的女孩》。

則就不去通報老闆。

僕不知道密語，卻又希望獲准進入，接下來的對話像在插科打諢。我們得知，那個守衛沒見過「上面的人」，也很怕像他的前任一樣，因為讓不知道密語的人進入而被解僱。僕一面裝可憐一面甜言蜜語問出一點提示，最後威脅恐嚇讓守衛接受密語就是「鷴鷳」這個詞，儘管他們兩個都不知道鸕鷀是什麼。（他們好像都同意牠只有「手掌大」）「在聽到自己唸出來之前，我都不知道自己認得這個字。不過符合提示的兩個字想得到的也只有『鷴鷳』而已。」

「沒辦法。」他（門房）又用毛巾擦了一下頭髮說：「我暫且幫你通報一聲。不過我想大概行不通吧。」

「謝謝。我會報答你。」我說。

「不過真的有能放在手掌上的鷴鷳嗎？」

「有啊，絕對沒問題，牠們就活在某個地方。」我回答，雖然無論如何我也不能說這個字是剛剛才從腦袋裡迸出來的。

＊

掌中鸊鷉用天鵝絨布擦著眼鏡，又嘆了一口氣。右下方的臼齒陣陣抽痛著。又得看牙醫了啊，他想。真厭煩。牙醫、繳稅、汽車貸款、空調故障……，他把頭靠在皮面扶手椅上，閉上眼，想著關於死亡的事。死亡像海底一樣安靜，像五月的玫瑰一樣甜蜜。鸊鷉這幾天常常想到死亡的事，他在內心裡看到自己快快樂樂地長眠。墓碑上刻著幾個字：掌中鸊鷉在此長眠。

這時對講機響起來。

「什麼事？」掌中鸊鷉對著機器吼道。

「有個人要找你，說他今天起要在這裡工作。」門房的聲音說：「他知道密語。」

掌中鸊鷉皺起眉頭，看看手錶：「遲到十五分鐘。」126

對讀者的腦袋來上最後一擊之後，小說就這樣結束了。守衛「知道」他應該沒見過面的老闆「就是」個鸊鷉嗎？他告訴老闆僕「知道」密語時，是不是在說謊？如果密語不是僕不知從哪裡想到的那個一知半解的詞，那「究竟是」什麼？主角靠著擲銅板才找到的地方，隨便猜個顯然不正確的答案，卻轉而變成所有角色置身其間的整個現實體系的管制情報，在這樣的故事中，那個詞「是什麼」有什麼意義？鳥也有會規律疼痛的臼齒嗎？有輕生念頭的老闆不知怎地也就「等於」「掌中鷗鵰」嗎？小說的矛盾和迂迴根本無解，其中的一派胡扯也讓人印象深刻。

《看袋鼠的好日子》並非全都是這類怪異的心智遊戲。集中也收錄了〈起司蛋糕形的我的貧窮〉，有趣地窺探了建在一塊三角形建地上的村上的房子。選集中另有兩篇小說已有英語譯本，此外至少還有一篇也值得翻譯。

在〈窗〉（一九八二年五月，原篇名為〈你喜歡伯特・巴克瑞克嗎？〉）這篇小說中，二十二歲的僕在一間協助學員提升書信寫作能力的函授課程機構打工當指導者。小說開頭是：

> 妳好！
>
> 天氣一天比一天暖和起來，陽光中已經可以感覺到些許春的氣息了，妳過得還好嗎？
>
> 前幾天讀了妳的來信很高興，尤其關於漢堡牛排和肉荳蔻的那一段，充滿了生活感，是一篇相當好的文章，我可以感覺到廚房溫馨的氣息，和切洋蔥時咚咚咚，菜刀生動的聲音。127

僕這封信是寫給一個三十二歲、已婚（但沒有小孩而且寂寞）的女性學員，他把她的上一封信打七十分。她想做漢堡排請他吃，雖然公司規定不准學生和指導者私下交流，但他已準備離職，所以答應和她見面、享用她做的漢堡排，在伯特・巴克瑞克（Burt Bacharach）的音樂中聊天，而且沒和她睡覺。

> 十年過去了，每次搭小田急線電車經過她住的附近時，就會想起她和那爽脆的漢堡牛排。我望著窗外鐵路沿線的房子，問自己哪一扇窗會是她家。我回想從那扇窗向外看到的景色，看能不能記起來是在哪邊，可是我一點都不記得了。[128]

悲傷、甜美、風趣又飽含未曾進一步探索的關係，只有村上才寫得出這種對漢堡排的懷舊記憶。

另一篇以輕淡手法描寫人物間因緣際會的作品，是一篇內容非常短、題目非常長的小說：〈四月某個晴朗的早晨遇見100%的女孩〉（一九八一年七月）。僕在東京街頭看到他心目中完美的女孩，心想：

就算三十分鐘也好，跟她談談看。想問一問她的身世，也告訴她我的一些事。而且更重要的，是想解開一九八一年四月某個晴朗的早晨，我們在原宿的巷子裡擦肩而過的類似命運經緯的東西。129

在兩頁的篇幅裡，他繼續幻想一個劇情，兩個完美契合的情人在感冒大流行之後喪失記憶，多年後他們在東京街頭擦身而過，曾經共有的深刻記憶只剩微弱的光芒。當然，他們後來再也沒有見到對方。

這個選集裡另有一篇怪異的小說，是還沒有英譯本的〈唐古利燒餅的盛衰〉（一九八三年三月）。「唐古利燒餅」是一種餅乾，早在十世紀以前即已在日本出現，到了一九八〇年代已經不流行了，尤其年輕人更不愛吃。至少這是僕參加一家公司舉辦的大型公關活動時所得知的資訊。他沒聽過唐古利燒餅，可是參加活動的眾多年輕人似乎都曉得，而且還知道「唐古利烏鴉」會攻擊所有批評唐古利燒餅的人。

僕不喜歡唐古利燒餅的味道，但因為公司提供高額獎金給能做出最好吃的新口味的人，他於是決定參加比賽。一個月之後，公司找他過去，說他在決賽名列前茅，年輕僱員特別喜歡他的新配方，但老一輩則堅持他做的不是唐古利燒餅。最後的決定權正是交由唐古利烏鴉來選擇。僕問總經理什麼是唐古利烏鴉，他不可置信地說：

「你不知道神聖的唐古利烏鴉，就來應徵這比賽呀？」

「對不起，我太孤陋寡聞了。」

他們穿過走廊，搭電梯上六樓，再穿過一個走廊，盡頭有一扇鐵門。總經理解釋說，多年來神聖的唐古利烏鴉就住在這裡，別的不吃，只吃燒餅。兩人進去後看到上百隻巨大醜怪的肥腫烏鴉棲息在樑上，都在叫嚷著「唐古利燒餅、唐古利燒餅」。總經理丟了幾塊燒餅在地上，僕終於了解為什麼這些鳥沒有眼睛，眼窩只長著白色脂肪球了：牠們飛撲而上亂成一團，互相啄咬對方，以便搶先吃到燒餅。接下來總經理丟出了一些落選的作品，烏鴉們吃了以後吐出來，叫嚷著要真正的唐古利燒餅。

總經理告訴他：「現在我把你做的唐古利燒餅撒下去看看，他們吃就入選，他們不吃就落選。」緊接著發生了一場混戰，有些烏鴉喜歡新口味，有些不喜歡，吃不到僕做的燒餅的烏鴉狠狠地啄食其他烏鴉，現場血花四濺。

僕倒盡胃口地離開，深信沒有什麼獎金值得讓他下半輩子和這種生物打交道。「從現在起，我只做自己愛吃的給自己吃。管他什麼烏鴉，全都互相啄死算了！」130

嘲諷那些老愛標榜每種菓子和醃漬品都有悠久歷史的日本商家，犀利地挖苦商人迎合年輕消費者的全球策略，批評那些不會自己做決定而寧願跟隨潮流的集體膜拜心態，〈唐古利燒餅的盛衰〉顯示村上已進入黑暗地帶，此後他會更深入探索這個包含各種不可解因素的領域。

有一則與這篇小說相關的軼事值得附錄於此。「唐古利燒餅」原文是「とんがり燒」，字面意義大致為：「尖頭的烘烤物」。寫完這篇小說一段時間之後，有天村上和陽子在東京街上散步時嚇了一大跳，因為他們看到有個廣告新點心的招牌上寫著：「とんがりコーン」（尖頭玉米，音譯為「唐古利玉米」），亦即牛角形的玉米餅。此後「唐古利玉米」變得比村上的小說更有名，不過請記得，是村上的「唐古利燒餅」先出現的！[131]

| 第三章 |

耳朵保持清潔

一九八一年，春樹與陽子賣掉爵士酒館，以便讓他專心寫作。當時他三十二歲，酒店生意不惡，他也很喜歡這個工作，但頭兩本小說都受好評後，村上希望寫作時可以不用再忙著切一堆洋蔥。是該從廚房餐桌換到好一點的書桌了。

因此，他們離開東京，搬到附近的船橋市，領略完全不同的生活型態。這時村上已不像在酒館時每天工作到凌晨兩、三點，他十點左右就寢，六點不到就起床寫作。開始聽更多古典樂，和陽子一起在園子裡種蔬菜。

創作手稿逐漸成果纍纍。到了五月，村上翻譯的費滋傑羅短篇小說已足夠出版一本選集，書名是《我失落的都市》（*My Lost City*）。此後，他除了寫作，也一直翻譯不輟。有些人以翻譯為生，村上則是以此為樂，一整個早上埋首在小說、短篇、隨筆和遊記之後，下午便以翻譯消遣。

多年下來，村上不只譯了費滋傑羅，也譯了瑞蒙・卡佛（全數作品）、約翰・厄文、保羅・索魯（Paul Theroux）、布萊恩（C. D. B. Bryan）、卡波提、歐布萊恩、葛雷斯・裴利（Grace Paley）、馬克・史傳德（Mark Strand）、爵士男低音比爾・克勞（Bill Crow，軼事錄）、麥可・吉爾摩（Mikal Gilmore，所著關於蓋瑞・吉爾摩〔Gary Gilmore〕的生平及演奏技巧）、當代美國短篇小說及評論集，以及數本兒童繪本，其中許多是與東京大學的美國文學教授柴田元幸所合作。村上表示：「學習另一種語言，就像變成另一個人。」[132]他在八〇年代帶動日本迻譯美國小說的新機，已受各界肯定。[133]

村上春樹是當代日本文壇的重量級譯者，他的小說暢銷，促使讀者注意到其譯作，而翻譯工作則讓他對西方文學（尤其是美國文學）有廣泛的認識。在這方面，他掀起了日本小說風格的單人革命。他在日語的書寫中注入新穎的、都會城市的、明顯美式風味的格調，同時也製造出一群仿效者。著名評論家柄谷行人曾悲嘆說，一九九一年的文學新人獎（即村上於一九七九年獲得的群像新人獎）決選的四人中，有兩人明顯受到村上春樹「赤裸裸的影響」。《群像》的編輯則補充：「有一個村上春樹就夠了。」[134]

根據村上自述，對他最重要的一位作家是瑞蒙・卡佛，他喜歡到不僅迻譯他的作品，連創作也受其影響。在一九八二年讀到短篇小說〈滔滔洪水離家咫尺〉（So Much Water So Close to Home）之前，村上從未聽過卡佛的名字。他寫道：它「真的讓我大為震驚」。

> 他小說中有幾乎讓人心驚的簡潔世界，有強烈而靈活的風格，還有令人信服的情節。雖然他的風格基本上是寫實的，但其中透徹深刻之處卻凌駕了單純的寫實主義。我覺得我好像乍然遇見一種全新、從未出現過的小說類型。[135]

村上深信卡佛是個天才，在《紐約客》雜誌上讀到〈我在這裡打電話〉（Where I'm Calling From）之後，他開始收集並翻譯卡佛的作品。隔年五月，他推出卡佛的第一本翻譯集《我在這裡打電話》（*Where I'm Calling From and Other Stories*），《開往中國的慢船》也在這個月出版。

即使在美國，卡佛也並非家喻戶曉的人物，日本對他更可說是一無所悉。村上開始翻譯他的作品後，反應竟極為熱烈。村上寫道：「日本讀者熱烈、積極地接納瑞蒙·卡佛，讓我彷彿自己的作品大受歡迎一樣高興。」他繼續翻譯所有卡佛的作品，包括未出版的手稿及書信。在日本獨自摸索這麼久，村上在翻譯和師法卡佛時，才感覺找到了真正的良師益友。

> 瑞蒙·卡佛無疑是我遇過助益最大的良師，也是最佳的文學夥伴。我相信，我寫的小說和瑞伊*的方向差距很大，但如果沒有這個人，或者如果我沒讀過他的作品，我寫的書（尤其是短篇小說）很可能會呈現完全不同的模樣。[136]

若干年後，當美國作家傑·麥金納尼（Jay McInerney）向村上指出，卡佛的〈請你為我想一想〉（Put Yourself in My Shoes）和他的小說〈發條鳥與星期二的女人們〉（討論詳後）有某些相似之處時，村上多少有點吃驚。「傑提醒之前，我都沒注意到這點，可能因為我已經吸收了瑞伊許多文句的韻律和他的世界觀而不自覺。當然影響過我的作家不只他一個，但瑞伊．卡佛畢竟還是對我最具意義的作家，不然我為什麼要翻譯他的全部作品？」[137]

若說卡佛影響了村上，村上同樣也影響了卡佛——至少在翻譯上。正如橋本博美教授指出，村上內省的粉彩色調、以僕為主軸的風格被評為和卡佛的創作聲氣相通，尤其是卡佛早期的作品（常被稱為「黑手寫實主義」、「大賣場寫實主義」、「老粗當道」、「白人垃圾小說」等）。卡佛慣以精確客觀的筆觸敘事，村上則較喜以主觀的語調表達。譬如在〈鄰居〉（Neighbors）一文中，卡佛寫道：「他在想這些植物對氣溫會有什麼作用。」但村上翻譯時加進了人物的心聲：「他忖度著，『嗯，氣溫會不會因為有了這些植物而產生什麼差別呢？』」橋本教授總結指出，這些視角上細微的變動，頗適合卡佛後期（自〈大教堂〉〔Cathedral〕以降）的作品，村上這方面的譯作的確十分傑出。[138]

---

* 譯註：卡佛名字「瑞蒙」的暱稱。

研究過日本文學的人都知道，這種由外移轉向內的特色，反映了日語內化的自然傾向。學者泰德．佛勒（Ted Fowler）甚至以一本書專門討論這個問題，指出日語如何助長主觀的敘事模式，像是現代日本文學居主流的「私小說」。[139]日本讀者比美國讀者更熱烈接受卡佛，也可能是因為經由日語的轉介後，卡佛的銳氣少了些，在日語環境下變得更「渾然天成」——在日語中，「他」（彼，「かれ」）和「我」（僕，「ぼく」）之間的差距不是那麼重要。[140]

尋羊冒險記

一九八一年秋天，村上著手撰寫新小說，並於隔年春天完成——這已成為一種固定模式。他想寫的（居然）是與綿羊有關的小說，並為此生平第一次離家做研究，到日本最北的島嶼北海道旅行，參觀羊牧場、訪問畜羊專家。

受到村上龍（兩人沒有血緣關係）小說《寄物櫃的嬰孩》啟發，村上春樹明白自己想寫的不是使他成名的前兩本小說那種破碎的描寫，而是敘事連貫的小說。[141]《寄物櫃的嬰孩》充沛的活力，激發他構思以說故事的方式，而非蒙太奇手法來呈現敘事的推進力量和整體性。這時他已有時間集中心力，而這次專心創作的成果，遠遠超越了他前此的成就。[142]

雖然如此，新作乍看之下仍是熟悉的人物。在這第一本全心完成的長篇小說中，村上再度採用《聽風的歌》及《一九七三年的彈珠玩具》的主要角色。《尋羊冒險記》（一九八二）裡，僕、老鼠和中國酒保傑出場的時間是一九七八年初夏——雖然第一章標記著「一九七〇年十一月二十五日」（出現於原著，英譯本無此句）。這一天是小說家三島由紀夫試圖以天皇之名號召日本自衛隊的日子。眼見軍方不予理睬，他切腹自殺，並由一名跟隨者砍下其頭顱。《尋羊冒險記》裡，電視螢幕無聲閃過的影像，就有三島對軍隊發表冗長演說的畫面。電視機的音量調節鈕壞了，但看電視的學生也不怎麼感興趣——又是一九六九年暴動之後倦怠感的另一例證。

此時的僕已經二十九歲，和迷人的辦公室助理結婚後又離婚了。她和他的朋友發生關係，但他並不在意，既未試圖挽回，也沒有阻止她結束四年的婚姻。他的翻譯業務已擴大為一家生意相當興隆的廣告公司，但他與老鼠失去聯絡，正如《一九七三年的彈珠玩具》結尾所暗示，老鼠就這樣消失了，也不再像《聽風的歌》後記所說，每年十二月時寄小說來。先前作品中僕對生活的厭倦感，此處十分簡潔地傳達出來：

> 這種說法也許很奇怪，不過總覺得現在不是現在，這裡不是這裡。所謂我是我這回事，也不太對勁。我常常這樣感覺。很久很久以後，才會好不容易連得起來。這十年間，一直都這樣。[143]

一九六九年的學運標記了他年少的理想主義已結束。從此之後，二十幾歲的他只剩下毫無生氣的例行工作生活，在這樣的日子裡，「我」和「自我」之間似乎開始出現裂縫。僕懷念裂縫出現前的生活。在〈一九六三／一九八二年的伊帕內瑪姑娘〉那篇文章中，僕冥想著：「相信總有一天，我會在遙遠的世界一個奇妙的場所遇見我自己。……在那裡我就是我自己，我自己就是我。兩者之間沒有任何種類的間隙，完美的結合。」到如今，僕大多數時間沉溺在香菸和酒精裡，三餐吃的都是垃圾食物。

《尋羊冒險記》絕大部分內容中，無聊和生活是相反的兩極，歷險才使得生活擺脫了無聊。小說原書名意指「環繞著羊的一場歷險」，我們得感謝譯者阿弗烈．伯恩邦（Alfred Birnbaum）在英譯書名上加入一點提示，暗指僕尋找神祕羊的經歷不過是白忙一場。*起初僕過著單調的都市生活，後來雖被捲進一場保證不無聊的冒險，但回頭仍是乏味的都市生活，這之中唯有一點截然不同：他已然了解，世俗平凡的現實世界和只有鬼魂居住的記憶與死亡的世界比起來可愛多了。「我總算回到有生氣的世界來了。就算這是一個充滿無聊的凡庸世界也好，那畢竟是我的世界啊。」[144]

《尋羊冒險記》裡的各個人物看似眼熟，但他們的生活言行已大大不同。村上曾在柏克萊闡述他的新手法：

在這本小說裡，我的風格經歷了一次，或者也可以說是兩次大轉變。句子變長了，也更能前後連貫；說故事的成分也比前兩本小說更重要。

撰寫《尋羊冒險記》時，我強烈地感受到，故事（亦即物語）並不是你創造的，而是從你心裡掏出來的東西。故事本來就在那裡，在你心裡。你無法憑空製造，只能把它喚出來，至少對我來說是這樣的，故事是自然發生的。對我而言，故事是帶領讀

＊ 譯註：《尋羊冒險記》的英譯書名「A Wild Sheep Chase」並不是日語書名的直譯，而是由英語諺語「wild goose chase」變化而來，指「徒勞、白忙一場」之意。

者前往某處的交通工具，不管你想傳達什麼訊息，不管你希望讀者的情緒如何變化，第一任務就是把讀者請進車裡。而這輛車——也就是故事、物語——必須讓人覺得可信。這些是說故事時最需要滿足的條件。

開始寫《尋羊冒險記》時，我心裡並沒有預設的綱要，第一章我幾乎是隨手完成的，完全不知道接下來故事會怎麼發展。不過我並不擔心，因為我覺得——我確知——故事就在那裡，在我心裡。我就像個探勘者，以卜杖尋找水脈。我知道——我感覺到——水在那裡，就開始挖掘。

《尋羊冒險記》的架構受錢德勒的偵探小說影響很深。我是他的忠實讀者，他的一些小說我讀過很多遍。我想把他的情節架構放進我的新小說裡，也就是說，首先，主角會是個孤單、住在都市裡的人；他應該要找尋什麼；在尋找的過程中，他會捲進各種複雜的情境裡；而最後當他終於找到目標時，它應該已經被破壞或者消失了。很明顯，這是錢德勒的手法，我就是要把這種手法放進《尋羊冒險記》。有個美國西岸的讀者看出這層關係，他引用錢德勒的《大眠》（*The Big Sleep*），稱我的小說為《大羊》（*The Big Sheep*）。我覺得很榮幸。

然而，我並沒打算把《尋羊冒險記》寫成推理小說。推理小說最後會解開一個祕密，但我並不打算解開什麼，我想寫的是無解的推理小說。對於名叫「羊男」的這個角色、背上有星形的羊是什麼，或者「老鼠」這個人物最後發生了什麼，我幾乎沒有什麼可說的。我運用推理小說的架構，填進全然不同的成分。換言之，對我而言，架構只是一種承載工具。

頭幾章我一路摸索，不確定故事會如何發展。就像在黑暗中摸著前進，我完全不知道羊的故事會在什麼時候、什麼地方穿插進來。不過不久之後就靈光一閃，黑暗的遠方出現了微弱的亮光。那就是了，有個東西說我只要照著那個方向走即可。當然我得注意腳步，小心不要被絆倒，前進時不要跌到洞裡。

最重要的是信心，你得相信你有說故事的本領，能發現水源，能將拼圖碎片拼起來。如果沒有信心，你哪裡也去不了。這就像拳擊，一旦爬上拳擊場就不能回頭，你得作戰，直到比賽結束為止。

我就是這樣寫小說的，我也喜歡讀這種方式完成的小說。自發性對我來說很重要。

我相信故事的力量，我相信故事的力量可以喚起我們的靈魂、我們心中的某些東西——那是從遠古代代相傳下來的東西。約翰·厄文說過，好的故事就像麻醉劑，如果你能把上好的一針打進讀者血管裡，不管評論怎麼說，他們會染上癮頭，回來再跟你要第二針。這個比喻也許很嚇人，不過我想他是對的。

我從撰寫《尋羊冒險記》的過程中建立自信，相信我可以成為小說家。145

村上挖掘他的水脈找到的故事，的確有出人意表、自行發展的特質，故事是這樣的……

一個凶惡的黑衣男子告訴僕，他對僕公司製作的一份廣告中出現的某隻羊很有興趣。故事跳至倒敘，我們得知前一年，一九七七年十二月時，有個包裹從北方寄過來，裡面有老鼠的一封信和他所寫的小說。隔年五月，另一封信從「完全不同的地方」寄來，附了一張有羊的鄉村風景照，請求僕把它刊登在媒體上。老鼠還請僕拜訪傑和他在《一九七三年的彈珠玩具》裡離開的那名女子，代他向他們道別（為了便於劇情發展，僕在撕掉第二封信上的籤條時，碰巧也破壞了郵戳，以致無法辨認發信地點了）。僕將照片刊登在他公司設計的一份廣告上，也盡責地完成一趟傷感的歸鄉之旅。

回到當時，我們得知凶惡的黑衣人因為對那張羊的照片有某種不明的興趣而找上僕。這個人是腦中長著巨大腫瘤、已經不久人世的右翼「老闆」（先生）的副手，他逼迫我們的主角啟程去尋找照片裡一隻背上有模糊可辨星形記號的羊，所以僕得動身去找寄來這張照片的老鼠。他帶著新女友一起出發，她是個兼職的應召女郎，長相平凡但有一對「形狀完美的耳朵」，就像村上筆下的很多人物，她經常在洗耳朵，露出耳朵時整個人的特殊魔力被描述得像漫畫般誇張：

（餐廳裡的）幾個客人轉過頭來，失神似地望著我們這一桌。來為我們續杯咖啡的服務生，沒辦法好好倒咖啡，任何人都沒說一句話。只有音樂帶的輪圈繼續自動地慢慢轉著。146

這使人想起那些精彩的證券經紀商廣告：擁擠的房間裡所有人突然都停下來，因為「赫頓一開口，人們都仔細聽」。這是書中令人難忘的一幕，獨獨占了一整「章」，而且是關鍵的一章，村上漫畫式的誇大徹底解除了讀者的防衛。接受這一點後，就差不多接受了他女友不凡的、超能力式的力量，以及僕遇見的一連串愈來愈怪異的事件。村上和湯瑪斯．品瓊（Thomas Pynchon）在這方面有些共通點，但村上並沒有提到受過他的影響。他說，品瓊的《V》是本極佳的小說，但「不知為何，我很少讀他的其他作品，也許取向接近的小說家不喜歡讀對方的作品吧」。[147]

僕的女友出乎意料地預言他會接到一通跟羊有關的重要電話，也是她堅持他們應該到北海道尋羊，又似乎不經意地就在電話簿上挑選到他們投宿的「形而上」飯店（這家飯店以動物為名：「海豚」，經營者是從《白鯨記》得到靈感的，故事也在尋找一隻行蹤飄忽的動物）。神奇的是，這棟建築原先即是北海道綿羊會館，一九三五年曾被他們尋找的羊短暫附身過的「羊博士」就住在這裡。他可能是世上唯一可以告訴僕那張照片在哪裡拍攝的人（事實上，飯店大廳裡就掛了一張類似的照片）。他也因此提供了引導僕見到老鼠的最後線索——如果僕沒有「忘了」老鼠家在北海道有間別墅的話，他應該自己就可以想到這個關聯。

一旦僕獲得最後的線索，女友就退後成為背景，小說中只說她不再跟僕睡覺，而且在他進行淨化儀式的過程時消失無蹤。[148]僕又很湊巧地沒注意到先生和北海道這頭明顯的關聯，直至他找到老鼠家別墅後才想起來。在那別墅，他幾乎是無意間碰巧讀到一本戰時出版、歌頌日本軍事擴張的書，裡面正好夾著一張列有主戰分子名單的紙條，先生的姓名和本籍也記錄於其中。[149]

這些情節的串聯看來已有點牽強，穿黑西裝的祕書最後又加上一記：他在接近尾聲時透露，他一直都知道老鼠藏在哪裡，叫僕來這趟「尋羊冒險記」是因為必須有個老鼠信任的人，才能把他引誘出來，這個人不能知道祕書想將附身的羊從老鼠身上轉移到他自身，以圖得強大的力量。這表示女友和祕書其實是同夥，難道她擁有的所謂超能力也不過是計謀之一嗎？這表示她並非隨意選中海豚飯店？羊博士和他兒子也是祕書安排的嗎？或者這單純只表示村上讓各個情節率性而行，沒有特別仔細考究？

女友的失蹤以及僕讓她離去（小說中以〈不忠〉〔Perfidia〕這首曲子來標誌她的離去），意指她可能被收買，而他有點厭惡她（飯店老闆告訴僕：「她沒說要去哪裡。身體好像不太舒服。」僕回答：「沒關係。」）。[150]這樣的說法確實比較簡單。然而不然，她的能力是「真的」，羊博士也不是暗樁。羊博士的悲痛並非反諷，正是他宣達了本書的核心題旨：「現代日本愚劣的本質，是我們從來沒有從和亞洲其他民族的接觸中學到任何東西。」[151]過於強調邏輯的一致性，也許只會侵蝕這部刻意著重古怪成分而不強調架構嚴謹、並且以最不費力的方式表現其政治立場的偵探小說的趣味。

然而，對一本充滿「鬆散」冒險、漫無目標的小說而言，《尋羊冒險記》的主題卻令人意外地圍繞著死亡及無可挽回的失落感。一開場是僕讀到過去的女友意外過世的消息，其後他憶起三島由紀夫切腹自殺的儀式，後來他發現老鼠已經自殺，甚至在僕和老鼠的魂魄見過面後，邪惡的黑衣男子也被炸死。一路上至少還出現四次死亡，包括右派的先生及僕家鄉被一排墓石般的現代建築「抹殺」的海岸線。小說將盡時，女友的消失是另一種失落，在此之前僕的妻子已離他而去，他與合夥人也拆夥了。「我失去了故鄉，失去了年少，失去了朋友，失去了妻子，再過三個月就要失去二十幾歲的年代了。等到六十歲的時候我到底會變怎樣呢？我無法想像。」[152]沉著的僕盡量不去想得太嚴重，正如他指出，失落以三種形式出現：「有些東西被遺忘，有些東西消失，有些東西死去。而其中幾乎未帶有任何悲劇性。」[153]

僕期望老鼠能帶領他找到那隻神祕的羊，為了尋找老鼠，他來到北海道，那正是《一九七三年的彈珠玩具》裡辦公室助理建議的旅行地點。（村上經常回到早先的作品裡尋找提示，這點在這本小說中又特別明顯。我們甚至可以在本書中看到納金高（Nat King Cole）的〈國境之南〉（South of the Border），時間比村上以它為書名早了十年。）[154]當他在老鼠似乎已住過一陣子的山中木屋等待時，僕唯一接觸到的只有一個奇怪的當地人「羊男」，他其實也不完全是人。沒有明顯的理由，這個矮小（一五〇公分）男人的外觀是這樣的：

羊男從頭上套著一件羊皮。他那胖嘟嘟的身材和那衣裳完全合身。手和腳的部分是做凸出來的。頭部蓋的帽子也是做出來的，而那頂上兩根圓圓地捲起來的角則是真的。帽子兩側好像用鐵絲撐出形狀來似的水平地凸出平平的兩個耳朵。遮住臉上半部的皮面具和手套、襪子全都是黑色的。衣服從頭上到屁股附有拉鍊……衣服的尾巴部分還附有小小的尾巴。155

羊男穿著這套服裝匿居在森林裡，代表了躲避世界大戰及軍事擴張的人，可說是一隻自我獻祭的和平羔羊。我們不清楚他在森林裡有沒有一座小屋，或者在和僕對話的那一幕之後，他是不是還真的存在：他只出現在森林之外，又回到森林去，是不比《一九七三年的彈珠玩具》裡的雙胞胎多一點血肉的童話人物。

僕慢慢在這個奇怪的生物身上察覺到老鼠的「存在」。秋意更深，雪開始飄降，瀰漫在《一九七三年的彈珠玩具》養雞場倉庫那一幕的酷寒，愈來愈濃重。僕察覺到某些事要發生了：

愈想愈難擺脫這種想法，覺得羊男的行為正反映著老鼠的意志。羊男把我的女朋友趕下山去，留下我一個人。他的出現一定是什麼的前兆。我周圍確實在進行著什麼。旁邊先清掃乾淨，有事情要發生了。[156]

這個「前兆」，村上使用一種古式的說法：「あたりがはききよめられ」（周圍先滌掃淨盡），很像神社的聖殿在祭禮前都會遵照儀式清潔打掃。羊男提醒僕：「這可不是普通的地方噢。這一點你最好能夠記住。」[157]其實僕開始食用較為健康的餐點時（與五穀有關的祭典是神道教的核心），就已經展開潔淨、除穢的過程了：沒有性愛、戒菸、每天在寒冷乾淨的空氣中慢跑。他甚至在精神上也滌淨了：「我決定忘掉一切。」[158]

有一次慢跑時，僕受不了寒冷轉頭回家，大雪無聲地將該地覆蓋成白色，僕讓留聲機自動回轉，重複播放平．克勞斯貝（Bing Crosby）的〈銀色聖誕〉（White Christmas）二十六次當作除穢的咒語。他覺得一切都在「流動著」[159]，而他卻不在其內。彷彿為了成為那潮流的一部分，他展開一串如詩般描繪的打掃儀式，身體很勞累，但他剛戒了菸的肺覺得很舒服：撢掉灰塵、用吸塵器清理，拖地再打蠟，擦洗浴缸和馬桶，擦拭家具，清洗玻璃窗和百葉窗，最後（也是最重要的任務）擦拭鏡子。神鏡，也正是神道教的重要神器。

屋裡的鏡子是一個龐大、全身型的「古董」，僕把它擦得如此乾淨，以致它映照出的世界似乎就像真實世界——甚至比這個世界更為真實。[160]然而，羊男被僕彈奏老鼠的吉他聲吸引前來時，他的身影並沒有出現在鏡子裡，僕一陣毛骨悚然。高大的老鼠和小一號的羊男體型並不相像，僕知道他的老朋友不知怎麼地存附在羊男身上。他激烈地砸碎吉他表明態度，催促老鼠當晚來找他，然後送羊男回到他住的森林。

做了一場不安的夢之後，僕在寒冷黑暗中等待他的朋友到來。他感覺自己就像「蹲在深井底下」。[161]他停止思考，任時間流逝。老鼠在寂靜中跟他說話，有一段時間兩人回到「從前」，[162]在這場超越時間的重逢裡把時鐘停住，當老鼠解釋他怎樣自殺以及邪惡的羊如何進入他體內時，兩人一起愉快地喝啤酒。僕凍得難過，但老鼠承諾他們會再見面：「最好能在比較亮的地方，也許在夏天。」——或是像伊帕內瑪的海灘這樣的地方。[163]後來，僕整夜惡寒，各種恍惚夢境充溢，讓人對他和老鼠這場會面的真實性起疑。在這次與死亡的世界接觸之後，是另一場簡短的淨化儀式*——刮鬍子及解了「難以置信」份量的小便。[164]

不管我們認為僕和已故友人終於重逢是「真的」，或者只是精神錯亂的結果，這是他探索旅程的顛峰。即使只有短暫的時間，他總算重獲失去的過往，亦即「過去的時光」。

---

* 譯註：神道教認為沾染到與死亡有關的東西即為不潔。

當僕一一列舉他無聊的生活給有漂亮耳朵的女孩聽時，他說：「艾勒里・昆恩（Ellery Queen）所有偵探小說裡的凶手名字我全部記得，《追憶逝水年華》我也有全套，不過只讀了一半。」[165]原文用的是法語書名，我們也許會認為平常不會裝模作樣的僕此刻有幾分做作，但這其實是一個敏銳譯者所提供的暗號，這裡提到普魯斯特並不是要嘲弄他的作品難以閱讀。這本書原來的英譯名「Remembrance of Things Past」並不適合用在此處，新的英譯本書名已改成「In Search of Lost Time」。新譯名以及同樣準確的日譯書名「失われた時を求めて」（追尋失去的時光），聽起來非常村上，恰正是僕在做的事。

村上以企求捕捉流逝光陰的普魯斯特為榜樣，也進入內心的記憶世界探險，但兩者有著截然不同之處：村上不會讓讀者感到無趣。你可以一路讀完他的書，他就像昆恩一樣易讀又有趣，是適合我們這種高度商業化、低膽固醇時代的，清爽口味的清淡型普魯斯特。他觸及許多「大哉問」——生活及死亡的意義，現實的本質，心靈與時間、記憶和實存世界的關係，尋找認同，以及愛的意義——全都以輕鬆易讀的形式處理，不沉悶笨重、不陰鬱，誠懇而全無偽善的幻覺。他用我們這時代的語言來向我們描述極度虛無、敏銳地感受活著的真正趣味與躁動。

說了這麼多，問題是：為什麼是羊？羊代表什麼意義（如果有意義的話）？村上曾經這樣說明：

我沒有為《尋羊冒險記》設定故事大綱，只決定以「羊」為某種關鍵詞，以及讓主要角色「僕」和背景人物「老鼠」最後團聚。這就是它的整個架構……而我相信，如果這本小說算得上成功，正是因為我自己也不知道羊代表什麼意義。166

一九九二年十一月在美國華盛頓大學演講時，村上終於透露羊意象的來源。以後見之明來看，意義重大。小說家高橋高子（Takahashi Takako）論及《一九七三年的彈珠玩具》時，曾指責村上把某些林地場景描繪成「像在牧羊」。她表示，這是「不恰當的修辭，因為日本沒有綿羊」。但村上很肯定日本一定有綿羊，便開始研究這個題目。在柏克萊演講時他描述其過程：

我跑到北海道去看真的羊，日本的大型綿羊養殖場幾乎都集中在北海道。我在那裡親眼見到真正的羊，和養羊的人談話，而且到公家機關做羊的研究。我得知日本並非一開始就有羊，是明治初期當作奇珍異獸進口的。明治政府頒訂了鼓勵飼養綿羊的政策，但現在因為綿羊是不經濟的投資，已被政府放棄了。換句話說，綿羊是日本政府快速追求現代化的一個象徵。知道這些之後，我便決定非要寫一本以「羊」為關鍵的小說。

> 開始寫這本小說時，羊的歷史資料便成了主要情節的要素。我稱為羊男的角色，幾乎就是從巨大的歷史暗影中浮現而出的人物。然而決定寫羊的小說時，我對這些史料一無所知。羊男是非常碰巧產生的。[167]

然而，羊男逃避兵役並不是巧合。當僕閱讀一處名叫「十二瀧町」的虛構小鎮歷史時，他發現明治政府在此地推動飼養綿羊，其實是軍方入侵亞洲大陸計畫的一部分。當地人不了解為什麼政府好心送他們第一批綿羊，直到有些人的兒子身上穿著羊毛軍用外套，喪生於日俄戰爭，方才恍然大悟。

二次世界大戰後，十二瀧町的榮景開始衰退。有段時間，快速的經濟成長促使當地經濟轉移到為新的都市消費者生產木材製品：電視架、鏡框、動物玩偶。都市消費者居住的社會，和僕度過無聊的二十幾歲之處正屬同一類型。

十二瀧町早期的歷史讓僕讀得入迷，但它後期的故事（結束於一九七〇年，麻木感開始出現的那年）則無聊到讓他決定睡覺。[168]

村上對歷史的想像力也許太過豐富，但這本第一次走出學運狹窄格局的小說之重大意義在於，村上探索了日本與亞洲大陸悲劇性的交戰，後來他在《發條鳥年代記》又以全力處理這個題材。

依據《尋羊冒險記》書中的描寫，生於一九一三年的神祕右翼先生曾經到過滿洲，「和關東軍的高層關係不錯，相互結黨策劃各種陰謀」（關東軍是日本用以控制滿洲傀儡政權的軍隊，負責策劃各項陰謀、挑起敵意，最後導致太平洋戰爭）。先生「在中國大陸到處橫行之後，就在蘇聯軍隊到達（趁日本戰敗前夕摧毀關東軍）前兩個星期，搭驅逐艦回到日本。帶著數不清的大量貴金屬一起回來」。[169]

利用這些財富，先生開始暗中操控「政治、財政、大眾傳播、官僚組織、文化……一切的一切」。[170]村上以此控訴操縱著當代日本消費文化的邪惡動機，指出其與日本入侵亞洲大陸的毀滅性、破壞性野心背後的力量是相同的。先生鋪天蓋地的黑暗王國背後，潛藏著壓抑個體、極權主義的龐大「意志」，而這一切可能來自一隻特定的「背上有茶色星形斑紋的羊」。這隻羊於一九三六年寄居到先生的大腦，可能還曾經附身指使了殘暴的成吉思汗。[171]先生被羊附身一年後來到滿洲，（書中暗示）他在這裡鼓動關東軍挑起一九三七年惡名昭彰的「七七事變」，那是關東軍在二次世界大戰中主要的「貢獻」，也是導致日本入侵中國的關鍵事件。

如果羊具備了在亞洲製造出如此龐然苦難的邪惡「意志」，就不可能僅只是和平的象徵。的確，羊具現的「意志」似乎發源自亞洲大陸，也就是不斷受日本侵凌的那塊大陸——早自甲午戰爭（一八九四至一八九五年）、到日俄戰爭（一九〇四至一九〇五年）、併吞韓國（一九一〇年），以及從一九三一到一九四五年的最終回暴行，包括一九三二至一九四五年的滿洲傀儡政權。皇軍的使命是建立大東亞共榮圈，有什麼比和平的羔羊更能象徵如此心靈境界的暴行？

中國酒保傑也許可以看成是戰爭及其在中國大陸的餘波的受害者。戰爭結束時的一九四五年，他應該已經十七歲，不知怎地來到日本，結了婚，妻子後來因病過世。但除了偶爾發表幾句珠璣，在僕的生活裡添上一點孤獨的風貌之外，傑對於情節發展並沒有太多貢獻。僕幻想著把他生命中所有重要的人都聚集起來，一起在北海道山上經營一家餐廳，他提到傑時的情感如此濃烈，以致英譯者似乎猜測這一段是誤植而將它刪除。重新植回後這一段應該如下：

> 傑，如果他能夠來這裡的話，很多事情一定可以順利解決。一切都應該以他為中心去運轉。以寬恕、憐惜和接受為中心。[172]

這樣的言詞幾乎要讓人以為傑（J）也許代表耶穌（Jesus）。村上並不是基督徒（或佛教徒或其他宗教的信徒），但他確實在玩弄和平羔羊的意象，就這點而言，傑和耶穌之間也許只有一小段距離。傑似乎站在先生的極端對立面，先生的「意志」曾在傑的故鄉猖獗蔓延。最後，幾乎像在支付戰爭賠償似的，僕將他著手千里尋羊時從先生的祕書那裡收到的巨額支票交給了傑。

先生不久人世，神祕的羊已離開他，不偏不倚選擇宿居到老鼠身上——雖然為什麼牠要離開右翼惡棍跑到一個理想幻滅的激進學生身上，是另一個作者聰明而節制地不去深究的關鍵點。我們會以為牠應該跑到其他人，譬如三島由紀夫身上，他死亡的時間精確地標示了這本小說的開端。儘管如此，老鼠過時的前七〇年代理想主義於此最後一次綻放，他認為自己對社會能有的貢獻，就是等強大的羊的靈魂在他身體裡熟睡時自殺。僕也助了他一臂之力，將炸彈接起，殺死一心想染指羊的力量的邪惡祕書。

殺死羊和祕書，並不能就此將日本從他們所代表的邪惡解放出來，也不能由此認定小說已系統性地批判了日本企業式的制度，或它對溫馴勞動力的剝削。然而無疑地，許多讀者對僕在都市裡的抑鬱感同身受，也很能從書中予以還擊的幻想得到發洩。透過僕這個角色，他們如同間接摧毀了左右經濟機制的腐敗又強大的體系——是這個經濟機制讓他們覺得遭受束縛剝削，讓他們無法感受到「這裡和現在是真的這裡和現在，我是真的我」。

僕在北海道的「淨化儀式」有部分自傳性質。當《尋羊冒險記》即將完成時，村上戒了菸（是斷然戒菸：從一天三包到完全不抽）、也開始認真地跑步。當他深入內在去掘取素材時，認為自己需要一些身體上的鍛練以維持平穩。

典型的日本文士，總是帶著縱酒、嗜菸的「頹廢」形象，肉體的衰弛是創作題材的主要根源，但村上認為身體健康才是他事業的基石。[173] 如同他筆下人物老是自己準備一些「簡單」的菜餚，村上自己的健康養生法要求吃得簡單，要有大量蔬菜（大盤沙拉！）、低脂的日式料理及極少量的澱粉。不過他確實很喜歡好好地煮義大利麵，就像他書中很多人物一樣。我們同樣可以從小說中看出，他擅長的烹調方法層出不窮，雖然他最喜歡的應該是義大利式。

村上非常不喜歡中式料理，有人解釋這是由於他對日本在中國的暴行特有的敏感，但聊起這點時，他堅持唯一的問題在口味，並且指出他「不僅天生沒辦法吃中國菜，也不能吃韓國菜和越南菜」。（不過這幾個國家對日本人也都恰巧有慘痛的歷史回憶。）[174]他酒喝得不多，但喜歡偶爾來瓶啤酒或一杯葡萄酒，特別鍾情純麥威士忌。「我聽過幾萬遍得要不健康地過活才能寫出小說，但我相信的正好相反。你自己愈健康，就愈能輕鬆地把體內不健康的東西帶出來。」[175]

一九九九年時，村上已跑過十六次全程馬拉松，徹底證明了他身體健康。一家雜誌以二十五頁的篇幅來鋪陳他跑步與寫作間的關聯。他說：「你得要有足夠的體力和耐力，才能花一年時間寫小說，隔年重寫十到十五次。」他認為他應該以一天只有二十三小時來過活，這樣不管他有多忙，都無礙於花一小時時間運動。「活力和專心是銅板的兩面……，不管怎麼樣，不管我有沒有進入狀況，不管是痛苦或愉快，我每天都坐在桌前寫作。我早上四點起床，通常一直寫到中午。日復一日，最後——就像跑步——達到我一直在追求的那個地方。你需要體力來完成這些……就像通過一道牆，你就這樣擠過去。」[176]鍛練身體所需的紀律與他專業上的嚴格紀律密不可分，村上能年復一年保持如此驚人的產量，有賴於此。[177]最後他明白，爵士樂使他早期作品充滿節拍清脆的活力，而後期風格的堅忍力量則多賴他的長途慢跑。[178]

一九八三年，《尋羊冒險記》完成後的次年，村上首度到國外旅行，獨自跑完希臘雅典馬拉松的路線。隔年，他到美國夏威夷參加第一次馬拉松比賽，此後他跑過馬拉松、半馬拉松及鐵人三項，地點遍及日本（包括一九九六年的北海道百公里「超級馬拉松」，他以十一小時跑完全程）及國外（包括雅典、紐約、紐澤西、新貝德福〔New Bedford〕及波士頓）。至一九九七年為止，他參加過五次波士頓馬拉松，最好的成績是三小時三十一分零四秒（一九九一）。[179]

這種四處旅行的新欲望，反映出他專職寫作的事業順利起飛後，生活標準也隨之提升。《尋羊冒險記》在六個月內銷售了約五萬冊，但除了買下愛快羅密歐和賓士之外，商業上的成就並沒有改變村上原本斯巴達式的生活型態。他仍然與文學界的名流雅士保持距離，也不願上電視（只有一次罕見的公開露面，是一九九五年阪神大地震後，他自願參與朗讀，為神戶地區的圖書館募款）。他仍然經常穿球鞋，寧可戴塑膠手錶，二〇〇〇年時他計算自己共有五套西裝和二十條領帶，但幾乎都沒穿過。[180]不管是位於東京公認最時髦（亦即安靜、隱密）地區的公寓，或在東京西區的海邊別墅，屋內牆上都像他極簡的文體一樣，沒有太多裝飾。

村上很少做其他和寫作無關的事，某種意義上，他顯然是個工作狂，不過事實是，他真的非常喜愛寫作。他運動是為了保持健康以便寫作；為數可觀的旅行，大部分也都是為了這家或那家雜誌「出任務」，通常隨同一位攝影師（或陽子，她已有許多精彩照片與他的文章搭配刊出）。也就是說，由於這些因素，他必須比一般遊客更了解目的地，而且事後得把心得寫下來，這帶給他很多樂趣。

二〇〇〇年的新年假期，他發誓要暫停工作一陣子，但當他忍著不開電腦時，又實在受不了閒著沒事。為了打發時間，他開始玩起迴文遊戲——迴文是指順著讀和倒著讀都相同的句子，譬如「Madam, I'm Adam」（夫人，我叫亞當）這個句子，對句是「Sir, I'm Iris」（先生，我叫艾莉絲）。當然村上是用日語，日語稱這種語句為「かいぶん」，而且不一定得是完整句子。他設法為五十音裡的四十四個字母各寫了一句迴文，不過他不像其他人一樣寫完塞到抽屜裡，反而為每個句子寫個可笑的故事來解釋它們，還把它們集結發表成一本可愛的小書，配上友澤Mimiyo可愛的小圖，在他不斷增多的作品中又添了一冊。[181]

這本書書名叫《またたび浴びたタマ》（Ma-ta-ta-bi a-bi-ta Ta-ma），順著唸和倒著唸一樣，「Tama」的日語用片假名，因為它是一隻貓的名字。迴文大概沒辦法翻譯成別的語言，村上這本書名的意思是「Tama在貓薄荷裡淋浴」（Tama, showered in catnip），英語倒著拼就變成「Pintac ni derewohs, amat」，無任何意義。

因為工作關係，春樹和陽子於一九八四年夏天到美國周遊六個星期。前一年，村上曾為了參加檀香山馬拉松賽而短暫停留在夏威夷，這次首度正式到美國旅行，他拜訪了瑞蒙．卡佛、約翰．厄文，以及費滋傑羅的母校普林斯頓大學。

村上夫婦與卡佛和詩人妻子泰絲．蓋拉格（Tess Gallagher）在他們位於華盛頓州奧林匹克半島的「天空之家」（Sky House）見面，這是那年夏天村上的文學朝聖之旅第一站。雖然見面時間只有一、兩個小時，雙方都印象深刻。卡佛當時正忙著一項寫作計畫，但他決定為村上抽出時間，他覺得譯者不遠千里從日本來探望是他的榮幸。泰絲．蓋拉格記錄道：「瑞伊高興得像孩子一樣，急著見村上，想看看他是什麼樣的人、為什麼瑞伊的作品可以把他們兜在一起。」[182]春樹和陽子在午後不久到達，接受簡單的茶點、燻鮭魚和餅乾招待。

提及這次晤面，村上留意到，當時卡佛才剛克服酗酒問題不久：

> 那個安靜的午後接近尾聲時，我記得他有多嫌惡喝紅茶，拿著茶杯的他，看起來就像是走錯地方做錯事。有時他會從椅子上起來到外面抽菸。透過泰絲．蓋拉格在天使港（Port Angeles）「天空之家」的窗子，可以辨識出一艘開往加拿大的渡輪。[183]

在這棟山頂住宅的陽台上，他們為撞上玻璃防風板而喪生的小鳥哀嘆。他們討論卡佛的作品為何在日本如此暢銷，村上認為原因應在於，卡佛許多主題涉及生活中的各種小屈辱，日本人對此頗能感應。這場討論觸動卡佛某些回憶，後來他寫了一首詩〈拋射〉（The Projectile）獻給村上：

相對啜茶，客氣商討
我的作品何以
在你的國家賣得這麼好
話鋒一轉，談到
你在我的故事裡
一而再、再而三看到的
痛楚和屈辱
以及完全沒有理由的
機緣湊巧。這些主題
又如何有助於

書的行銷
我凝視著房間的一角
有一剎那又回到十六歲
坐一輛五〇年分的道奇
和五六個傢伙在雪地裡
橫衝直撞
還朝別的傢伙豎起
中指……

接下來是一場雪球大戰，偏就那麼倒楣，一顆雪球拋射而來，湊巧「打中我的腦袋／重得連耳膜都／震破了」。劇烈的疼痛讓他在朋友面前流下丟臉的眼淚。勝利的「傢伙」揚長而去，或許他——

從沒
再想過這件事

因為沒必要啊
要想的事太多嘍
幹嘛還要去想起那輛討厭的車
揚長而去，拐一個彎
走得無蹤無影？
我們優雅地舉杯互敬
在那個
一瞬間　有什麼別的東西
侵入　的房間裡[184]

當然，在村上作品的英譯本問世前，卡佛不可能了解這場回到過去的精神飛行，與這位日本譯者的小說世界有多相像。泰絲・蓋拉格記得村上只介紹他自己是個譯者，而他還缺乏練習的英語會話能力，有時也會導致交談中斷，但「他顯然很感動能與瑞伊晤會」。事後她和卡佛都認為，他們見到了一對非常特別的夫妻，感覺頗為投緣。

村上對卡佛排除萬難接見他大為感動，他對美國也覺得親近。美國誠實、簡單的散文風格和他自己的作品相近，除了作品基調上的基本差異之外（卡佛多著墨在各種關係間固有情感的緊張壓力，村上則深入探索孤獨的心靈及各種奇想），卡佛的風格更啟發了村上去翻譯他的全部作品。

一九八七年，村上甚至在他們的新家準備了一張超級大床，以備六呎二吋（一八八公分）的卡佛應中央公論社之邀來到日本時好招待他。床架是由一個家具工組成的，床墊（五乘七呎）由陽子已故父親開設的店製作。然而當時卡佛罹患癌症，無法成行。十月一日的手術切除了四分之三的肺葉，次年他就過世了。

消息傳來時，村上難以置信。「我想像這麼高大的人熬了這麼久的時間才過世，會是多麼痛苦的折磨。我想那一定有點像一棵巨樹緩緩倒下。」[185]他覺得卡佛的過世使他痛失好友，此後他和陽子一直與泰絲．蓋拉格保持密切聯繫。而另一方面，泰絲了解卡佛對村上有多大的意義，便送了一雙卡佛的鞋讓他留作紀念。村上在東京的寓所掛有少數幾張照片，其中一張便是卡佛和泰絲的合照。[186]

村上聽過約翰．厄文既難聯絡，而且本人更難相處的名聲，幾乎完全放棄與他見面的念頭。但一九八四年夏天在華盛頓特區時，他透過美國國務院提出要求，卻收到了相當熱烈歡迎的回覆。厄文表示他很高興能與村上見面——但得在紐約——因為他是第三個要求翻譯他不算暢銷的第一本小說《放熊自由》（*Setting Free the Bears*）的人（村上的譯本於一九八六年出版）。厄文從村上的自我介紹得知他喜愛跑步，所以建議他們一起去慢跑。

小說家和他的日語譯者在熱氣蒸騰的六月十四日下午，穿著慢跑鞋在中央公園動物園入口見面。他們輕鬆地跑了六哩，一路聊天。當時沒有攝影或錄音，村上後來憑記憶描述了這次經驗。他們都體能良好，身材一樣高（一七〇公分），厄文引人注目的清澈眼神，加上村上對他作品的讚賞，讓他們相處融洽。厄文經常提醒村上留心中央公園的「馬糞和計程車司機」。他們討論厄文小說改編的電影，他向村上提起新小說《心塵往事》（*The Cider House Rules*），村上也同他稱讚瑞蒙．卡佛是被忽視的第一等作家，最後才終於得到應有的重視。跑了公園一圈後，他們流著汗道別，厄文改去練習摔角，村上則到附近的酒吧灌了三杯啤酒。[187]

這次旅行中，村上很高興見到卡佛和厄文，但整體來說他與美國小說家的接觸並不全令人滿意。他們總是給他一種感覺：姑且不論語言的障礙，他也還不足以與這些美國對手溝通。他們對小說的掌握，以及他身為譯者以致成為讀者充分理解的屏障，其間的基本（也或許是無從界定的）差異，都令他覺得沮喪。[188]

村上在普林斯頓校園漫遊、參觀圖書館時，見到了費滋傑羅的手稿，他對這裡應該留有深刻的印象。而且，這裡有松鼠——許多日本人相當迷戀在美國各地，尤其是在大學校園這類公園場所自由出沒的松鼠。松鼠以及早晨慢跑時看到的兔子，是大學寧靜、田園般氛圍的一部分。這個迷人的回憶誘使他在七年後再度造訪。[189]

| 第四章 |

練習曲

一九八四年夏天，春樹和陽子從美國回來後，從東京東區勞工家庭居多的近郊，搬到西郊較老、較安靜的神奈川縣藤澤市。轉換環境似乎並未打斷村上的寫作和翻譯，對於他的豐富產量沒有太大影響。他已累積了足夠的文壇地位，當年十二月他應一本權威文學期刊之邀，與前輩作家中上健次對談。[190]中上初識村上時，他還是「彼得貓」的孤僻老闆，如今兩人站在幾近相同的立足點上會面。八年後，村上震驚地聽到，在他還未及完成這天談到的小說之前，中上已因腎臟癌過世。

《尋羊冒險記》出版（一九八二）到村上的下一本小說《世界末日與冷酷異境》完成（一九八五）之間的數年，即使以村上的標準來看也算多產。除了大量文學及電影評論、許多印象主義式的隨筆之外，他還推出兩冊舊短篇小說的合集，發表的新短篇也足夠輯成第三本合集，另外還持續翻譯美國文學。村上總是說「我學到很多」，特別是從他翻譯的作品。[191]他翻譯的瑞蒙・卡佛《我在這裡打電話》在一九八三年七月，即他到美國旅行的前一年出版。一九八五年四月起，約翰・厄文的《放熊自由》開始連載，一九八六年結集成書。卡佛《鮭魚夜遊》（*At Night the Salmon Move*）的日譯本於一九八五年六月推出，同一個月出版的還包括《世界末日與冷酷異境》，以及村上的第四本短篇小說集，此外他還譯了少年時代就深受其感動的卡波提〈無頭鷹〉。

螢火蟲、燒倉房及其他短篇

村上的第三本短篇集《螢火蟲》（一九八四）收錄了許多他在《尋羊冒險記》後值得注意的發表作品。其間可看出，他正同時向多方面發展。這些作品大多發表在權威期刊，不像過去多刊載於小雜誌上（備受敬重的文學雜誌《新潮》例外，它幾乎從一開始即接受村上的作品），顯現他的寫作事業進展順利。

篇幅較長的〈螢火蟲〉（一九八三年一月）發表於聲望卓著的自由派綜合性刊物《中央公論》。中央公論社是出版谷崎潤一郎的出版社，村上的瑞蒙・卡佛全集也在此推出。村上冰冷風格的追隨者，大約都對這篇文章的發表場所及感性的內容有所遲疑，它不像前作，完全沒有超現實世界的探索。這篇以村上早年大學生活為藍本寫成的短篇，現在讀來已有些乏味，因為大多數讀者已在《挪威的森林》第二、三章裡看過更具血肉的改寫版本。

村上在這篇小說中第一次描寫他住過的雜亂宿舍，同時還塑造出說話口吃、喜歡地圖的室友，以及問題重重的女友（此時還沒有名字）這兩個角色。女友的前男友（僕的好朋友）在他們都還是高中生時就自殺了。一段簡短的做愛插曲之後，女友遺棄僕並住進療養院，他則因自責而憔悴。

將室友塑造成口吃的角色，並非只是為了插科打諢。每當他要說「地圖」這個字眼時口吃特別嚴重，對主修地理的人而言是個反諷，這可解讀為嚴格要求紀律所造成的壓力。《挪威的森林》中，這個室友因其右翼風格而有個綽號叫「突擊隊」*，在《發條鳥年代記》中，繪製地圖與後勤補給對於日本帝國主義侵略的重要性就更直接明顯。

篇名中的螢火蟲是室友給僕的。小說中，僕走到宿舍屋頂放生螢火蟲，看著牠飛進黑暗中。這幕哀傷的場景在《挪威的森林》原封不動地出現：

> 螢火蟲飛走之後，那光線的軌跡在我心中長期留存。閉上眼睛，厚密的黑暗之中，微微的光芒宛如無處可去的遊魂，徘徊不已。
>
> 黑暗中，我幾度嘗試伸出手指，卻什麼也接觸不到。那一絲微弱的光芒，永遠停在指梢前端。192

〈燒倉房〉（一九八三年一月）雖然描寫的是三十幾歲已婚的小說家（僕）和二十幾歲

放蕩不羈的女孩之間奇特的關係，但也算是另一篇未脫離現實的作品。村上留下了許多懸而未決的鬆散故事線，尤其是最後女孩失蹤一段，全篇的氣氛著實讓人迷惑。

最重要的一幕是僕與女孩的新任男友之間漫無邊際、抽象、迷幻式的一場對話。當那名男友透露他的嗜好是燒毀空倉房，而小說家後來有條不紊（邏輯地）但徒勞無功（詭祕地）尋找鄰近地區被燒掉的倉房時，「燒掉倉房」這句話像咒語般不斷重複。無疑地，這篇作品是村上把寫作時心裡對這個句子的直覺印象——來自福克納的短篇〈燒馬棚〉（Barn Burning）——記錄下來的一種「探索」。[193]

這個選集裡最獨特的作品是〈跳舞小矮人〉（一九八四年一月）。假如說村上早期作品的魔力是遊走於現實與常理幾近崩解的邊界地帶，這篇文章則已遠遠地跨過邊界：

小矮人在夢裡出現，向我邀舞。

明知不過是夢境，但是夢裡的我跟現實裡一樣很疲累。「對不起，因為很累，無

---

* 譯註：「Storm Trooper」，原指德國納粹黨的自組民兵組織，後用以指具暴力傾向的右翼激進分子。一般譯為「黨衛軍」或「褐衫軍」。

法跳舞。」我十分小心地婉拒。小矮人沒有因此不悅，一人獨舞。

也只有在村上夢裡的矮人才會隨著滾石樂團（The Rolling Stones）、法蘭克・辛納屈（Frank Sinatra）、葛倫・米勒（Glenn Miller）、拉威爾（Joseph Maurice Ravel）及查理・帕克（Charlie Parker）的音樂起舞（矮人的音樂品味就像村上本人一樣廣泛，他的唱片也沒按秩序收好，隨手拿到哪個封套就收進去）。矮人曼妙的舞姿出乎意外地具有政治的弦外之音。他來自「北方」，那裡是不准跳舞的。

我一直想跳舞，所以來到南方。到了南方以後，我變成酒館的舞者。我的舞技深獲好評，也曾在皇帝御前獻舞。當然，那是革命前的事。革命爆發後，你也知道，皇帝就死了。我被趕出都市，從此住在森林裡。

僕知道自己快醒了，便向矮人道別，矮人則有點令人毛骨悚然地告訴他，他們一定會再見面。醒來後，僕似乎回到了完全正常的世界——直到下一段出現為止：

我仔細洗臉，刮鬍子、烤幾片麵包、煮咖啡、餵貓、更換貓砂、繫上領帶、穿鞋，然後搭車到象工廠上班。

象工廠？敘事者說來一派自然，讀者的直覺反應是找個說法解釋過去，姑且當他說的是家玩具工廠之類的場所。然而村上可不讓人這麼輕易就過關，他讓我們繼續摸不著頭腦：

不消說，製造大象可不輕鬆。首先，牠們很巨大，而且又複雜。這可不像在做髮夾或色鉛筆。工廠占地很廣，分成好幾棟建築，每一棟都很大，各部門以不同顏色區分。194

以不同顏色區隔的部門分別將大象的各部位組裝起來。根據這些一本正經的描述，讀者逐漸驚奇地醒悟到，僕的象工廠真的就像乍聽時一樣，是家製造大象的工廠。真的大象。此處他再度和我們玩智力遊戲，不過這有其目的。由於《一九七三年的彈珠玩具》中，潛意識深處被稱為「大象墳場」，此處的大象可以想見與創作過程和想像的力量有關。不過，村上的大象並不僅只這個意思。

隔天工作時，僕告訴象耳部門的同事他夢見矮人云云，這個平時話不多的同事出乎意料地說，他似乎聽過這個矮人的事。他建議僕去問一位革命前就在這家工廠上班的老工人（啊哈，所以這裡也有過革命！）。根據這點，我們曉得〈跳舞小矮人〉文中夢境和「現實」這兩個世界（有象工廠的世界只是相對而言較真實，所以加上引號）可不只是偶然間重疊在一起。接下來的故事發展有如童話般篤定，令人戰慄的氣氛逐漸增強，直到美麗的女孩變形成一堆蠕動的蛆蟲。〈跳舞小矮人〉絕妙地證明了村上具有以令人吃驚的手法處理傳統敘事主題的能力，這篇文章似乎也在為即將出現在《世界末日與冷酷異境》中更大型的兩個分歧世界暖身。

迴轉木馬的終端

《尋羊冒險記》之後的另一本短篇集《迴轉木馬的終端》（一九八五年十月）迷人之處在於其內容本身以及它佯稱不是的那部分。和早先的合集不同，這本書不是將原先發表在雜誌上、彼此不相關的短篇輯錄在一起，村上為這個合集寫了一篇相當長的前言，將集內各篇依主題和構想串聯起來，明確地指出它們並非虛構——至少不全是虛構。他以僕的角度敘述，使得真實和虛構的界線更加模糊：

> 要把收在這裡的幾篇文章稱為小說，我多少覺得有點抗拒，說得明白一點，在正確的意義上這些並非小說。……然而收集在這裡的文章，原則上即是事實。我從很多人聽到各式各樣的事情，把那些寫成文章。當然我為了不給當事人添麻煩，所以都把細部做了各種調整，雖然不能完全算是事實，然而情節的概要則是事實。既沒有刻意誇張使事情變得有趣，也沒有添加什麼。我努力把我所聽到的，盡量不破壞原有氣氛地反映在文章裡。
>
> 一連串這類文章——假定稱為素描吧——剛開始我本來是為了要寫長篇小說，預先暖身而作的。因為我忽然想到如果把事實盡量照事實的原樣整理起來，這種作業對往後準備做什麼時或許會有用處。所以最初的階段，我完全沒有打算把這本素描付梓。195

這些文章都以類似的架構呈現：故事是僕從向他吐露心事的人那裡聽來的。有些提供故事的人甚至稱他「村上」，更加強化了僕和村上就是同一人的印象。直到一九九一年

《全集》第五卷出版時，村上才坦承，整本書都是編造出來的。他表明：「沒有哪個角色是以真人為本，我自己非常清楚這系列作品的目的是什麼……我在訓練自己撰寫逼真、紀實文字的能力……我需要把它偽裝成真實的訪談紀錄。費滋傑羅《大亨小傳》的敘述者尼克・卡拉威這個角色一直很吸引我，也是我採取此種手法最直接的原因……如果沒有這次練習，就不可能寫出《挪威的森林》。」[196]

這些短篇試圖表現出忠實呈現細節的感覺，讀來可能有點囉嗦。它們顯得未加修飾、片段不全，以此強調其真實性。讀者可能期望僕能為煩擾不安的說故事者提供點洞見或建議，他卻往往和對方一樣茫然，最後兩邊都沒有任何直截了當的結論。這本書極為成功地塑造出單調乏味的寫實風格，也許反而使它不如其他短篇集般受歡迎。然而它是一個特殊、令人著迷的作品，值得全數迻譯成英語。目前村上只願意讓一些完成度較高的短篇個別呈現。[197]

《迴轉木馬的終端》的書名源自一九六六年詹姆斯・柯本（James Coburn）的電影，村上利用這本書來探討一個始終令他著迷的現象：人的生活和個性居然可以不費吹灰之力地全盤改觀。幸運的是，村上最滿意的一篇〈雷德厚森〉（一九八五年十月）已有英譯（交代背景的開場白有所簡化），與〈沉默〉（一九九一年一月）一同收錄在英譯選集《象的消失》（*The Elephant Vanishes*）。198

〈雷德厚森〉描述一位婦人為丈夫訂購一條雷德厚森短褲時，生命在那三十分鐘內徹底改變了。多年來對他揮之不去的憎恨（大多緣於他的不忠）加上旅行歐洲途中醞釀而生的自主性，她明白了她想離婚。這也是村上將「妻子失蹤」此一主題處理得最生動簡潔的範例，村上日後將一再回到這個主題。

〈計程車上的男人〉（一九八四年二月）描寫另一個女人，在異鄉決定放棄先生和小孩過自己的生活，肇因是她在紐約向一名捷克藝術家買來的一幅畫。雖然畫作技法平庸，但它描繪計程車裡一名年輕人寂寞空虛的神情，與她年屆二十九歲的挫敗失落感相互吻合。她將那幅畫燒毀，回到日本。數年後在雅典，她發現旁邊就坐著多年前畫中描摹的那名男子，依然年輕，穿著也如出一轍。她當然沒有向他提及那幅畫，卻感覺她的部分自我已與他一起遺留在計程車裡。僕承認很難自己獨守這個故事，有機會把它說出來讓他鬆了一口氣。在這本理應全為紀實的合集中，這是較罕見觸及神祕領域的一篇。

另一短篇〈游泳池畔〉（一九八三年十月）中，僕坐在池水過於澄澈以致泳客像浮在空中的游泳池邊，聆聽一名男子的故事。這個人靠著不斷運動節食，消除了中年的衰頹體型。儘管婚姻美滿、事業成功，卻不知何故感覺內心有某些東西無法捕捉。這則故事可視為《國境之南、太陽之西》（一九九二）的前身。

名叫村上、自稱為僕的小說家回憶起大學期間一次出遊時，一名他不喜歡的美麗女孩枕著他的手臂熟睡，致使他產生生理反應。數年後遇見她丈夫，丈夫告訴他這個被寵壞的女孩有多麼無法接受小女兒過世的事實。丈夫建議他打個電話給她，僕因此感到一陣混亂，就此結束了這篇〈為了現在已經死去的公主〉（一九八四年四月）。

〈嘔吐一九七九〉（一九八四年十月）中，和僕／村上一起接雜誌社工作（也偶爾交換爵士樂唱片）的年輕插畫家，從一九七九年六月四日開始嘔吐，而且每天吐一回，一直持續到七月十四日為止（他的日記有詳細記載）。期間他同時接到多通神祕電話，不認識的男聲叫出他的名字後便掛斷電話。插畫家的嗜好是引誘朋友的妻子或女友上床，所以這也許跟他（應該有）的罪惡感有關，然而小說裡並未多做解釋。如同我們常在村上小說中所看到的，只有心理因素的線索，故事便能將一般現象帶進離奇的境界。〈棒球場〉（一九八四年六月）也運用了相同的手法：大學生成了偷窺狂，痊癒後卻再也不能確定他真正的自我是由什麼所構成。

〈避雨〉（一九八三年十二月）描寫一名漂亮的女性編輯，曾在僕／村上推出第一本小說時採訪過他，不久後辭掉工作，身邊也沒有戀人。盡情享受多年來難得的自由後不久，她感到無聊，最後出賣身體給幾個男人，直到數星期後開始新工作為止。這段插曲對她完全沒有留下痕跡。村上描寫性時，身體和心靈之間常宛如完全斷裂，心理層面的重要性遠超過肉體。

〈獵刀〉（一九八四年十二月）冗長且似乎沒有結論地描述僕在一幢海邊別墅裡觀察一對年近六十的母親和坐輪椅的二十八、九歲兒子，我們只知道母親的精神問題偶爾發作，兒子則隨身帶著一把製作精美的獵刀。剛巧行將而立的僕與妻子兩人正審慎考慮要不要生小孩，這對奇怪母子的例子很難激勵人心。僕隨口說了一句他對於社交生活的態度，頗有自傳興味：「我把桌下翹著的兩腿分開，準備在適當時候離開。我覺得自己的生活好像總是隨時在找適當時候準備離開似的。大概是個性上的關係吧。」[199]

在〈沉默〉中，一位業餘拳擊手告訴僕，他曾為了一件不是他犯的傷害事件而遭受班上同學以沉默抵制的經驗，生動地追憶高中生的心理性格。即使成年，仍讓他耿耿於懷的是，那個充滿魅力（即使膚淺）的同學如此輕易就影響了全班。* 後來，村上在《發條鳥年代記》曾描寫一名狡詐但受歡迎的知名人物，當他深入調查奧姆真理教在東京地鐵施放

* 編註：中譯版〈沉默〉收錄於《萊辛頓的幽靈》。

沙林毒氣事件時，也仍繼續鑽研這個主題。

這個時期的作品，顯現村上常以短篇小說作為長篇的前奏。在《螢火蟲》的後記中，他寫道：「我常常被問及寫作長篇較得意，還是短篇？我本人也不清楚。有時我寫完長篇，會感到一種茫然的悔意，隨後開始寫短篇。短篇寫作期間，又感到可能有說不完的事，只好改長篇來寫。這樣成了我寫作的習慣。也許有一天我不再像這樣長篇、短篇交替著寫，但我會一點一點持續寫作著。理由講不清楚，但我實在喜歡寫小說。」[200]

| 第五章 |

我自己的歌

世界末日與冷酷異境

《尋羊冒險記》獲得日本夙負盛名的野間文藝新人獎，村上的下一部長篇《世界末日與冷酷異境》則進而獲得更高的榮譽——谷崎潤一郎獎。谷崎著有《瘋顛老人日記》、《鍵》、《細雪》及諸多現代經典，乃開創日本文學全然虛構世界的先鋒，村上獲頒谷崎獎顯得頗為適切，因為他在《世界末日與冷酷異境》即創造了兩個完全不同、但巧妙相連的虛構世界。

將谷崎獎頒給村上的評審作家們，幾乎一致推崇這本書的成就。評審之一的大江健三郎寫道：「年輕的」村上如此精心刻劃的虛構歷險得以獲獎，讓他覺得「神清氣爽」。他還強調，這本小說可視為新版《陰翳禮讚》來解讀。提及谷崎最著名的這本隨筆，這暗示著村上與谷崎之間具有美學上的關聯。[201]

這些評語或許日後反倒對大江造成困擾。他後來批評村上的作品無法「超越它們對年輕人生活模式的影響，為日本的現狀及未來提供模範，以廣泛吸引知識分子」。[202]大江的論點令人憶起過去谷崎遭受的批評，論者也曾批評他的作品缺乏理想，或者脫離真實世界。

如果《尋羊冒險記》大大超越了村上最初兩本作品，《世界末日與冷酷異境》則不管在規模或想像的氣勢上都向前邁得更遠。這是他首度不為雜誌刊登、專為出書而寫的小說，他嘗試創造一個包羅萬象的架構，結果大為成功。小說的龐大架構和複雜程度也許讓人以為村上在《尋羊冒險記》後即投注全副精力始得完成，其實，他從美國旅行回來後才開始動筆，從一九八四年八月至隔年一月的五個月內完成。他在寫作期間全神貫注，於三十六歲生日當晚完成時，大大鬆了一口氣。當陽子建議他應該重寫下半部時，他大為吃驚，不過冷靜下來後，他又花了兩個月時間修訂，結尾總共改寫了五、六次。[203]

正如我們在前一章所見，當時村上已經累積了許多未發表的短篇。當新潮社請他為該社備受敬重的「新刊純文學系列」寫一本小說[204]，他交出了繼《一九七三年的彈珠玩具》之後的另一部長篇《世界末日與冷酷異境》。它是從先前一則短篇故事〈街與其不確定的牆〉（一九八〇）改寫而來，後來村上覺得〈街與其不確定的牆〉是個失敗之作，沒有收進《全集》中。村上曾寫道，當時他的寫作能力還不足以應付這項挑戰，但隨後的經驗讓他有信心再來一遍。[205]

前文提及的〈鷗鵰〉雖然簡短，或許已是最有力的作品，證明對村上而言，現實種種不過是記憶，而小說只是文字和想像最徹底的交互作用。對龐大的《世界末日與冷酷異境》來說仍是如此，美國德州大學奧斯汀分校的日本文學教授蘇珊．納皮爾（Susan Napier）恰如其分地為它貼上「唯我論」的標籤。[206]小說獲頒谷崎潤一郎獎後，村上曾於接受採訪時表示，再沒有什麼比精確地描繪不存在事物的細節這個過程更令他愉悅。[207]

回顧起來，村上似乎理所當然會寫出《世界末日與冷酷異境》這樣一本書。即使《聽風的歌》裡「火星的井」還不夠清楚，隔年的《一九七三年的彈珠玩具》中，他思考的確實就是內心深井裡永恆的「原來的地方」。這個傳說和夢境的貯藏室雖然無法被意識觸及，卻神祕而不可預測地由此生長出風格獨特的圖像及文字，伴隨著一段失落的過去（以及遺落在過去的人與事）。它們遊盪過幽暗通道，在你我的意識中停駐片刻，繼而又回到永恆的原來處所。

村上曾說，他的作品有個基本傾向：以「存在」對照「非存在」；或者以「存有」對照「非存有」。他筆下屢屢出現兩個並行的世界，其一明顯是虛構的，另一個則接近可辨識的「現實」。[208]譬如《聽風的歌》書中，他塑造了冷靜、現世的僕和另一個苦悶、內斂的作家老鼠。《一九七三年的彈珠玩具》書中，僕和老鼠兩人從未碰面，他們不僅因為東京和神戶地理上的距離而分隔兩地，也因為一個以第一人稱敘述，另一個以第三人稱描述而明顯屬於虛構角色這種認識論上的差距而被區隔開來。他們生活在兩個平行的世界，大致以間隔交錯的章節鋪展。《尋羊冒險記》全書透過僕的觀點來描述，而他與彼世已故的朋友聯繫的唯一方法，乃藉助於可能發生在幽暗深處的迷幻經驗。

這種心理分歧的寫作手法，在《尋羊冒險記》出版後停頓了三年，直到村上再寫長篇小說時又出現。然而這次村上並沒有為另一個心靈的化身命名或取綽號，而是直接將敘事主角劃分為「僕」和「私」，正式的我（私）分配給較為真實、未來某時刻的東京世界；而非正式的我（僕）則歸於〈街與其不確定的牆〉那種內在、虛構的世界。

「私」和「僕」這兩個字在日語中意涵相差甚遠，因而日語讀者就算隨意翻閱都能立即了解該頁的敘事者是哪一個。不幸的是，譯成英語時，不管私或僕都只能用「I」（我）來替換。阿弗烈．伯恩邦翻譯時解決這問題的方法是，將「世界末日」的章節譯成現在式，讓英語讀者也可以自然看出兩個敘事者的世界明顯不同。這樣的處理傳達出一種超越時間的特質，似乎比原著過去式的敘述更為恰當。

僕和私這兩個敘事者是完全分離的，但在私與其他人對話時，他就像一般年輕人，慣常稱自己為僕。在小說結尾兩個角色開始融合時，這點尤其明顯。當私追問「到底我（僕）發生了什麼事？」時，實際上是在追問另一個世界的僕發生了什麼事。[209]

私的「冷酷異境」和僕的「世界末日」兩個故事以交錯的章節進行，各自陳述不同的世界，兩者起初只在細微枝節上彼此呼應（譬如兩邊都奇特地突顯迴紋針），最後平行的兩邊才交融在一起。兩個敘事者皆遇過圖書館館員，兩人皆為了獨角獸造訪圖書館（較「真實」的事件顯得相當物欲，不過事件中的女子胃口驚人，遠超過正常人的食量）。閱讀此書的最大挑戰是去發現兩個世界如何相連。

村上謹慎地控制細節與結構，情節的揭露過程掌握有度。出現在首章的一些小細節（口哨吹不成調的歌曲、微弱的古龍水氣味），最後會是情節開展的關鍵要素。村上先前和後來的作品，沒有一本如此細心照顧到小說的整體架構。各自獨立卻同時進行的兩個故事被刻意區隔開來，原因在於，主角無法得知他自己內在的心靈。

內心世界在小說中名稱繁多：「意識之核」、「黑盒子」，或者照「博士」這個人物的話，是「人跡未至的巨大的象的墳場」，不過博士很快糾正說：

> 不，象的墳場的說法不太正確，因為那並不是死掉的記憶的集積場。正確地說或許應該稱為象工廠比較接近。在那裡無數的記憶和認識的片段被選擇分類，被選擇分類後的片段則被複雜地組合起來作成線，那線又被複雜地組合成束，而那束則形成認

知系統。這就是「工廠」啊。當然廠長就是你。不過很遺憾你不能到那裡去訪問。就像愛麗絲夢遊奇境一樣，要進去那裡必須吃一種特別的藥。[210]

如此一來，《聽風的歌》裡的大象演變成《一九七三年的彈珠玩具》裡的大象墳場，以及〈跳舞小矮人〉的象工廠，最後變成潛意識的意象——內在心靈成為無法觸及的一座專門製造大象的工廠，謎樣記憶的主人。博士說：「沒有誰能夠掌握我們體內所有象工廠的祕密。」即使佛洛伊德和榮格也一樣。[211]然而在冷酷異境裡，私卻得知許多他自身象工廠的祕密，甚至比他想知道的還多，而且接下來便是一段普魯斯特式的追尋失去的時光。

全書第一頁裡，井的意象便在讀者面前閃爍，隨即便是「冷酷異境」的主角私走進一條漫長昏暗的走廊。帶著他前進的是一個穿著粉紅色套裝、迷人（但圓滾滾）的女孩，她似乎沒辦法發出聲音。如同〈鵬鵰〉的敘事者，私也是到此應徵工作，也同樣為遲到而道歉。女孩的古龍水帶著水果香氣，讓他有種「令人懷念但又想不起來的奇妙感覺，好像兩個不同種類的記憶在我所不知道的地方結合起來似的」。[212]此時她做出了「普魯斯特」的嘴型。回想《尋羊冒險記》引述普魯斯特時的嘲諷段落，這個典型村上式的古里古怪場景（如果沒有任何情境的暗示，試著去讀隨便什麼人唸「普魯斯特」時的唇型看看，尤其是以日式發音唸成「撲嚕蘇兜」！）暗示著私即將展開一場進入他自身記憶「未知深處」的旅程，如同普魯斯特那般認真以赴。看來他似乎充滿自信地走向普魯斯特的疆界，同時也沒有人會對他的自信有所懷疑，此時村上決定玩些遊戲。

私心想他或許可能讀錯女孩的唇語，於是試試別的詞彙的可能性。她說的會是「閏年」（urudoshi）嗎？或者是「古井吊桶」（tsurushi-ido，似乎是村上用井的意象自造的新字）？又會不會是「黑色土當歸」（kuroi udo，某種具有接連天地潛力的植物意象）呢？213

> 我悄悄試著一一發音，但找不到一個唇形完全符合的。我覺得她說的確實是「普魯斯特」。但漫長的走廊和馬塞爾．普魯斯特的關聯性，我不知道從何找起。
>
> 她也許是引用馬塞爾．普魯斯特作為長走廊的暗喻也說不定。但假如是這樣，這聯想也未免太突兀了，而且以表現來說也似乎不很親切。如果她是以長走廊來比喻普魯斯特作品的話，那道理我倒還可以理解，但反過來未免太奇怪了。
>
> 「馬塞爾．普魯斯特似的漫長走廊」？
>
> 總之我跟在她後面走在漫長的走廊上。真是漫長的走廊。214

村上似乎打算藉此一舉，既要建立、也要否定自己的文學聲譽。他把主角送上長廊，用與〈鷸鷸〉類似的詼諧筆調展開一段嶄新但熟悉的探索。

女孩帶私到一間空蕩、現代化的辦公室，給他雨衣、長靴、潛水鏡及手電筒，帶他走進一個聽得到河水湍流聲的壁櫥裡。依著她無聲的指示，私踏著長階梯向下走進黑暗中，再沿著河水走，最後他會看到瀑布，女孩祖父的研究室就在那後面，而這一切都在東京市中心！

祖父突然在半路出現，不知怎麼把水流的聲音「轉小」了，兩人才可以聽到對方的聲音。他警告私：住在城市下面的「黑鬼」是很危險的——沒錯，就在皇居正下方——虎視眈眈等著吃掉不小心遊蕩到他們地盤來的人類。

之後我們得知祖父，也就是「博士」，把研究室設在這麼危險的地方，是為了躲避覬覦他研究成果的「計算士」和「記號士」，他可以控制周遭的聲音來趕走黑鬼。（他想起上回做完實驗時，心不在焉地讓他孫女的聲音一直「關閉」，所以趕回去讓她恢復原狀，留私在他研究室工作。）私本身就是個計算士，而博士原來也是，不過在計算士的組織裡他比私的職位高很多。變節背叛的計算士通常會被敵對的記號士拉攏加入他們的「工廠」，不過博士在這場資訊戰爭中不屬於任何一方。

博士僱用私是為了他的計算能力：計算士可以把腦子分割開來，以進行複雜的計算。這麼做是為了安全顧慮，因為人腦不像電腦，還不能利用電子來竊取資料，至少當時還沒辦法，不過不擇手段的記號士一直在努力嘗試。事實上，有一次他們綁架了五個計算士，切開他們的頭蓋骨頂端，企圖直接讀取大腦裡的資料，不過沒有成功。私的身分所具備的「賽博龐克／電馭叛客」（cyberpunk）景況，像極了威廉・吉布森（William Gibson）一九八一年的短篇小說〈捍衛機密〉（Johnny Mnemonic），不過村上否認他曾參考過吉布森的作品。[215]

私的世界和僕截然不同。私所在的是文字和聲音的世界，而僕的世界則充滿影像和歌聲，許多只能隱約記得，但意義已完全喪失了。（而當兩個世界之間的屏障開始瓦解時，私經驗了既視的感覺，憶起了影像和歌曲。）饒舌的私常愛說笑，甚至自言自語時也一樣。他描述第一章最初出現的電梯大得「或許裝得下三頭駱駝和一棵中型棕櫚樹」，他以譏諷的幽默態度和世間保持一定距離，十足「冷硬」格調。迷濛的僕就沒有這種保持距離的嘲諷態度，他從幾乎模糊難以憶起的過去中得到一些感應，把世間看成詩意的力量（「從上面降下來的黃色燈光的粒子忽而膨脹忽而縮小」）。[216]

兩個世界的時間過得不一樣。我們可以看到私每時每刻的活動情形，全部發生在九月二十八日到十月三日的這五天裡；而僕那邊的時間則是從秋天進入嚴冬。兩邊決然走向最後的高潮，當僕找到音樂和溫暖時，私正狂熱沉浸在他對真實世界的最後感官印象之中，沉浸在流行和精緻文化的瑣碎小事揉雜而成的狂想曲裡，最後在巴布·狄倫的旋律中熟睡在車內。

由僕敘述的另一半故事「世界末日」，背景似乎是個中世紀城牆環繞的城鎮，但後來出現的荒涼工廠、電燈、廢棄的軍官宿舍和空蕩的兵營，又更像核戰後（或者僅只是戰爭後）遺留下舊日殘跡卻難以記憶的世界。塔上的鐘凍結在十點三十五分（不過城市的其他鐘錶仍然會動）。環繞著街町的牆非常高大——「街坊的周圍被七公尺到八公尺高的長圍牆所包圍，能夠越過的只有鳥而已」[217]，因而，整個街町成了潛意識刻意塑造的一口井，如同《一九七三年的彈珠玩具》書中所說：「我們的心被挖了好幾口井，而那井的上方有鳥飛過。」只有鳥兒能自由穿梭在意識和潛意識之間，牠們象徵著村上感興趣的所有細微的心理現象：既視感、隱約記得的事物影像、一閃而過的回憶，以及與之相反的——突然一片空白的記憶。村上為本書繪製了一幅街町地圖，形狀看來猶如人類大腦（他說他邊寫邊畫，才能把想像出來的街町格局記在心裡）。[218]

在「世界末日」，一群獨角獸白天待在城牆內，晚上由門房將牠們放出門外。門房似乎具有管理居民的專制權力（獨角獸的起源請參見〈貧窮叔母的故事〉一節）。僕不是在街町出生的，他剛到時，大半時間花在磨刀子的門房堅持要把僕的影子從腳踝處切掉，不過他保證會好好照顧影子，而且允許僕去探望他。失去影子預示了，僕即將失去所有能讓他想起自己是什麼人的事。僕不久就得知，影子離開他之後即活不過這個冬天。

值得玩味的是，告訴僕關於影子和遺忘等事的人，是個退休的軍官「上校」。曾譯過村上龍小說的美國科羅拉多大學波爾德分校亞洲研究中心主任史帝芬・史耐德（Stephen Snyder）認為，被高牆環繞、喪失記憶的社會是一種隱喻，代表著猶豫而不敢承認過去、也不敢積極界定未來在全球扮演何種角色的日本（不過這樣的解讀賦予了村上他平時不願涉足的濃厚政治意識）。[219]村上刻劃的「上校」似乎證實了這點，至少在與過去相關的部分，許多人也認為環繞著日本的「牆」令人感到挫折。「交出影子，讓影子死去是一件難過的事。」上校對僕說：「難過是大家都一樣的。……如果是在什麼都不懂的孩子階段，還沒有什麼交情，就讓影子死去還不怎麼樣，一旦上了年紀才這樣就不好受了。我讓影子死掉是在六十五歲的時候，到了那個年紀總有各種回憶啊。」[220]

上校似乎也反映出戰前保守的日本人對海外「危險思想」的恐懼，他告誡僕不要靠近森林，後來我們才知道，那裡住著一些沒有把全部的心交出去、還保有想法和記憶的人：

「我們和他們是完全不同種類的存在。……他們是危險的，可能會給你什麼不良的影響。」他警告僕說，牆也是危險的，不光因為它把每個人都嚴密地封住了，而且「在這裡發生的事沒有一件能夠逃過牆的眼睛」，它警戒地監視著任何膽敢逾越界線的人，就像日本社會一樣。221

由於一心一意要將僕的記憶取走，門房慢慢變成壞人的角色。僕在答應住進這個不能帶著影子的街町後，才發現不管是他或別人都不被准許離開這裡。一次私下相會時，影子教僕要偵察整個街町並繪製詳細的地圖，尤其注意牆的形狀和出入口（於是才有僕畫的大腦形地圖）。除了分開僕與影子，門房又用刀子刺進僕的眼球，然後交給僕「夢讀」的任務。眼睛被刺不會造成疼痛，但此後僕不能見光，晴朗的日子要躲起來，晚上再到街町的「圖書館」進行讀夢的工作。

街町的「古老的夢」記錄在數量龐大的獨角獸頭骨裡。僕輕觸頭骨，看見古夢如鮮活、不連貫的影像湧出，而他卻無法理解其意義。不管是他，或者與他交往但不涉及感情的圖書館女孩，都不清楚為什麼他得執行這個任務。不過最後僕了解到，他正逐步踏入具有個性和記憶質地的氛圍中，足以激發各種情感——對其他人以及整個世界的情感。

為了換得不朽的生命，街町的人必須獻出他們的心，這是救贖的唯一途徑。門房在向僕誇耀牆的「完美」、誰也出不去時說：

> 我知道（失去影子）你很難過。不過，大家都是這樣經歷過來的，所以你也必須忍耐才行。往後自然能夠得救。到時候你就不會再想東想西，也不再苦惱了。一切都會消失。短暫的情緒這種東西沒有任何價值。我這樣說是為你好，還是把影子忘掉吧。這裡是世界的終點。世界到這裡就結束了，哪裡也去不了，所以你也什麼地方都去不了啊。[222]

在門房的統治下，街町的人對人、對世界都只有淡淡的感情。僕愛戀的圖書館女孩沒辦法回應他的愛，因為她的影子在她十七歲時就死去了（粉紅色胖女孩也是這個年紀，她或許就是圖書館女孩在另一個世界的「影子」），她也沒有「心」能深入同情他。這表示她已經「得救」了，如同《一九七三年的彈珠玩具》裡僕的歸結，獲得寧靜的唯一途徑是「心裡想再也不要去想得到什麼了」。

僕問圖書館女孩：

「妳的影子死去前妳和她見過面嗎？」

她搖搖頭。「不，沒見過。我覺得好像沒有理由見她。她和我已經是完全不同的東西了。」

「但那或許是妳自己也不一定。」

「或許。」她說。「不過不管怎麼樣，現在都一樣了。輪子已經停止了啊。」

暖爐上水壺開始發出聲音，但那對我來說好像是從幾公里外傳來的風聲似的。

「即使這樣你還要我嗎？」

「要。」我回答：「我還是要妳。」223

村上在這裡更全面地探索〈一九六三／一九八二年的伊帕內瑪姑娘〉提及的「間隙」：「我相信，一定在（我意識的）某個地方，我和我自己也有一個互相聯繫的結存在。相信總有一天，我會在遙遠的世界一個奇妙的場所遇見我自己……在那裡我就是我自己，我自己就是我。主體就是客體，客體就是主體，兩者之間沒有任何間隙，完美的重逢。一定在某個地方有這樣一個奇妙的場所。」

街町的人缺乏深刻感情，從他們沒辦法欣賞音樂就可明白看出。的確，街町的獨立一角有間倉庫，舊樂器被當作奇怪的東西收集在一起，用法早被遺忘了。圖書館女孩模糊記得她母親曾經用一種奇特的方式「說話」：

「母親會把話拉長縮短的，聲音簡直像被風吹著似的，忽而高亢忽而低沉……」

「是歌。」我突然明白。

「你也會這樣說話嗎？」

「歌不是用說的，是用唱的。」

「你唱唱看吧。」她說。

我深呼吸一下，但我想不起任何一首曲子。224

冬雪愈來愈深（又是《一九七三年的彈珠玩具》雞倉庫的酷寒），僕千辛萬苦要回想起一首歌，最後終於從一個有「手指可以按的鈕扣」的「皮革皺褶在一起的盒子」上彈奏出音樂。225

花了很長的時間，我終於找到最初的四個音。簡直就像早晨柔和的陽光一樣，從空中慢慢舞下來進入我心中。它們找到我了，我一直在尋求的就是這幾個音。我一面按著那個和弦，一面依照順序彈了幾次那四個音。四個音又在尋求著下面的幾個音和其他和弦。我試著找出別的和弦，最初的四音為我引導出下面的五個音，然後又出現其他和弦和三個音。

那是歌。雖然不是完整的歌，但是歌的頭一節。我試著反覆了好幾次又好幾次那三個和弦和十二個音。那應該是我非常熟悉的歌。

〈Danny Boy〉。（正是私在第一章裡吹不成調的那首歌。）

一想起歌名，接下來旋律跟和弦就自然地從我的手指流出來。我試著彈了好幾次那曲子。上次聽見歌是什麼時候的事？我的身體渴求著音樂。好久沒聽見音樂了，甚至連我對它的饑渴都沒有察覺。共鳴聲瀰漫著，身體裡僵硬的力量逐漸紓解放鬆了。音樂讓我看見溫暖灼熱的光，使漫長的冬天凍結僵硬起來的肌肉和心融解了。

我在那音樂裡似乎可以感覺到街本身的氣息。街呼應著我身體的脈動而呼吸著、搖動著。牆也在動著，在翻騰滾動著，感覺上簡直就像我自己的皮膚一樣。我反覆彈著那曲子很長一段時間，然後才鬆開手把樂器放在地上，靠著牆閉上眼睛。覺得這裡所有的東西都是我自己本身似的，牆和門和森林和河川和深潭，一切都是我自己本身。[226]

直到他了解街町就是他自身，僕才察覺到對它的「責任」，這使得他和影子一起逃到「真實」世界的計畫變得十分棘手。[227]這兩個世界，一個雖然真實但已瀕臨死亡，另一個雖然永恆卻也毫無生氣，兩者間的拉扯一路吊著讀者的胃口直到最後。僕所做的選擇，也許只有棲息在兩地邊緣界域的藝術家才會如此抉擇。（為了顧及尚未讀過《世界末日與冷酷異境》的讀者，以上摘述特意保留模糊。閱讀本書的樂趣是非常特殊的。）

《世界末日與冷酷異境》是村上最細心探索人類心智與它認知到的世界之間關聯的作品。某次接受採訪，問及他寫作風格的自發性時，村上藉機詳述了這個問題。採訪者不太相信他提及《聽風的歌》時表示「並不想表達什麼」的說法，問道：「如果你並不想表達什麼，怎麼能寫出這麼長的小說呢？」

> 我想就是因為我沒有什麼要表達的，才能寫出長篇小說。我想說的東西愈少，結構才能愈單純。如果你事先就知道「我要說這個或那個」，架構自然就變得很沉重，小說自然的韻律就被打斷了……「主題」完全是次要的東西……基本上，我相信人類

內在的力量。

問：嗯，這讓我想起奇斯・傑瑞特（Keith Jarrett）即興演奏的音樂。

答：不過我沒把上帝的概念帶進來。

問：沒錯，他的觀點是宗教性的，他說他演奏時是由上帝指揮。

答：我比較……怎麼說呢……實際？形而下？這是為什麼我的作品裡不斷出現腦袋的問題。我覺得我把頭腦和內在的力量一起綁在某個地方，所以你會在《尋羊冒險記》讀到先生腦子裡長一個血瘤。當然我不相信有上帝存在，但我想我確實相信人類的系統中有類似的某種力量。228

在完成《世界末日與冷酷異境》最後章節的前一個月左右，可以想見村上強烈地感覺自己已具備小說家的造詣了。他告訴作家中上健次：「我得寫長篇小說，對我來說，短篇故事其實就是長篇小說的跳板。」當中上指出村上的聲名主要來自他的短篇時，村上仍堅持：「就我看來，短篇小說要不是為長篇暖身，就只是一種拾零的過程——把不適合寫進長篇作品的東西寫下來。」

然後他向中上透露他打算將一九八五年整年用來翻譯和寫短篇，隔年再出國一陣子。

他表示與美國作家見面的感覺很不錯，但並不特別想住在美國。他覺得可以考慮希臘或土耳其，因為先前到這些地方時過得很愉快。[229]他後來又花了四個月的時間完成及修訂這部小說，除此之外，一切都依原訂計畫進行。

中上問起新小說的書名，村上只是笑一笑：「我不好意思說。」在柏克萊演講時他對觀眾提起原因：

後來我寫了一部標題很長的小說：《世界末日與冷酷異境》。日本編輯要我縮短成《世界末日》，美國編輯要求縮短成《冷酷異境》。負責翻譯的阿弗烈・伯恩邦覺得這個標題很荒謬，要我另外想個完全不同的。可是我都堅持下來了。《世界末日與冷酷異境》這個書名可能很長、很荒謬，但這本書只能叫這個名字。

雙重的標題反映出書中有兩個獨立的故事，一個叫「冷酷異境」，另一個叫「世界末日」，交叉出現。最後這兩個完全不同的故事會重疊合一。這種技法經常出現在偵探小說或科幻小說，譬如肯・弗雷特（Ken Follett）就經常使用這種寫法。我想用這個手法寫一本大型長篇……。

寫這本小說對我有點像一場遊戲，因為有很長一段時間，我自己也不知道兩個故事要怎麼結合起來。這個經驗很過癮，可是也讓我筋疲力盡。我想要過很久以後，我才會再嘗試這種做法。230

| 第六章 |

華格納序曲及現代廚房

持續努力寫完長篇小說後，村上又開始寫起短篇。他最好的幾則短篇，是在《世界末日與冷酷異境》（一九八五年六月）與《挪威的森林》（一九八七年九月）之間創作的。其中兩篇發表於一九八五年八月：〈麵包店再襲擊〉與〈象的消失〉。此一時期的作品輯錄在村上的第五本短篇集《麵包店再襲擊》（一九八六年四月），其中收錄到村上第一本英譯小說集《象的消失》的就有五篇之多。

麵包店再襲擊

年輕夫妻某天晚上因為強烈的饑餓感而醒來，丈夫（僕）告訴我們：「不知道為什麼，我們倆同時醒了過來。睜開眼睛沒有多久，一陣有如《綠野仙蹤》裡出現的龍捲風般的饑餓感便襲來了。」這種「蠻橫無理的、絕對的饑餓感」令人憶起《世界末日與冷酷異境》裡的圖書館女孩，暗指著無法言說的內在需求。這跟他們才剛結婚可沒關係，不是嗎？

隨著故事開展，讀者愈來愈清楚故事要傳達的，其實是他們對彼此新許的承諾背後的猶疑與不確定。不過村上處理這個題材的手法充滿了喜劇式的創意、細緻和迂迴，以這對夫妻的關係代表生活中困擾我們、令人詫異的所有事物。〈麵包店再襲擊〉雖然簡短，卻可能是村上的觀點最完美、具詩意的淬鍊精華。

這對夫妻（先生二十八或二十九歲，在法律事務所上班；妻子則比他小兩歲又八個月，在設計學校擔任祕書）才剛生活在一起不久，新家庭的飲食習慣還未建立，所以才會沒有半點存糧。「冰箱裡沒有一樣技術上可歸類為『食物』的東西。裡面只有法式沙拉醬、六罐啤酒、兩顆乾癟的洋蔥、一條奶油和除臭劑。」他提議出去找家通宵營業的餐廳，但妻子不同意：「過了半夜就不應該為了吃飯而外出吧。」他只回答一聲「可能是吧」，便沉溺在因為極度饑餓而引起的海底火山幻象。想像中，他乘著一艘小船漂浮著，透過清澈透明的海水望著火山。

> 就在這個時候，我想起以前曾經有過相同的經驗。我那個時候就像現在一樣饑餓。那是在……什麼時候？……哦，當然，那是在——
>
> 「襲擊麵包店的時候！」我不禁脫口而出。

「襲擊麵包店是怎麼一回事？」妻子立刻追問。

就是這樣開始的。

忠實的村上迷可能會覺得僕想起的這段經驗有點熟悉。這個故事標題叫「麵包店再襲擊」，原因之一是四年前（一九八一年）村上曾發表過一篇〈襲擊麵包店〉。[231]〈麵包店再襲擊〉中僕不小心告訴妻子的故事便是那則小說的大要。

那件事發生在僕大學時期，或者更精確地說，是他暫時離開校園的時候。我們幾乎可以確定村上指的就是大學因學生暴動而關閉的那段黃金歲月。基於一種奇怪而扭曲的學生理想主義，為了金錢、也為了「哲學」的理由，僕和朋友不去找工作，卻決定「襲擊」附近的麵包店來滿足饑餓感。「我們不想做什麼工作啊，那是很顯而易見的。」當妻子指出他後來已經妥協上班去了，僕啜了口啤酒沉思著說：「時代變了，人也會改變。」然後提議回床上繼續睡覺。但妻子想繼續聽襲擊麵包店的故事：「成功了嗎？」

「可以說成功了，也可以說沒有成功。雖然麵包隨我們拿，但以搶奪來說卻不成立。換句話說，在我們動手行搶之前，老闆就把麵包送給我們了。」

「免費的嗎？」

「並不是免費的。說來有些複雜。」我說著搖了搖頭：「麵包店的老闆是個古典音樂迷，當時店裡正在播放華格納的序曲集。他提出一個條件，只要我們願意聽完那張唱片，店裡的麵包就隨便我們拿。我和同伴商量了一下之後便有了結論，聽聽音樂就實質意義來說並不是勞動，而且不會傷到任何人。於是我們就把菜刀和水果刀收進手提袋裡，坐下來和麵包店老闆一起聽《唐懷瑟》和《漂泊的荷蘭人》的序曲。」

僕和朋友拿了一堆麵包吃了好幾天，並沒有違反他們的「原則」。不過後來他懷疑麵包店老闆是不是在他和朋友身上下了「詛咒」：「它就像個轉捩點，後來我回到大學順利畢業，然後進入法律事務所，一面工作一面準備司法考試。接著就認識妳，結了婚。以後就沒有再去襲擊麵包店了。」

換句話說，問題出在僕開始遷就尋常中產階級的生活，這點仍讓他介懷。過去的某些事如同海底火山般留在他心中，隨時可能爆發。新婚妻子很聰明，知道他過去的這些問題沒有解決，必然會危及他們的婚姻。她告訴僕，他們這麼異常的饑餓就是受到詛咒的結果，唯一的方法是：「再去襲擊一次麵包店，而且現在立刻就去。除此之外，沒有其他方法可以解除這個詛咒。」

這正是村上充分發揮其喜劇式想像力的地方。僕跟所有新婚丈夫一樣，慢慢才得知一些先前完全想像不到的關於新婚妻子的事：她有一把雷明頓自動霰彈槍和兩個滑雪面罩，他們帶著這些展開了僕的麵包店再襲擊。「為什麼妻子會有霰彈槍，我完全搞不清楚。滑雪面罩也是一樣，我和她從來不曾去滑雪。但是，關於這些她並沒有一一說明，而我也沒有問。我只覺得，婚姻生活真的是非常奇妙。」她在「襲擊」過程中的老練手法更是讓人印象深刻，這又是一段喜劇的傑作。

事後看來她似乎是對的，詛咒解除了，她也睡得著了，留下僕獨自沉思：

只留下我一個人後，我從小船上探出身子看了一下海底，卻已經看不到海底火山了。平靜的水面映著藍天，微小波浪有如隨風搖曳的絲質睡袍般輕拍著船舷。除此之外再沒有別的了。

我躺在船底，閉上眼睛，等待漲潮將我帶往最適合的地方。232

〈麵包店再襲擊〉的結局，不管對書中人物或讀者來說，也許都是村上作品中最接近

「救贖」的時刻。即使在處理玄祕或「異境」題材的作品裡，村上談論的大多是現世以及我們在現實中始終模糊不定的處所，但此處他利用精細的喜劇誇張手法，以簡潔的形式辦到了。為了達到效果，手法上有些事情不能解釋得太清楚，這也是為什麼它最好寫成短篇而非長篇的原因。

村上從不和人討論他作品中各種象徵的「意義」。事實上，他經常否認其中有任何象徵。一九九一年波士頓馬拉松賽翌日，他在哈佛大學教授霍華．希貝特（Howard Hibbett）的日本文學課堂上參與〈麵包店再襲擊〉討論時便是如此。當有人要求學生談談他們認為海底的火山象徵什麼時，村上打斷談話，堅決表示火山並不是象徵，它就只是火山罷了。一位與會學者對學生大喊：「別聽他的！他根本不知道自己在說什麼！」接著便是一場熱鬧的辯論。村上以他特有的率直態度回應道：「難道你肚子餓時不會在你心裡看到一座火山嗎？我就會。」[233]寫這篇小說時他肚子正餓，所以有火山，就這麼簡單。

不管村上肚子餓時心裡看見什麼影像，在〈麵包店再襲擊〉行文中，海底火山明顯象徵了過去未了的問題，代表懸蕩在內心深處，隨時可能發作、摧毀眼前寧靜的問題。然而對村上而言，稱之為象徵並如此界定它的意義，只會剝去它的大部分力量。正如其他作家，他寧可它就是火山，毋須多言，讓它在每個讀者心中自行發揮作用。

象的消失

《麵包店再襲擊》書中另一篇傑作是〈象的消失〉，讀者一開頭就讀到一段家常瑣事：「我是由報紙上得知，町裡的大象從象舍中消失了。當天，我和往常一樣，被設定在六點十三分的鬧鐘叫醒，去廚房泡咖啡、烤了吐司麵包，然後打開FM電台的開關，一邊咬著吐司一邊把早報攤在桌子上。」

僕接著簡述大象和飼育員同時突然失蹤的新聞內容，熟悉村上的讀者一定會聯想到他在一九七九年出版的第一本小說《聽風的歌》：「每次要寫點什麼的時候，總是被絕望的氣氛所侵襲，因為我能夠寫的領域實在太有限了。例如假定關於象，我能寫點什麼的話，也許對飼育員就什麼也寫不出來。」村上在〈象的消失〉順利地寫出這兩個角色，不過並沒有如長篇般大幅描寫其性格，而是讓他們在消失前栩栩如生地閃現而過。

報紙（僕收集了異常完整的剪報）報導了許多該町如何收養這隻大象的細節，這段諷刺地方（以及各地共通的）政治的有趣段落，在描述慶祝會時達到頂點：

象舍的落成儀式，我也去參加了。在大象前面，町長發表演說（關於本町的發展和文化設施的充實）；小學生代表朗誦作文（象爺爺，希望您健康長壽云云），並舉辦大象寫生比賽（後來大象寫生便成為町內小學美術教育中不可或缺的重要戲碼）；兩名穿著飄逸禮服的年輕小姐（並稱不上是美女），各獻給大象一串香蕉。大象的身體幾乎是一動也沒動，一直在忍耐這個沒有什麼意義——至少對象來說是完全無意義——的儀式，帶著一雙可說是無意識的矇矓眼神，大口嚼著香蕉。大象吃了香蕉之後，眾人便一同鼓掌。

僕告訴我們大象的後腿被厚實的鐵環銬在水泥座上，負責飼養大象的渡邊昇是個「瘦小的老人」，長著一對巨大（大象般？）的耳朵，還提到他們之間類似心電感應的溝通能力。另有更多細節證明僕確信的：「大象並不是『逃走』了。很明顯地，大象是消失了。」僕對官方必然不願接受這種可能性略有反感，所以不打算告訴警方他「知道」事實上象是消失了。「對這些不會認真去考慮大象消失的可能性的傢伙，不管說什麼都是白費唇舌。」數個月過去之後仍毫無線索，大家逐漸忘記大象，只有僕例外，但至此他仍未向我們透露他如何知道大象消失一事。

接著敘事突然轉向一段全新且似乎無關的方向：「我遇到她，是在九月快接近尾聲的時候。」吸引僕的女子在一家以年輕主婦為對象的雜誌擔任編輯，她前來參加僕的公司舉辦的記者會。直到這裡，我們才得知僕任職於「大型電器公司的廣告部門」，他「負責為配合秋天結婚季節和冬天年終獎金時期而推出的一系列廚房用品的廣告」。在向她介紹現場展示品時，他解說著現代「キッチン」（Kitchen）的需求，而這唯有使用優雅的外來語才能做到。她對這些宣傳辭令提出質疑，僕也跨出職責本分，承認在這個「務實」的世界，只有銷售商品才是最重要的。他又加了一句，謹守在務實的界線裡，「可以避免所有複雜的問題」。

僕是唯一知道大象是消失而非失蹤的人，這個訊息很快地衝擊了他和編輯的關係。就像〈麵包店再襲擊〉僕告訴妻子自己曾襲擊麵包店的故事後，便意外陷入未知境界一樣，這裡的僕也不小心說溜嘴。他們在酒吧聊起大學時代、音樂、體育等，直到「我告訴她大象的事。為什麼會突然提到大象，我實在記不得了」。

發生在記憶邊緣的事通常也是最重要的事，這點在村上作品中屢次出現。一脫口提起大象，僕就後悔了，但女子堅持追問到底。於是他說了先前沒告訴我們的事：他應該是大象和飼育員失蹤前最後看見他們的人。

他們消失前一晚，僕從山頂一個很少人知道、也不容易被發現的地方，透過通風口看見他們。他覺得「他們之間的某種平衡感」變了。對話一旦落入異境的領域，現實的事物就再也不一樣了。僕和她的議論零零落落不了了之，不久他們道別，此後僕再也沒見過她。他們曾在電話中談過一次公事，他想約她一起吃飯，但又改變心意。「不知道為什麼，好像已經都變得無所謂了。」僕發現：「自從經歷了象的消失之後」，生活中的一切盡皆如此。234

如果像諺語說的「大象從不忘記事情」，那麼對如此看重記憶與無法溝通的內心世界的作家來說，牠們必然尤具魅惑力。象是神祕之境巨大而黑暗的化身，然而「看來人們已完全忘記了他們居住的町曾經擁有一頭象」，猶如學運過後，某種魔力的消逝，「務實」的世界重新取得優勢。〈麵包店再襲擊〉的僕以再次接觸他舊有的理想主義的辦法（雖然方法很怪異），而得到某種救贖。〈貧窮叔母的故事〉留給我們一點希望：既然僕已經擺脫他對「貧窮叔母」的迷戀，他和同伴的關係應該可以重新發展。然而在〈象的消失〉裡，在與超驗的事件擦身而過之後，其他一切似乎都無所謂了。

〈家務事〉（一九八五年十一月）的敘事者也是電器公司的廣告人員，小說中這個僕愛開玩笑，沒有直接顯露異境的問題，但他關心的是一些超越日常生活的價值問題。他擔心失去對他意義重大的一個人：他妹妹。她打算嫁給一位中規中矩的電腦工程師，渡邊昇。

渡邊昇？等等，這不正是大象飼育員的名字嗎？這個名字在《麵包店再襲擊》一書裡不斷出現，附加在千奇百怪的角色之上：〈象的消失〉裡的大象飼育員、〈家務事〉裡妹妹的未婚夫、〈雙胞胎與沉沒的大陸〉（一九八五年十二月）裡僕在翻譯事務所的合夥人、〈發條鳥與星期二的女人們〉（一九八六年一月）著墨不多的妻舅，以及更重要的，同篇小說裡依妻舅名字命名的貓。

村上在寫這本合集裡的故事時，開玩笑地用了他的好友安西水丸的本名。六年後，當他決定繼續鑽研〈發條鳥與星期二的女人們〉的陰暗成分，用妻舅來代表國族的邪惡面時，他覺得至少應該把姓改掉——改成綿谷。渡邊這個姓在日本很普遍，村上也許就是因為它常見才予採用。後來《挪威的森林》的主角也是這個姓，不過他叫渡邊徹。

〈家務事〉的故事十分有趣，對人物的描寫也較村上其他作品更為真實具體。這裡的僕比先前所有僕的個性都更積極好辯。他逗趣地描述妹妹打算嫁給缺乏幽默感的電腦工程師之後態度和行為上的改變，電腦工程師代表電子產業機制中一顆順從的小螺絲釘。但僕的風趣和譏諷無法完全掩蓋他對於年輕歲月即將結束的恐懼（他二十七歲、她二十三歲）。故事大多環繞在兄妹為了未婚夫，而找其他藉口鬥嘴的生動場面——譬如為了餐廳義大利麵的品質而爭執。

如果先前能在村上許多作品屢見他鑽研偵探或科幻等類型小說的痕跡，那麼為年輕女性讀者而寫的〈家務事〉則是嘗試情境喜劇風格的輕鬆作品，比我們在電視上可見的稍微淫穢些，但句句俏皮，情節轉折也多可預期。[235]

然而這個故事也有其尖銳處。僕的妹妹在作東邀請未婚夫吃飯時，因為厭煩僕不斷開玩笑而指責他不成熟又自私。後來，他機械性地與酒吧搭訕上的女孩發生關係，完事後在街上把晚餐吐光光。「已經有多少年沒有喝酒喝到吐了？我最近到底在搞什麼？同樣的事一再重複，而且每重複一次不都是每下愈況嗎？」[236]

回到家，他發現妹妹一個人在家，正擔心自己是否對他太嚴厲。他們很久沒有像這樣開誠布公，也因而停火休兵。村上讓笑聲持續到故事感人的結尾。

村上表現幽默感的手法之一是奇怪的數字和有趣的標題。《麵包店再襲擊》中，有篇小說題目是〈羅馬帝國的瓦解・一八八一年群起反抗的印地安人・希特勒入侵波蘭・以及強風世界〉（一九八六年一月）。這個題目大得夠寫一本百科全書了，但故事內容卻只有七頁，是一則文字與記憶的遊戲。它讓人印象深刻之處，主要在於超長的標題，以及那神祕的暴風。[237]

〈發條鳥與星期二的女人們〉開場時，僕正在煮義大利麵，結束時爭執中的夫妻誰都不肯去接永無止境響著的電話，這篇與村上間隔六年後才推出的長篇《發條鳥年代記》的第一章幾近雷同。如同〈螢火蟲〉一般，今天已少有人專為〈發條鳥與星期二的女人們〉本身的文學價值而去讀它，因為它後來發展成足足三卷的長篇小說。當初寫作時，村上並沒想到要將它擴充發展，他認為那已經是個完整的故事。[238]然而，日本學者石倉美智子將它解讀成三部曲中的第二部，前承〈麵包店再襲擊〉，後接《發條鳥年代記》。原因之一是三個故事中的僕都任職律師事務所，更重要的是，三部合起來正好追溯了完整的婚姻生活，從新婚初期到出現問題，以致最後妻子突然失蹤後的種種。[239]

單獨來看，〈發條鳥與星期二的女人們〉不過是一則古怪的故事，描述失業的律師事務所職員發現星期二這天和他接觸的女人都很詭異，包括他的妻子在內。不知名女子打來的電話讓他嚇一跳，因為她要求十分鐘時間讓彼此「互相了解……指心情」，後來還試圖在電話中與他做愛。妻子也讓他嚇一跳，因為她先在電話中建議他寫詩賺錢，然後又轉而安撫他可以安心地當個家庭主夫，由她負責賺錢。妻子同時提醒他要到後巷沒人住的空屋找尋失蹤的貓渡邊昇，不禁讓他懷疑她怎麼會對這種地方這麼熟悉。當他到外頭探險時，碰到早熟的鄰居少女，告訴他她對於死亡的種種幻想。少女以指尖在他手腕上「畫」著形狀奇妙的圖案（村上經常藉由這種玄祕的姿勢來營造下意識正在發生作用的感覺），而當他小睡片刻醒來時，女孩已經不見了。

整個故事中，僕不斷聽到一種鳥的叫聲（比《發條鳥年代記》第一章裡還頻繁），他沒見過這種鳥，因為叫聲像齒輪轉動的聲音，他妻子為牠取了綽號叫「發條鳥」。牠「每天早晨都會來到附近的樹林裡，為我們所屬的安靜世界上發條」。[240]然而故事中不只有這種鳥，僕在煮義大利麵時，聽到羅西尼的《鵲賊》（*La Gazza Ladra*）序曲；在空屋的花園尋找貓時，那裡有個鳥形石像，看來一副振翅欲飛的模樣；另外還有鴿子咕咕叫。這些代表什麼意義？村上或許自己也納悶。如同早先提及，他運用鳥類來象徵意識與潛意識的世界某種無法解釋的聯繫。在撰寫這個故事時，他只想讓讀者感受到文中提出的各項問題無一被解決的不安和失衡的感覺。[241]事後看來，他似乎是在日後重讀時，決定繼續探索他在這三十頁空間裡丟給讀者的諸多謎團。

| 第七章 |

流行之音

朝日堂

《麵包店再襲擊》最後一則短篇是在一九八六年一月於雜誌發表，合集於四月出版。當年村上主要的譯作是保羅・索魯的短篇小說集《世界的盡頭及其他短篇》（*World's End and Other Stories*）。

對英語母語的讀者來說，村上的書寫有某個層面幾乎令他們無法理解，那好比是海明威、曾獲普立茲獎的美國幽默專欄作家大衛・貝瑞（Dave Barry）、以解答讀者來函聞名的專欄作家安・蘭德斯（Ann Landers）三種風格截然不同的作家合而為一。幾乎從創作伊始，村上便持續撰寫輕鬆隨筆和相關文章，一九八四年之後，以風趣的書名《村上朝日堂》出版，由安西水丸繪製卡通式的插圖（前一章曾提到，安西的本名是渡邊昇）。

《村上朝日堂》對村上來說只是好玩，有些小品文章非常可愛討喜。朝日堂系列之外，還有風格相近的繪本《羊男的聖誕節》（一九八五），與村上合作的漫畫家佐佐木Maki在書裡不僅繪出《尋羊冒險記》的羊男和羊博士，也畫了《一九七三年的彈珠玩具》的雙胞胎和其他虛構人物。這些人最後都聚在一起互祝聖誕快樂（當然是日本式的聖誕節，有聖誕樹、禮物和無趣的聖誕大餐，不過完全不帶宗教精神與意義）。雖然應一位深為日式聖誕節著迷的教授敦請，《羊男的聖誕節》已有德語版發行，但英語讀者大概不太可能看到村上的這一面。[242]

村上後來以「村上朝日堂」作為專屬網站的名稱。沒錯，他在《朝日新聞》的贊助下，開設自己的站台達三年之久（自一九九六年六月至一九九九年十一月）。網站上有個村上的漫畫圖像，點選後就能聽到他本人的聲音說：「我是村上春樹，你好！」雖然網站後來關閉了，但所有站上內容（包括村上對大家的問候）後續都收錄在書籍和光碟中。書名比村上先前的小說都還要怪異：《村上朝日堂：夢的衝浪之城》、《村上朝日堂：司米爾加可夫對織田信長家臣團》、《「對啦，去問問村上先生吧！」人們對村上春樹拋出的兩百八十二個大哉問，到底村上先生有沒有好好回答呢？》。[243]

網站分成許多單元，但最終被保存下來的重要單元是「村上收音機」，讀者可以在這裡看到作家最新的寫作計畫。另一個讀者論壇則由村上答覆讀者的問題，有些是嚴肅的私人問題，有些是公共議題，如東京地鐵發生的沙林毒氣事件。

雖然朝日堂站上的「對談」大多只是像「洗澡時你用什麼擦身體？」、「如果在走廊上看見一個全裸女人你會怎麼辦？」、「『fuck you』要譯成日語你會怎麼譯？」、「我應該去哪裡畢業旅行呢？」、「烏賊身上的是手還是腳？」這類問題，村上還是誠懇忠實地回應書迷。有些書迷直呼其名，在日本這麼講究禮節的地方顯得不甚合宜，但村上仍以輕鬆的閒聊態度答覆。

這些收錄的內容讀來有趣，是因為它們帶有玩笑意味，而且是真誠的雙向溝通。能直接面對最喜歡的作者，讓讀者倍覺興奮，而村上則被他們的坦率感動。在由於工作量過重而不得不放棄網站之前，村上已從各類讀者的大量來信中，回覆了六千封電子郵件，提問的人從高中生、大學生到三、四十歲的家庭主婦、勞工或上班族不一而足。對村上來說，這是另一次重要的學習經驗，他接觸到了市井小民的希望與恐懼，同時又能維持孤立的狀態。網路讓他得以領略日本社會對作家所期望的，傳統高高在上的「先生」之類指導角色，而溝通方式卻是沒有排場的一對一親密對話。（譬如回答烏賊的問題時，他建議讀者給牠十隻手套和十隻襪子，看牠選什麼便知。至於洗澡那題，如果你想知道的話，他喜歡徒手，不用擦澡布。）[244]或許如同朝日新聞社的宣傳所言，村上是透過電子郵件與讀者聯繫的「史上第一位作家」，這個媒介就跟文字處理機一樣，讓他十分滿意。

村上對筆下作品非常認真（對某些作品又特別認真），但他對什麼是「流行」、什麼是「藝術」並沒有預設立場。他曾以非常坦誠的態度，解釋二十世紀末葉的作家試圖吸引大量讀者時所面臨的處境。他說，現代都市人口的活動及興趣日益多樣，小說必須和體育、音樂、電視、錄影帶、烹飪以及一堆有趣的娛樂競爭。小說家不能再期待讀者花時間精力去了解艱深的故事：現在的作家得辛苦地吸引讀者來讀小說。作家的責任是娛樂讀者，把故事說得簡單易懂。[245]

的確，村上除了具有在作品中留下某些主要意象和事件不做解釋這種吊胃口的傾向之外，他的文字確實都簡明易懂，也確實用清晰、生動、有趣的文字向我們解釋了很多。一切都很清楚，就是字面的意思，沒有暗藏什麼微言大義，可以利用晚餐後到百視達找武打明星范達美（Jean-Claude Van Damme）最新錄影帶前的時間來閱讀。

雖然村上很能接受小說只是五花八門的休閒活動之一，但他並不是指小說不過是另一種錄影帶。小說家必須與各式各樣吸引讀者的娛樂競爭，把讀者帶進他所謂的「小說形式特有的認知系統」。[246]像村上這樣的作家，文字與想像的交互作用才是最重要的。如果文學已死，他們一定忘了邀請村上春樹參加葬禮。

挪威的森林

從一九八六年開始，村上和陽子持續了九年的時間四處遊蕩。他們從藤澤搬到海邊，搬進一間他們後來終於住得較久的房子。十月三日陽子三十八歲生日時，他們前往歐洲，在羅馬停留十天後到達希臘斯佩察島（Spetses），十一月再到米克諾斯（Mykonos）。一九八七年一月，他們到西西里的帕勒摩（Palermo），期間到馬爾他島小遊一番，二月時又回到羅馬，前往波隆那之前又到米克諾斯一次，最後到克里特島。

村上從寫短篇小說裡得到莫大樂趣，在筋疲力盡完成《世界末日與冷酷異境》後，他開始懷疑自己還有沒有精力創作長篇。長久以來他一直希望到歐洲旅行，也有計畫地進行準備，學了一年希臘語。然而最終，他離開日本是為了找尋新的、陌生的環境，以便集中精力撰寫長篇小說。[247]尤其，這代表可以遠離電話，遠離持續不斷的產品代言、大學演講、談拿手好菜、對談，以及針對性別歧視、環境污染、已故音樂家、迷你裙再度風行或者戒菸方法等問題發表意見的邀約。[248]

到達羅馬之後，村上花了兩個星期的時間，才從應付這些雜務導致的疲憊狀態中恢復過來，根本不可能再繼續工作。最後，在寒冷、起風的米克諾斯淡季中，譯完布萊恩（C. D. B. Bryan）的小說《偉大的戴思瑞福》（*The Great Dethriffe*）後，他感覺該是著手將內心裡等著被寫出來的長篇小說完成的時候了。

過不了多久他就知道，這部尚未命名的小說，會比原先預估的三百五十頁稿紙長很多（當時他還未使用文字處理機，是以鋼筆寫在日本標準的四百字稿紙上），他在帕勒摩「地獄般的」嘈雜骯髒下完成了六成。帕勒摩的經驗是在測試他集中力的限度，但由於他和雜誌社有約，需要交一篇遊記，所以不得不留下來。一九八七年四月，他終於在羅馬完成小說。從寫在筆記簿和信紙上的雜亂初稿謄過一遍後，全長九百頁稿紙。[249]村上夫婦六月回到日本，主要是為了和編輯會面及看校樣。他們九月回羅馬時，書剛上市。村上完全沒想到這本書會大為轟動，從此改變了他們的生活。

這部小說當然就是遙遙領先的暢銷作《挪威的森林》。日語書名《ノルウェイの森》字面意思是「在挪威的森林」，這並不是村上誤用，而是這首披頭四的歌曲〈Norwegian Wood〉*

* 譯註：這首歌的原意在英美地區多有爭議，保羅．麥卡尼（Paul McCartney）解釋歌名指的是挪威松木，曲中所指乃當年流行的挪威松木製家具；但許多人仍認為「Norwegian Wood」乃源自英美俚語中的「大麻」，意指歌詞中的敘事者在抽大麻，本書作者即持此觀點。

原在日本就已被誤譯。[250]因此，當女主角感傷地說：「我聽到這首曲子有時候會非常傷心。不知道為什麼，但覺得自己好像正在很深的森林裡迷了路似的。一個人孤伶伶的，好冷，而且好暗，沒有人來救我。」[251]這句話在日語便不似在英語裡那麼不協調。然而即使有此誤譯，引用披頭四看來還是遠比村上最初考慮的書名「雨中庭園」（Gardens in the Rain）更適合這本小說。「雨中庭園」源自德布西的一首鋼琴曲，書中根本沒提及。[252]

村上曾在《聽風的歌》間接暗示他不會在小說中描寫性愛及死亡的事。後來他表示，原因之一是，他少年時期的文壇巨匠大江健三郎已如此傳神捕捉了性愛、死亡與暴力，因此他想寫點別的。[253]不過到了第五本小說，他以迥異於以往的手法處理了這些題材，結果創造出日本歷來最暢銷的小說之一。

> 後來我寫了一本單純講男孩遇見女孩的故事，延續披頭四的歌曲叫《挪威的森林》。許多讀者認為我在《挪威的森林》中退步了，辜負了我先前所有作品的立論。然而對我個人而言正好相反，它是一種冒險，一種挑戰。我沒寫過這類直接、單純的小說，我想考驗自己。

的確，村上發現這個新形式的小說有時徹底地折磨人：[254]

我將《挪威的森林》設定在一九六〇年代末，依我自己的大學生活來描述敘事者大學環境及日常生活的細節。結果許多人認為這是一部自傳體小說，事實上它根本不是。我自己的青年時期一點都不戲劇性，比書中無趣多了。如果我只照章描寫自己的生活，它的長度不會超過十五頁，絕不會是兩卷本的小說。[255]

村上關於自傳的部分可能是開玩笑，但這本書的確看起來像自傳，書中的描寫較接近真實經驗，而非以往那種心靈遊戲及超自然場面，而且它確實比其他小說更直接告訴我們村上春樹年輕時代剛從神戶來到東京時的許多生活景況。

村上對付寫實小說這項「挑戰」的主要做法，是以鉅細靡遺的細節填滿各個場景，這在他一向簡約、抽象的文體中相當少見。書中關於宿舍生活及東京地區的詳實描寫，都出自親身經驗，納入這些描寫不只是為了象徵意義或劇情需要，村上在此欲根據記憶以重建自己年輕時期的一個重要階段：占據全書大半篇幅、一九六八到七〇年學生運動的動盪年歲。

如同村上的其他敘事者（以及他本人），主角渡邊徹出生於神戶，而他在東京就讀的那所未提到名字的私立大學，則明顯是以村上和陽子就讀的早稻田為藍本。村上的寫作手法之一是讓讀者注意到書中主角和作者之間的相關性，譬如他將自己為人所知的閱讀習慣加到小說主角身上：

> 我雖然經常讀書，但讀的書卻不太多，只是喜歡把中意的書反覆讀好幾遍而已。算起來有楚門．卡波提、約翰．厄普代克（John Updike）、史考特．費滋傑羅、瑞蒙．錢德勒，但班上或宿舍裡都找不到其他喜歡這些作者的人。他們讀的是高橋和巳[256]、大江健三郎、三島由紀夫或當代法國小說家。因此當然話也談不來，一個人默默地繼續讀書。[257]

然而較之這種事實上的相似性，更重要的是村上的敘事策略。渡邊是以直接對讀者書寫的姿態呈現，這強化了他的真摯形象。《挪威的森林》開頭是渡邊一年前因一段突然閃現的記憶而困頓的場面，緊接著透露他多麼企望這些記憶不要消逝，因而才動筆寫下這個故事：

我的記憶正漸漸遠離而去……這是為什麼我寫這本書的理由。為了想清楚，為了理解吧。所以，我正在寫這篇文章。我得試著寫成文章才能清楚理解事物……像這樣一面追溯著記憶一面寫文章時，我的情緒常陷入劇烈的恐懼。如果我已經喪失了最緊要部分的記憶了怎麼辦？會不會我身體裡有個記憶邊土的黑暗地帶，所有重要的記憶全部積在那裡，早已慢慢化為塵泥了呢？

但無論如何，這是我所能想起的全部了。我緊緊抱著那已經變得很單薄，而且一刻比一刻稀薄下去的不完全的記憶在胸前，懷著像饑餓的人啃骨頭般的心情，繼續寫著這本書。[258]

如此一來，讀者猶如見證了寫作的過程，好似這本書是一封單獨寫給自己的長長的私人信函。村上在《挪威的森林》技法上最大的成就，或許就在成功利用自傳式的日本私小說傳統來完成全然虛構的作品。這本看似誠懇坦白、半懺悔錄式的小說塑造得如此成功，充溢著懷舊的抒情文字及年輕戀情的悲痛，使得村上的聲名遠遠超過先前，一躍成為家喻戶曉的作家。美國喜劇演員喬治．伯恩斯（George Burns，他的名言：「誠懇是最重要的，如果你可以假裝誠懇，你就成功了！」）應該會為以他為榮。[259]「村上現象」就此展開。

諷刺的是，多年來此書大受歡迎，導致習慣把小說當成自傳的日本讀者產生錯誤的期待，讓村上和陽子兩人都很苦惱。[260]村上本人爽快地承認小林綠這個人物有部分個性是以高橋陽子為本，但斷然否認這會妨礙他賦予這個角色別的特質，把她放進純粹虛構的連串事件。[261]在綠身上，我們可以看見陽子的聰慧和堅韌，或許還包括她說話的方式。綠就像陽子一樣出身東京地區的老式商賈家庭（陽子的父親是寢具師傅，綠的父親開了一家街坊書店），她比渡邊大幾個月，渡邊出生於一九四九年十一月——不是一月。平凡家庭的獨生女、在名媛就讀的學校念書，這個背景也是源自陽子。而綠必須寫紙條才能和坐她旁邊的渡邊溝通，也與陽子後來半開玩笑抱怨村上有時會把自己的內心關閉起來相互呼應。然而，綠終究是複合而成的虛構人物，她的性格取自許多來源，沒有特定的出處。譬如她在民謠社團的惡劣經驗，不是來自陽子，而是出自村上的另一個朋友（或許是分手的前女友！）。

至於陰鬱的直子則更是如此，村上堅持這個角色並非以大學時期另一個女性朋友為模型。村上太常描寫年輕時代的朋友過世，而且寫來令人完全信服，讀者自然會在他的生活和朋友之中尋找相符的經歷和人物，何況是《挪威的森林》這麼「寫實」的作品。不過村上一直否認有這種關聯，他曾表示《挪威的森林》只有一個角色直接以特定人物為藍本，即先前提過在〈螢火蟲〉首度出現，綽號叫「突擊隊」的結巴室友。[262]

《挪威的森林》瀰漫的懷舊氣味，也進一步強化了自傳體的印象。此書多少有向史考特・費滋傑羅致敬的味道（「獻給許多的紀念日」呼應了費滋傑羅在《夜未央》〔*Tender is the Night*〕的獻詞：「獻給傑洛與莎拉：許多歡樂時光」），書中也多次提到《大亨小傳》徘徊在記憶中，如同一首悲傷的抒情詩。出現於《挪威的森林》大多數縈繞不絕的音樂都是感傷的，的確，全書的基調就像一首甜美、哀傷的流行歌曲。在英譯版裡，村上的風格正適合英語的流行旋律，讀者可能覺得它刻意迎合這個語言。當然，要寫出好的流行歌曲很難，它必須操弄慣用的創意、意象和音韻來吸引廣大聽眾，同時還得以新鮮的手法說點真實的人生經驗。若說村上玩的是模仿類型小說的遊戲（《尋羊冒險記》是偵探小說、《世界末日與冷酷異境》是科幻小說，而〈家務事〉是情境喜劇），那麼《挪威的森林》的範本就是流行音樂了。

《挪威的森林》定位於少年初戀和示愛的時期，成功寫出了甜美、欲語還羞的青澀戀愛場景，這也是此書暢銷的功臣。年輕讀者喜歡其中關於情愛的描寫，那些他們正學著用手、用唇、用生殖器官玩的遊戲；老一點的讀者（少數可以忍受甜膩的人）也許發現自己懷念起已逝的純真。的確，渡邊和綠在地下餐飲街吃過飯後，是在百貨公司頂樓遊樂場做出愛情的表白和承諾，這個地方他們小時候都來過。懷舊、純真、誠懇、坦白，加上大量美好、乾淨、實際的肉體接觸，通常在還沒像大人般性交前就停止了（對照某些徒顯可悲的為性愛而性愛的無意義濫交），這使得這本小說吸引了所有願意相信性愛革命並非污穢不潔，它也可以產生某些意義的人。渡邊讓我們相信他是個好人，因為他拒絕和綠「什麼都做」，要等他可以用純淨的心思和開放的胸懷給她承諾時才行。他希望做愛是有意義的，而最後，他也得到那意義了，雖然過程有點出乎讀者意料之外，也顯得曖昧不明。

渡邊的年齡也說明了這本書為何會吸引年輕讀者：雖然敘事者寫「他的」這本書時已經三十八歲，但主要事件發生時他才十八歲，小說結束時還差幾個星期他才要過二十一歲生日。他是個異常自持的年輕人，善於說故事（無疑歸功於年長後的寫作技巧），而且也是懂得傾聽別人故事的好聽眾，特別值得一提的是皺紋已現、曾住過療養院的「老」（三十九歲）病人玲子說的故事。他和玲子在全書結尾有一段宛如亂倫的做愛場面，這場性愛和他們彈奏的音樂都是為了「紀念」直子。直子是渡邊的另一個摯愛，在曾經治癒玲子的那家療養院待了很長一段時間後自殺了。雖然小說一開頭是三十八歲的渡邊回想一年前聽到〈挪威的森林〉這首歌時喚起的種種回憶，但結尾卻是年輕的渡邊站在強風吹掃的電話亭中，不知自己身在何方：「不能確定是什麼地方的某個場所的正中央。」

關於渡邊後來的生活，我們僅略知一二，他似乎並不快樂。開頭第一段，他三十七歲，正搭機前往漢堡，看來興致索然，可能是為了公事：「要命，我又來到德國了啊。」後來他憶起為了採訪一位畫家，曾在聖塔菲見到一場美麗（但令人神傷）的日落。那大約是在書中主要事件過了十二年後左右的事（約一九八二年，當時他三十三歲）。他似乎已成了某種跑遍全球的記者（這或許是他寫得這麼好的原因），但看不出他和綠最後在一起的跡象，他看來像個抑鬱孤獨的漂泊者。

故事後來就沒再提起過漢堡，但它出現在第一段可能有兩個理由，首先，它是湯瑪斯．曼（Thomas Mann）的小說《魔山》主角漢斯．卡斯托普的故鄉。這本小說在《挪威的森林》裡數度出現，渡邊在前往直子接受治療的阿美寮的路上讀它，玲子還責備他魯鈍，竟然帶這種書來。在湯瑪斯．曼的小說中，漢斯到瑞士專門醫治肺結核病和心理問題的療養院探望表兄（雖然在一次大戰前提到現今所謂的「心理分析」一定會讓漢斯情不自禁地大笑），全書的主要氣氛是等待死亡。他的表兄提到冬天裡身體特別衰弱消沉，漢斯打算在療養院暫住三個星期（後來住得更久）的那個房間，原先住著的美國婦人幾天前才剛過世。其次，也可能是較重要的關聯：漢堡是披頭四事業起飛的轉捩點（他們於一九六〇年抵達漢堡時，鼓手是彼特．貝斯特〔Pete Best〕，貝斯手是史都特．沙克里夫〔Stuart

Sutcliffe〕）。他們在當地的許多酒館演出，並且首次全團錄製唱片。

雖然乍看之下《挪威的森林》是本非常寫實的愛情故事，但書中的象徵手法使其略有不同。渡邊對具有自戕傾向的直子的迷戀，帶出了介於「存在」與「不存在」、這個世界與封存在死亡和記憶中的另一世界之間的某些對比。我們對此並不陌生，村上早在《世界末日與冷酷異境》中清楚勾勒過了。

書中開頭沒幾頁的地方，村上就把直子與他最常用來代表深不可測的內在象徵「井」扣連在一起。

想想，直子那時說了什麼呢？

對了，她說到原野上井的事。我不知道那種井是不是真的存在……井正好位在草原末端開始要進入雜木林的分界線上。大地洞然張開直徑一公尺左右的黑暗洞穴，被草巧妙地覆蓋隱藏著。周圍既沒有木柵，也沒有稍微高起的井邊石圍，只有那張開的洞口而已。井口的石頭被風雨侵蝕變成奇怪的白濁色，很多地方已經裂開崩落了，小小的綠色蜥蜴滑溜溜地鑽進石頭縫隙裡去。試著探出身體往那洞穴裡窺視也看不見任何東西。我唯一知道的是這井深得可怕，無法想像的深，而且那洞裡被黑暗塞得滿滿的——好像把全世界所有的黑暗都熔煮成一團似的濃密黑暗。263

井的深邃令人畏懼，它更會讓人緩慢、痛苦、孤獨地死亡。直子說，如果不小心掉下去——

如果就那樣乾脆地死了還好，萬一因為什麼原因只有腳扭傷了就一點辦法都沒有了。儘管大聲叫喊，也沒有人聽見，不可能有誰會發現，周圍只有蜈蚣或蜘蛛在爬動著，兩旁散落著一大堆死在那裡的人的白骨，陰暗而潮濕。而上方光線形成的圓圈簡直像冬天的月亮一樣小小地浮在上面。在那樣的地方一個人孤伶伶地逐漸慢慢地死去。264

阿美寮這個地方位在森林深處，高牆環繞，和《世界末日與冷酷異境》井一般的街町有許多相似之處。病人追尋的是從外在世界的各種生活壓力中解脫而出，如同被城牆圍住的町裡那些沒有心的人所能獲得的超脫。265

渡邊同時被活潑、肯定生命的綠以及迷戀死亡的直子兩個人所吸引。綠經常與架高起來的地方連結在一起，譬如洗衣檯或頂樓；而直子想的則是井。這裡的直子可說是《一九七三年的彈珠玩具》自殺的直子輪迴轉世，那個直子也熟悉各種井，她病態地執著過去，無法完全融入真實世界，最終賠上了自己的生命。村上曾如此解釋這本書最初的構想：

除了第一人稱的主角外，我設計了五個角色，其中兩人最後會死亡。甚至我自己也不知道這五人當中誰會死、誰會活下來。主角愛著兩個完全不同的女人，但不到最後我也不清楚誰會跟他在一起。當然也有可能她們兩個都死了，只剩他孤獨活著。266

我們很難猜出村上心中設想的究竟是哪五名角色，除了主角之外，《挪威的森林》至少還有七名主要人物，其中四人最後過世了，甚至像渡邊的高中同學 Kizuki，在故事開始前就已自殺身亡了。和渡邊有關的女人為數也很難估算，尤其如果要將他和同校玩世不恭的永澤出外玩樂時的一夜情算進來的話，就更困難了。問題最大的女性角色是占據了最後幾頁的玲子，渡邊一直在綠和直子兩個極端之間徘徊，但玲子卻是他唯一以對等伴侶關係體驗到成熟性愛的女人。

為什麼村上最後要讓渡邊和玲子睡覺？那一幕非常溫馨舒適，兩人完成這場私下紀念直子的儀式後都感覺很棒，但它令人不安，且有不倫之嫌。渡邊這時應該已許諾和綠在一起（其實早在直子自殺前即已承諾），但他仍毫不猶豫地和這個年紀偌大的女子發生關係（一九六九年十月時她三十八歲，書末他二十一歲生日前夕，她已三十九歲）。非但如此，敘事者還明白指出他們做了「四次」。[267]由於日語的「四」發音和「死」相同，日本人通常小心避開它，就像西方人忌諱數字十三一樣，因而宣稱一個晚上做愛四次，聽來有不祥的意味。

書中只有和玲子做愛時才提及懷孕的問題。她懇求他小心點，以免她這把年紀還懷孕會很難為情，不過當他沒控制好時，她又一笑置之。不經意地提及性事的後果，讓這段交合成為書中唯一真正成熟的性愛。

然而，玲子是否能被當成大人看待，其實頗有疑義，這使得他們的交合又引發出另一個道德上的缺陷。畢竟她是渡邊與之發生關係的第二個精神狀況不穩的女性。他可能因此被控以麻木漠視這些缺乏防禦能力的女性，惡意忽略精神病患的脆弱。他不斷懷疑和直子睡覺是不是「對的」，如果不對，他可能就該為她的自殺而受責。

渡邊個性上的這個陰暗面，也許是無意中製造出來的。村上的意圖可能是希望藉由玲子取代直子（穿她的衣服、身材像她），讓渡邊和直子的關係達到某種圓滿境地。玲子也向渡邊透露了直子對於和他做愛的感覺：她很愉快，並不害怕。這讓渡邊（以及我們）放心地確定他做的是對的。

直子既死，渡邊也已與她的替身交合過了，過去可算是一筆勾銷，看來渡邊和綠的結合已無任何阻礙。但他決定和玲子做愛，使得情況變得有些曖昧不明。他似乎無從回答最後的存在問題：「你現在在哪裡？」三十八歲的敘事者好像也沒比二十歲時更清楚。後來我們在漢堡和聖塔菲驚鴻一瞥的渡邊，絕不是已和完美的精神伴侶綠結合的快樂丈夫。和有性功能障礙的直子之替身玲子交合（四次）後，他選擇的似乎是死亡和消極（直子），而非生命（綠）。渡邊會以他對直子的記憶為伴來度過餘生，而不是把自己交給充滿生命力的綠。

一九八七年出版《挪威的森林》後，村上從作家轉變成一種現象。他的主要讀者群是十幾、二十歲的少女，形容這些人的特定名詞也很快就出現了：一家報紙稱其為「挪威族」，代表「迷戀這本書，希望認真討論愛情和如何生活的年輕女孩」。挪威族會抱著小說，成群出現在《挪威的森林》提到的新宿酒吧DUG。她們也會買紅綠封面版小說當作聖誕禮物（很多人希望溫柔體貼的渡邊徹可以成為模範，改善她們男友的言行）。[268]但既然這本書至一九八八年底共銷售了三百五十萬冊，顯然它所掀起的風潮並不僅限於「挪威族」。根據日本報刊報導，它的銷售對象包括十幾歲少女和六十幾歲婦女、二十幾歲年輕人和四十幾歲的男人。據聞，年輕讀者把它當作愛情故事，年紀大的讀者則被書中披頭四音樂襯托下的學生運動所吸引。

廣告業迅速利用了這股熱潮，到處可見舒適綠色森林景象的插畫。有個輕型地毯清潔器在廣告中利用這個當背景，宣稱它適合在「你不想打掃房子」，只想縱容自己在「挪威的森林和薄酒萊新酒裡，穿著絲質襯衣、赤腳蹓躂、不接電話」的日子裡使用。有個可愛的綠茶口味巧克力新品牌標榜它「帶有純正愛情森林的味道」，包裝上以日語和英語寫著：挪威的森林（Forest of Norway）。

唱片業也看到大好機會，有家唱片公司按照小說第一頁的描述，推出一張「挪威的森林甜美管弦樂版」專輯ＣＤ，很快就躍上銷售排行榜。該公司代表否認他們是投機客，畢竟他們是依據那首歌的日語曲名，將「挪威」拼成「Noruwee」，而村上則是拼成「Noruwei」。披頭四這首曲子在日本原來並不流行，自從《挪威的森林》推出後，收錄這首歌的專輯《橡皮靈魂》銷量顯著上升，專輯內附的歌詞有著女孩對男孩的耳語：「這個房間很棒吧？就像挪威的森林。」269

一九八八年十二月，某家周刊報導這些瘋狂現象時，宣稱：村上春樹再度逃離日本。講談社對於「這本作品由於大受歡迎而被當成商品看待」表示悲痛，但該文也提到，村上的下一本小說《舞・舞・舞》受惠於這波熱潮，銷售已達九十萬冊。然而，只讀過《挪威的森林》的讀者認為這本新書「太艱深」。相反地，村上既有的書迷則很高興他回到熟悉的領域，因為《挪威的森林》銷售「過度」，搶走了他們崇拜的偶像，讓他變成「大家的」。更有傳言說，某個廣告企畫一路追蹤隱居歐洲的作者，請求他在廣告現身，最後遭到回絕無功而返。[270]同樣地，也有幾個電影計畫遭拒（《聽風的歌》曾改拍成電影，但成績拙劣，村上因此聲明不再忍受這種難堪情事）。[271]

雙冊版精裝本小說繼續銷售超過兩百萬套，總銷量截至二〇〇〇年三月已達三百六十萬冊。[272]許多年後，日本文壇才開始原諒村上寫了一本暢銷書——如果真有人原諒的話。

當時的狂熱喧鬧，只讓村上更延長了羈留國外的時間。然而身處異邦並不能保證就此隱姓埋名。一九九二年十一月，村上和幾位美國華盛頓大學的研究生及教授討論完自己的作品後，在西雅圖的大時代酒廠（Big Time Brewery）輕鬆喝著淡啤酒時，兩個臉色蒼白緊張的日本女生捱近桌邊，其中一名努力控制著不發抖，聲音卡在喉嚨裡用日語說：「抱……抱歉，先生……你會不會……就是……村上春樹？」

他略帶微笑回答：「沒錯，我是村上。」

兩個女孩杵在那裡好一陣子，極為震驚，好像希望她們聽錯了。比較勇敢的那位又說話了：「你願意……你可以……跟我握手嗎？」

他簡單回答：「我不介意。」然後傾身與第一個女孩握手，再來是另外一個。

千謝萬謝過後，她們回到自己的桌子，不久之後又再度過來，拿著便條紙和筆請求簽名。為第一位簽名時，村上問她叫什麼名字，好註明是給她本人。

她倒吸一口氣說：「你要特別註明給我？」

村上簽完後，兩個充滿敬畏、高興萬分的女生緩緩穿過撒滿木屑的樓面，一路鞠躬著離去。

整個事件讓周圍同伴覺得有趣，卻讓村上很尷尬。不過自從《挪威的森林》推出後，這只是他的生活會變成什麼樣的小小範例——不管他到世界的哪個角落都是如此。

（除了簡約和韻律之外）我想擁有的第三種風格是幽默。我希望別人可以開懷大笑，也希望讓他們寒毛直豎，讓他們怦然心跳。我的作品應該具備這種力量，對我來說這很重要。我寫第一本小說時，幾個朋友打電話跟我發牢騷——不是抱怨書本身，而是因為這書讓他們很想喝一堆啤酒。有個朋友說他不得不停下來先去買啤酒，後來他是邊喝酒邊看完後面的部分。

聽到這些牢騷，我樂透了。我相信我的書對人們有影響力。光透過我的書就能讓一些人想要喝啤酒，你不曉得這讓我有多高興。另外也有一些人抱怨說他們在地鐵裡讀我的小說時笑得太大聲了，覺得很不好意思。我想我應該為他們的遭遇抱歉，不過這些回應只讓我覺得高興。

由於《挪威的森林》是個愛情故事，它對人們的作用很不相同。我收到很多來信，說這本書讓他們想要做愛。有個小姐說她整晚讀這本書，讀完時好想立刻見到她男友，她在清晨五點鐘跑到他公寓，撬開窗戶慢慢爬進去，叫醒他和他做愛。我很同情這名男友，不過這位小姐的信讓我很快樂。在世界的某個地方，我的書正影響著讀者的行為。與其寫需要複雜地詮釋和加註的東西，我寧可寫像這樣實際感動別人的文字。[273]

然而，就在撰寫《挪威的森林》時，村上愈來愈清楚當他挖掘自己內心的景象與讀者分享時，是種多麼危險的遊戲。他在〈凌晨三點五十分微小的死〉篇章提到了這個主題：

寫長篇小說，我想對我來說是一件非常特殊的行為……在寫長篇小說時，我每次都在腦子裡某個地方想著死這件事。

通常我是不會去想這種事的。把可能死去這件事如此迫切地每天想著——就像大部分三十代後半的健康男性一樣——是極為稀罕的。可是一旦開始寫長篇小說時，我腦子裡總是無論如何都會形成死的印象……而且那感觸直到寫完小說最後一行的瞬間為止，絕對不會剝落。

每次都這樣。每次都一樣。我一面寫小說一面繼續想，我不要死．我不要死．我不要死。至少在平安寫完那篇小說之前絕對不要死。一想到這篇小說尚未完成之前就中途放下而死掉時，我會不甘心到要流淚的地步。或許這並不會成為流芳文學史的傑出作品，但至少那就是我自己。說得極端一點，如果不完成那小說的話，正確來說我的人生已經不是我的人生了——每次寫長篇小說時我多多少少會這樣想，隨著我的歲數增加，身為小說家的生涯累積愈長久之後，這種想法好像變得愈強。我有時候會在地板上躺下來，停止呼吸，閉上眼睛，想像自己正在逐漸死去……，這種事我實在無法忍受。

村上說，有時早晨醒來，他發現自己在祈禱：「拜託，請讓我再多活一點，我還需要多一點時間。」是在向神祈求嗎？他也不清楚。還是向命運呢？或者他只是把禱告送進太空，就像期望他們的無線電波會被外星人收到的那些科學家一樣？在這個暴力、不完美的世界，我們周遭盡是死亡。「試著冷靜想想，甚至過去能平安無事地活下來反而很不可思議。」

我繼續想起來就拚命祈禱：但願目光斜視的飛雅特駕駛不要在十字路口撞到我。但願站在街角閒聊的警察，不要心不在焉地把玩自動手槍時走火射到我。但願排在公寓五樓陽台上搖搖欲墜的盆栽不要掉落我頭上。但願精神錯亂的人或嗑藥者不要突然抓狂，從我背後捅一刀。

……如果百年後我的小說像死掉的蚯蚓般乾癟消失，我想那也沒辦法。這不是問題。我所要追求的，既不是永生，也不是不死的傑作。我所追求的只有短暫的現在。在我寫完這本小說以前，無論如何讓我活下去，只有這樣而已。

緊接著村上回憶一九八七年三月十八日星期三，他在羅馬於凌晨三點五十分醒來前做的一場血淋淋的夢境。他先想到費滋傑羅在《最後大亨》（*The Last Tycoon*）未竟之前就因心臟病猝死。他深信，不管事情發生得多麼突然，費滋傑羅在最後時分，一定煩惱著腦子裡早已完成的小說現在再也無法結束了。

他夢見在一間空蕩蕩的房間裡，數百個整齊切下來的牛頭排成一排，另一側則排著還滴著血的軀骸。牛血匯聚如小河流向懸崖邊，海水已染成血紅。房間窗外，如昆蟲群集的海鷗撲襲啄飲血流，攫取懸浮其間的肉屑，不過這些海鷗並不滿足，牠們圖的是動物的死屍以及做著夢的他這個人。牠們在外面盤旋不去，等待機會大啖一頓。

> 在早晨來臨前的子夜時刻，我感覺到死亡的高張。洶湧的死亡就像遠方的海嘯般，令我身體顫動。寫長篇小說時，常會發生這種事情。我藉著寫小說，逐漸下降到生的深處去。順著一道小梯子，我一步又一步地降下去。但當我愈接近生的中心時，愈能感覺到：就在那前面一點點的黑暗中，死也同時顯現出激烈的高張。274

| 第八章 |

跳不同曲調的舞

舞・舞・舞

一九八七年十二月十七日，村上在羅馬著手撰寫下一本長篇。完成《挪威的森林》後，他再也不想跟大疊稿紙和影印機奮鬥，回日本時他購置了一台日語專用的文字處理機。[275]如果對只用到二十六個字母的英語讀者來說，文字處理已經是種恩惠，想想看對於要處理幾千個漢字、片假名和平假名，再加上羅馬字母和阿拉伯數字的作家而言，這有多麼輕鬆。安部公房（生於一九二四年，卒於一九九三年）[276]於一九八四年開始使用個人電腦，可能是日本知名作家中的第一人。村上在一九八七年改用電腦之後，就再也沒有回頭用紙張寫稿了。

村上這本新小說和《挪威的森林》不同，它最先確定的是書名，取自小溪谷樂團（The Dells）的一首老式節奏藍調：〈舞舞舞〉（Dance, Dance, Dance）。這首輕快的音樂在村上腦海裡醞釀得夠久了，於是他決定該是動筆的日子了。這本書可說從頭到尾都是文字自行流曳而出。

《挪威的森林》是一種我從沒寫過的書，所以下筆時我不停地揣想讀者會怎麼解讀它。寫《舞．舞．舞》時就完全沒有這些疑慮。我只是用我想寫的方式，把我想寫的寫下來。風格都是我自己的，許多人物都曾出現在《聽風的歌》、《一九七三年的彈珠玩具》和《尋羊冒險記》裡。這非常有趣，好像回到自家後院似的，我很少寫得這麼快樂。[277]

《舞．舞．舞》描述僕將邪惡的黑衣男子炸死，從北海道回東京「接下來發生的事」，可算是《尋羊冒險記》的續篇。不過，寫完《世界末日與冷酷異境》的這個作者，再也無法捕捉創作《尋羊冒險記》時的純真了；就像《尋羊冒險記》的作者，也已經不是那個在《聽風的歌》和《一九七三年的彈珠玩具》寫下僕和老鼠初次遭遇的爵士酒館老闆。《舞．舞．舞》最重要的問題，就是要努力恢復那種純真和自發性，要澄淨心靈、驅走邏輯思維，讓內在的故事湧現：不管是故事本身，或者村上處理作品素材的手法，兩方面皆是如此。

《尋羊冒險記》就像是種天啟，讓村上震驚於自己能深入內心，帶出像羊男這樣荒誕又瘋狂的東西。他說：「我只是伸手把他拉到這個世界而已。」[278]就像背著「貧窮叔母」

的年輕人堅信「一旦產生的東西，就會跟我的意志無關地繼續存在下去」，對村上來說，羊男也已成為獨立的存在，就像個普通人。村上有點想再見他一面，他真的很想念他。當然，要再見到這個老朋友只有一個方法，就是再度探索羊男出現的「來處」。

深入探掘內心而遭遇完全意想不到的事物，和動手尋找意料之中的東西，是截然不同的兩回事。正如禪修者所面臨的問題：要想開悟，就不能執意去追求。不管對應無所執的禪修者或者村上而言，唯一的方法都是得把自己安頓在可能開悟的境地，停止思索，等待、等待，再等待。

《舞．舞．舞》遇上的麻煩也曾出現在《發條鳥年代記》，亦即當村上等待著什麼東西出現的同時，讀者也必須和僕一起鵠候。結果，這回出現的不是似曾相識的既視感，而是例行公事（Been There Done That），諸如在街上閒晃、烹煮輕食、到冰箱拿冰啤酒等。新加入的元素是恐怖，但僕在夏威夷的威基基鬧市中發現滿室神祕白骨的場景有點勉強而顯得不自然。

在《舞．舞．舞》書中，年屆三十四的僕回到北海道的海豚飯店，那是他五年前尋羊的主要據點。時為一九八三年，僕希望在飯店找尋線索，探出前女友的蹤跡。這個擁有神奇耳朵的女孩，這回有了名字，叫奇奇（「聆聽」之意）。原來破舊的旅館已改建成現代高科技的奇觀，但在某個未知的層面，它仍舊「包含」羊男的冰冷世界。羊男告訴僕他和其他人之間的重要聯繫：人生本來就沒有「意義」，但「只要音樂還響著的時候，就繼續跳舞」，如此你便能夠保有與世間的聯繫。279

僕在整本書的尋覓期間，碰到了各式各樣的人物，最值得一提的是他與一名年輕可愛的飯店服務生Yumiyoshi相戀，不過這段關係很沒有說服力。如果她看起來像是村上筆下最不真實的角色，問題也許出在村上為她挑選這個罕見姓氏的過程。在《第凡內早餐》（*Breakfast at Tiffany's*）裡，楚門・卡波提為住在女主角荷莉住處頂樓的日本攝影師取了一個荒腔走板的「日本」名字：「由仁押」（Yunioshi），村上決定往正確方向修正，讓它較接近日語（但仍不是正常的日本姓氏）。280

姑且放下這段十分造作的愛情趣味不談，僕這次追尋衍生而出的另一段關係主題是金錢的腐敗。《舞・舞・舞》可解讀為村上對他所謂一九八〇年代中期「高度資本主義」的批評。這個時期，所有人事物都淪落至商品地位，即使像村上春樹這樣銷售保證的作家也一樣（正如書中的仿諷角色牧村拓〔Hiraku Makimura〕*）。同樣地，現代都會生活的主

* 譯註：村上春樹的羅馬拼音為「Haruki Murakami」。

要氛圍就是無聊，僕在這本六百頁的小說中花了很大篇幅，所體驗到的也不過如此。最後，僕終於透過具有通靈能力的朋友，得知奇奇早已被老同學五反田殺害了。這時五反田已經是電影明星，為了專業形象，不得不犧牲個人生活。文中沒有明言僕為何需要藉助超能力，才能了解他早就該清楚明白的事。

假如《尋羊冒險記》是藉由超現實手法抨擊右翼極端分子和對外侵略的軍國思想，《舞．舞．舞》則是更有系統地追問：在意義已被大眾媒體宰制的文化底下，找份工作、以此為生的意義究竟何在？雖然村上仍舊著迷於生死與記憶這類大問題，但已較過去更為注意現代社會的病徵。我們在《舞．舞．舞》裡看見村上嚴肅認真的新面貌，顯示他正逐漸意識到，作家對其社會負有某些責任。

然而就像《世界末日與冷酷異境》，《舞．舞．舞》裡的僕也擁有一個單單屬於他的異境。羊男告訴僕，它的功能是連接某處「和你聯繫著的。這裡跟大家都有聯繫，這裡是你的連結所在喲……跟已經失去的東西和尚未失去的東西。」[281]

《舞．舞．舞》可能也是村上首度讓典型「硬漢」性格的僕終於打破冷漠、坦然提及他的悲傷的作品。事後回顧時，村上承認《舞．舞．舞》並非其力作，但「它是在《挪威的森林》引起的種種騷亂餘波中，為了要復元而勢必得寫下來的東西。因為這個緣故，我可以肯定地說，寫《舞．舞．舞》比寫其他小說都快樂」。282

短篇小說：電視人、睡

《挪威的森林》於一九八七年出版之前，村上一直很喜歡替為數十萬名左右的忠實讀者寫作的那種心理和物質上的滿足感。然而迅速走紅對他的私人生活造成干擾，使得這位平時沉著鎮定的作家有點抑鬱，更同時面臨執筆以來首次出現的瓶頸。一九八八年的後七個月，由於他所謂的「《挪威的森林》騷動後遺症」，村上雖仍陸續完成大量譯著，卻無法進行創作。283

村上甚至把一九八八年稱為「空白的一年」。這一年年初，他在羅馬忙著寫《舞．舞．舞》，忙到沒時間接續在歐洲的遊記。寫作過程雖然順利，但羅馬的公寓暖氣設備不足，徹骨的陰冷讓他和陽子都吃不消。他們藉著想像回日本溫泉澡堂泡澡或到夏威夷旅行來抵擋寒冷。事實上，書中出現這麼多夏威夷的場景，就是為了把羅馬冬天的寒冷「想」

走。[284]

寫完長篇後，村上又覺得消耗殆盡，即使四月回到日本也沒辦法消除這種感覺。另一方面，還有許多雜務等著處理，得看《舞．舞．舞》的校樣，還有下一本費滋傑羅譯作的最後修潤。他甚至還到駕訓班上了一個月課，為下回到土耳其的旅行做準備，也為了到歐洲時可以更方便行動（東京的大眾運輸系統太便利，他從來不需要駕照，可是義大利的亂無章法迫使他決定冒險一試，結果使他眼界大開）。[285]這些瑣事都解決後，村上夫婦到先前渴望能驅走冬天徹骨寒冷的夏威夷度了一個月假。村上在夏威夷練習駕駛技術，結果在停車場倒車時撞上柱子，撞破了租來的雅哥汽車後車燈。

這些事對他的創作以及心理平衡的干擾，都比不上回到日本後發現身為暢銷作家的那種震撼來得嚴重。紅綠版《挪威的森林》書本和宣傳廣告充斥四處，而出版者講談社在總公司懸掛的鮮紅豔綠布幕，也讓他異常尷尬。每次他到出版社時，都得躲著不要看到它們。來回駕訓班途中擠在地鐵人群裡時，也總免不了立刻被書迷認出。他開始覺得在日本無處可喘一口氣，他已喪失了至為重要的東西。

書賣了五十萬冊我當然很高興，哪個作者不喜歡他的作品被廣大讀者群接受？但老實說，我覺得震驚多於高興……我可以想像十萬個讀者，但不能想像五十萬個。而且情況一直惡化：一百萬、一百五十萬、兩百萬……，愈想到這些龐大的數字，我就變得愈混亂……。小說賣出十萬冊時，我感受到很多人喜歡我、贊同我、支持我；但《挪威的森林》銷售超過百萬冊，讓我覺得完全孤絕。現在我覺得每個人都厭惡我、憎恨我……回頭想想，我明白我不適合處在這樣的位置。我的個性不適合，而且我也可能不夠格。

在這期間（從四月到十月），我既混亂又煩躁，我太太的身體也不好。我完全不想再寫東西。從夏威夷回來後，整個夏天我都在翻譯。就算不能寫自己的東西，我還是可以翻譯。機械化地譯出別人的小說，對我來說是一種治療，這是我翻譯的原因之一。

村上將陽子留在日本，和攝影師朋友松村映三以及新潮社的編輯，到希臘和土耳其內地進行為期三個星期的旅行，準備製作關於這個區域的書籍。這次出訪體力負擔沉重，但最終值回票價。十月他回到羅馬與陽子會合，那間令人沮喪的地下室公寓促使他們在一九八九年一月再度回到日本。此時適逢一九二六年登基、督導日本發動太平洋戰爭災難的裕仁天皇過逝後幾天，整個東京似乎被這個事件催眠了，到處都是警察在預防恐怖活動。這種「瘋狂」逼得村上躲到南部溫泉地，這時他們接到消息，羅馬那邊已找到較好的公寓，於是他們又回到義大利。[286]此後這種來回奔波的混亂情況不斷重複。

然而，當我譯完提姆．歐布萊恩的《核子時代》（*The Nuclear Age*）後，我終於康復了，真正、徹底康復為一名小說作家。我說過，翻譯對我是種療程，而翻譯這本小說，對我簡直就是一場精神上的復甦。我把全身精力一點不剩地都用在這本絕妙迷人的小說上。只要一工作，每一分每一秒我都可以發現自己深受感動，並且充滿了新的勇氣。有時候，我也發現它的奇妙之處強大到令我覺得全然無力。小說所蘊含的熱度暖化了我內心深處，驅散了沁入骨髓的寒冷。如果沒有翻譯這本書，我可能轉到全然不同的方向。然而遺憾的是，不管它有多偉大、不管我花了多少力氣譯它，歐布萊恩小說的銷售並不如我預期。不過，我確實知道有幾個人真的很喜歡，也很擁護這本書。

翻譯一完工，我發現自己又開始想寫小說了。對我來說，能夠證明我的存在的，似乎只有繼續活著和不停寫作。即使這意味著我得不斷地失落和被世界所厭惡，我能做的也就是繼續這樣活下去。這就是我，這是我的地方。[287]

村上沒有立刻投入長篇的創作，事實上，直到過了將近四年之後，他才開始撰寫下一部長篇。即使在這段期間內，他創作的短篇為數也不多。然而，他的確認為譯完《核子時代》後所寫的兩則短篇小說，是他突破瓶頸之作。這兩個短篇確實也是傑作，其中所探討的，是在《舞・舞・舞》即初露端倪的畏懼和恐怖之境，這個主題在他日後的虛構世界中十分重要。

村上在座落於梵諦崗附近的公寓裡完成的〈電視人〉，[288]一九八九年六月發表時原名〈電視人的逆襲〉。文中透露了村上對電視侵襲力量的不安。一群矮小奇怪的電視人把電視機搬進一對夫婦家之後，電視很快就主宰了他們的生活。公寓的門是鎖著的，但這群沉默的傢伙抬著一台索尼電視機，不知怎麼溜進來了。僕說：「他們完全無視於我的存在。」很顯然，他就像成天光看電視的懶人，因為無聊和惰性才會招來這種襲擊。原本有潔癖的妻子竟然沒注意到家裡出現了一台新電視，或電視人安放電視時移動的家具。僕打開電源，只看到螢幕上一片空白。他想回頭讀原來正在閱讀的書，卻已經沒辦法集中精神在文字世界。單單出現了一台電視機，連節目都沒有，就已經改變了他的生活。

如同〈象的消失〉裡的僕，敘事者「在電器公司的廣告部門工作，製作烤麵包機、洗衣機、微波爐之類的廣告」。隔天到辦公室，他一直想著電視人，根本無法專心工作，但同事卻稱讚他在會議中表現優異。僕的妻子就像後來出現在《發條鳥年代記》裡的妻子，在一家小出版社編輯「自然食品和生活雜誌」，而同樣地，那天下班後她也沒回家。最後我們看到僕一個人在家，只有電視裡外無所不在的電視人陪著他。他自己也似乎縮到像電視人一樣矮小……。[289]

在《挪威的森林》引發的狂熱現象後，村上完成的第一篇短篇小說〈睡〉（一九八九年十一月），是他最具效果、最能俘獲人心的作品之一。女性敘事者私在故事一開頭便說：「已經是第十七天無法入睡了。」她大學時就有過失眠的經驗，因此非常清楚這次的無法入睡並不是失眠。「我只是單純地睡不著。一秒鐘都辦不到。不過除了睡不著這個事實之外，我是處於極度正常的狀態。完全不瞌睡，意識一直非常清楚。甚至可以說比平常更清楚。」

故事進行下去，不管在心靈、身體、生活處境或者家庭關係（牙醫丈夫及幼兒）方面，這種察覺到自己比他人更加清醒的思維逐漸主控了一切，於是她退縮到自己優越的小世界裡。

開始睡不著的第一個夜裡，她從一場極端恐怖的惡夢中驚醒，夢裡一個穿黑衣的老人站在床尾，她驚恐地看著老人拿著一個水瓶在她腳上淋水，淋到她覺得腳快爛掉了。她想喊叫，可是聲音卡在身體裡。過了一會兒老人消失了，床是乾的，只有她渾身大汗淋漓。

洗過澡平靜下來後，她想，「那大概是鬼壓床吧。」原文用的是「鬼壓床」的日語漢字「金縛」，字面意義大約是「被金屬綁縛住」（如第一章所述）。著名的明治時期小說家夏目漱石形容它是成為「睡魔的俘虜」。[290]英語裡沒有與「金縛」對等的字眼，日本人對「金縛」的熟悉程度，遠高於英美人士對英語的醫學名詞「睡眠麻痺」（sleep paralysis）的理解。[291]

實在找不到睡不著的合理解釋，私開始面對不睡覺這回事。她的第一個念頭是找出高中時念的《安娜・卡列尼娜》來讀。「我最後一次看完一本書是什麼時候的事了？看的又是什麼呢？連書名都想不起來。人生為什麼會產生這麼大的變化呢？過去那個像著了魔般拚命看書的我，究竟到哪裡去了？那些歲月，以及可說是異常激烈的熱情，對我來說又算什麼呢？」然後她發現兩張書頁之間黏著東西：

看著那十多年來已經變白了的巧克力殘屑，我忽然非常想吃巧克力。想和以前一樣，邊吃巧克力邊看《安娜．卡列尼娜》。我一秒鐘都沒辦法忍耐，甚至覺得全身的每個細胞都屏息在渴望著巧克力，並且正在收縮著。

她出門買了這種牙醫丈夫不准她吃的甜食，狼吞虎嚥地邊吃巧克力邊看《安娜．卡列尼娜》。清醒狀態一直持續著，她可以效率驚人地做家事、讀書、到社區游泳池精力充沛地游泳，也愈來愈形成一種自我優越感。

我的意識在集中而後擴大著。我覺得，只要我願意，就可以看穿宇宙更深邃之處。但是我決定不要去看。還太早了。

如果死是這麼一回事，如果死就是永遠的清醒，並且像這樣一直面對黑暗的話，我該怎麼辦呢？

為了讓精神平復下來，她又半夜開車出門，停在碼頭附近。她想起從前的男友，不過「睡不著覺以前的記憶，好像正逐漸以加速度離我遠去。那是非常不可思議的感覺，好像過去每天入夜後睡著的那個我並不是真正的自己，而當時的記憶也並非自己真正的記憶。

人就是這樣改變的。但是這種改變誰也不知道，誰也沒發現。只有我知道」。這種狂妄的想法愈來愈強，突然兩個影子般的人自黑暗中現形，開始左右搖晃她的車子。讀到最後，我們仍無法得知她會死去或者發狂。[292]

村上先前的作品即已大量出現闇的意象——想想東京地下的隧道，以及潛藏其中等著生吞活剝人類的黑鬼，但那畢竟還安全地停留在幻想的界域。這次村上觸及的驚惶情緒更為逼真，因為就發生在生活周遭。這篇文章以典型村上手法，略為超乎常理地描繪發現自我和自主性的甦醒。村上首度嘗試從女性角度敘事即出現新的恐怖元素，此事並非偶然。〈睡〉是篇真正的轉捩點，它營造了更高一層的張力，以往的冷靜和疏離幾乎完全消失，而且明確地移向恐怖和暴力。當村上開始負起身為日本作家的責任時，恐怖和暴力似乎是愈來愈無可避免的元素。關於強烈的心理狀態，另一個引起他興趣的面向是心靈和肉體之間的分裂：

我把買菜、煮飯、打掃、陪伴孩子當成義務，把和丈夫做愛當成義務。一旦習慣了之後，那絕不是什麼難事。只要把心裡和身體的連結切斷就可以了。我的身體在自行活動的時候，我的頭腦卻飄浮在自己的空間裡。我什麼也不想地處理家事，給孩子點心吃，和丈夫話家常。

這類自我疏離的極端狀態，在《發條鳥年代記》更為顯著突出。

村上數次宣稱他從來不做夢。然而在與榮格心理學者河合隼雄對談時，他透露確實一再做過一場相同的夢，夢中看見自己飄浮在半空。他表示，那種感覺很棒，而夢裡他曉得怎麼飄浮起來那種自信的感覺也很棒。河合解讀這象徵村上對於說故事者的身分非常有自信。村上答說偶爾在寫作時，他會強烈感受到亡靈的力量。「我覺得寫小說很像走進冥界。」[293]

〈電視人〉和〈睡〉收錄在合集《電視人》（一九九〇年一月），這本書因為鬼魂及驚悚恐怖的題材而受矚目。血腥的〈加納克里特〉（收錄於此合集時才首度發表）介紹一對以馬爾他島和克里特島為名的姊妹，她們後來在《發條鳥年代記》中變成具有通靈能力的角色。故事敘事者是加納克里特的鬼魂，她是個絕世美女（也是日本火力發電廠的首席設計師），從小到大被數不清的男人強暴過，原因都是他們無法抗拒被她體內和自己身體「不合」的水所吸引。

克里特和姊姊馬爾他殺死了一名企圖強暴她的警官，她們割斷他的喉嚨，小心地把他的血放乾淨（這是預防死者的亡靈變成鬼魂跑回來的方法），可是沒有成功。她們在地下室貯放了從日本各地運來的水，警官的鬼魂就在其間遊蕩（這些水是馬爾他用來訓練耳力，以便聽到人體裡水的聲音，這是她的工作）。村上似乎利用幾個基本的意象（水、火、血）和主題（強暴、改變生命的實質變化）來做實驗，這些意象後來皆納入《發條鳥年代記》。

〈殭屍〉（同樣首見於此合集）是一篇怪誕的喜劇，文中一名女子做了一場類似麥可・傑克森的音樂影片〈戰慄〉（Thriller）的夢，夢裡她的未婚夫變成了邪惡的殭屍。值得一提的是，這篇與集中另一短篇〈飛機——或者他怎麼像是在唸詩般自言自語呢〉（一九八九年六月），是村上初次使用第三人稱敘事者代替過去以僕全程敘述的手法。

東尼瀧谷

一九九〇年，村上忙著寫遊記、編輯第一套《全集》，同時全力翻譯，因此只發表了一篇小說，不過卻是相當精彩的故事，那便是既哀傷又美麗的〈東尼瀧谷〉。這篇罕見以第三人稱敘述的作品，當年六月在雜誌刊出時曾經過刪節，直到次年的《全集》才得見完整的版本。[294]英譯則在二〇〇二年四月於《紐約客》雜誌刊出。

就像其他許多短篇一樣，村上是先定下「東尼瀧谷」這個標題之後，才知道故事要怎麼寫下去。這個名字就印在村上以一塊錢美金在夏威夷買到的舊T恤上，他對它非常著迷。從這個名字，他想像出東尼的父親是戰前的爵士長號手，名叫瀧谷省三郎，戰爭時期沉溺於女色，到上海演奏，直到日本戰敗後被中國軍方關進監獄。

村上在極短的篇幅裡，出色地描繪出日本僑民在中國的頹廢生活，以及戰爭期間和戰後的混亂場景。村上依據他對爵士樂的認識及他所閱讀的二次大戰史，勾勒出瀧谷省三郎的經歷，這段插曲其實和他兒子的故事沒有絕對關聯，但村上把他的遭遇描繪得活靈活現，讓人完全忘乎所以。

省三郎千鈞一髮躲過了中國政府的處決，被遣送回日本後，和一位遠房親戚相戀並結婚。東尼的母親在他出生三天後即過世，省三郎不知如何照顧孩子，甚至連名字都沒取。有個同樣熱愛爵士、紐澤西出身的義大利裔美籍少校，以自己的名字「東尼」為這孩子命名（此處驚鴻一瞥描述了美軍占領時期的日本，也是一處妙筆）。省三郎接受這個提議，但——

對孩子來說一點都不好玩，由於取了那樣的名字，在學校被當作混血兒嘲笑，每次他一報出自己名字，對方臉色總是怪怪的，甚至有點厭惡的樣子。很多人把那當惡作劇來看，甚至有人因此而生氣。某些人見到一個叫「東尼瀧谷」的小孩，就像要他們重新撕開舊傷口一樣。295

由於被同儕排擠，只顧自己的父親又絕少關心他，長大後的東尼只得自力更生，成為一個性格孤僻、似乎沒什麼熱情的商業插畫家（對照一九六〇年代膚淺的「理想性」革命，也熟練地喚醒一個年代的記憶）。然而有一天，東尼瀧谷忽然墜入情網，過去安身的屏障也因此破裂了。

東尼愛戀的對象是個平凡的女孩，只有一件事除外：她喜歡衣服。故事接下來進入純粹的村上風格，東尼的新婚妻子愈來愈著迷於添購新衣，不久後他就不得不特地為她闢出收納衣服的房間。然而命運殘酷地轉向，令人心碎的小說結局又把他從婚姻的無上喜悅帶回原來的孤寂中。光從摘述是不可能看到這個短篇的神髓的，村上在短短二十頁的篇幅裡，鮮明地呈現歷史推進的無情腳步——從日本帝國擴張時期一路寫到東京的高價位地段（村上居住的青山區）和精品店所表露的空洞富裕——一切全靠精心採擷的細節。或許只有《發條鳥年代記》同樣呈現了村上對日本現代史的嫻熟，不過那部作品長達三冊。不管是對歷史細節的關注或是使用第三人稱的敘述手法，〈東尼瀧谷〉都可視為這部長篇的暖身作。

一九九一年村上發表的新作仍然不豐，只有四個短篇以及完整版的〈東尼瀧谷〉付梓，大多數都收錄到《全集》的最新數卷裡。《全集》第五卷於一月出版，其中包括《迴轉木馬的終端》，並且收錄了〈沉默〉。七月出版的《全集》第八卷收錄了〈東尼瀧谷〉及一篇叫〈食人貓〉的短篇。

〈食人貓〉描述一對男女在戀情被配偶察覺後，雙雙逃到希臘小島的故事，其意義主要在它觸及了出現在日後三本長篇小說的題旨：《國境之南、太陽之西》（女性人物「泉」放棄近乎完美的婚姻，追求隱晦的失去的東西）、《發條鳥年代記》（一成不變的生活瓦解後和一名女子逃到地中海）、《人造衛星情人》（毫無理由地失蹤，跨洋到希臘小島的「另一邊」，還有希臘左巴式自我的割裂）。故事中不只僕的女友和貓神祕失蹤，連僕自己也

「消失」了，而且是兩次！

飛越埃及前往希臘時，僕告訴我們：「突然間我覺得自己好像消失了，那種感覺真的好奇怪。坐在飛機上的那個人已經不再是我了。」後來在島上找尋失蹤的泉時，「就在那時，完全沒有任何預兆地，我不見了。也許是因為月光，或者是半夜的音樂也說不定。每踏出去一步，我就感覺到自己更深地沉入到流沙裡，在那裡我的本體消失了。就像在越過埃及的飛機上的感覺一樣。」[296]即使在小說中，也不見得說到做到。

一九九一年另一篇值得注意的作品是〈綠色的獸〉（一九九一年四月），收錄在一家重要文學刊物推出的「村上春樹作品專刊」，小說的英譯在英語選集《象的消失》一書中僅占四頁多的篇幅。

女性第一人稱的私說：「丈夫和平常一樣出去工作之後，留下來的我就沒事情做了。」就像〈睡〉文中的私，丈夫出門後，她大多時間都陷入冥思，而且可能沉思過久了。當她盯著庭院看時，一隻帶有綠色鱗片的獸從地底爬了上來，向她求婚（「起初我以為是從我自己體內跑出來的」），她驚恐地發現這個擁有男性欲望的醜陋東西知道她在想什麼，不過她也很快就明白可以利用這點來對付他。她開始想像各種可怕、殘酷的情況，獸則痛苦地翻滾。「喂，你這隻綠色的獸，你真不了解女人啊。這種事情我要想多少就可以想到多少啊。」沒多久牠就蜷縮死掉了，「夜的黑暗無聲地充滿屋裡」。297

| 第九章 |

再度上路

村上也許可以藉由滯留海外躲過很多不愉快的遭遇，但有件事情他卻無法逃避，那就是四十歲生日即將在一九八九年一月十二日到臨。對一個以全副心力關注二十到三十之間的年歲、讀者群主要是年輕人的作家來說，這個關卡像是轟然一聲重擊。他看見死亡逼近，開始認為能真正專心寫作的時間有限。他最不願意看到的是，有朝一日後悔自己在精神和體力都還能專心工作時卻浪費了時間。他希望自己全力以赴，這也正是這段期間他產量驚人的原因。村上曾充滿感情地提到這個生命的轉捩點，而且令人驚訝的是還不只一次、兩次。298

對村上和陽子來說，四十歲代表養育下一代的念頭可以就此一筆勾銷。在爵士酒館時必須長時間工作，根本不必考慮這個問題，後來兩人都非常專注在他的寫作生涯，生小孩的念頭也就被拋諸腦後。村上決定繼續專心寫作，而且對這個抉擇堅定不悔。299此外，他和陽子也一直對生養下一代抱持疑慮。童年的經驗讓他們不信任家庭的束縛，客觀評估社會局勢也沒讓他們多一點信心。他曾在一九八四年告訴採訪者：「我不能養小孩，我就是缺乏上一代在戰後所抱持的世界會繼續進步的信心。」300

總之，在毫無羈絆下，村上夫婦繼續過著奔波的日子。一九八九年五月，他們到羅德島旅行，那裡的海灘、迷人的舊城和讀著幾本好書的悠閒，讓他們忘卻外在世界。然而到了六月六日，這段牧歌般的生活就被打斷了。這天是村上幾個星期以來第一次買報紙，報上滿是天安門廣場屠殺的報導。看到射殺、戳刺和輾壓數千名示威學生的消息，村上寫道：「我愈讀愈沮喪。」回想起學生時代反抗的日子，他想像自己也是天安門廣場那群學生之一，想像子彈射進身體、擊碎骨頭，然後感到黑暗緩緩降臨。[301]然而，他能想像得到的也就僅止於此：都是內在的事。

七月時，村上和陽子駕車來到南德和奧地利，十月他們回日本幾天，然後為了即將出版的《尋羊冒險記》英譯本，很快又飛到紐約。一九九〇年一月他們回到日本，原以為這次是永久停留了。

不過這時候，就像其他久居國外的歸鄉遊子一樣，他們還得應付逆向的文化震撼。在東京開車和在歐洲開車的愉悅大大不同，因為經常塞車，只是徒增生活壓力。[302]日本政局也產生了一股動盪不安的暗潮。二月時，奧姆真理教教主麻原彰晃出來競選日本國會眾議員。村上曾在東京公寓附近目睹奧姆真理教的競選活動：「每天每天宣傳車的喇叭都播放著不可思議的奇怪音樂，年輕男女戴著巨大的麻原或大象的面具，穿著白色衣服排在我住的地區車站前面，揮著手，跳著莫名其妙的舞。」這種「莫名其妙的活動」留下了令人嫌惡的印象，但他怎麼也料想不到，五年後奧姆真理教會在東京地下鐵製造慘劇。[303]

在東京生活的困難，使得國外生活變得更吸引人。日本複雜的社交酬酢網絡，只會剝奪村上許多寫作的機會。伊恩．布魯瑪指出，在日本「作家就是先生（指師長或專家），而且還是媒體矚目的要角……作家仍被視為專家，期望他們從核子戰爭到避孕藥的價值都能發表高見」。[304]登門造訪的電視製作人、雜誌編輯和出版商絡繹不絕，不過通常出面應對的是陽子，這在男性主宰的日本社會，以及同樣男性沙文主義的日本文壇，不啻是種當面侮辱。

村上完全拒絕與電視有任何瓜葛，但和文學界打交道就沒這麼簡單。「編輯雖然代表出版公司，但他們是以朋友身分前來，如果拒絕了，他們會很沒面子，而且覺得受傷。他們覺得我狂妄又不體恤，這讓我在日本很難立足。如果要取悅這些編輯，別人會喜歡你，也可以達到日本文化最重視的『和』，可是你的工作就會受阻。結果，我就成了東京文學界的流浪漢。」[305]這或許稍嫌誇大，但事實上，為了拒絕與菁英主義的文壇及大眾媒體往來的舊習，村上和陽子每天都必須面對一連串永無止境的問題，瑣碎卻也相當困擾，累積下來的結果令人難以消受。村上認為這妨礙了他做自己唯一想做的事，也就是寫作。[306]

日本社會期望作家要公平對待所有出版者、隨時可以參與社交活動、寫出所有提出要求的人期望的文章。出版者似乎很少顧及到，作家可能在這種壓力下筋疲力竭。小出版社卑躬屈膝的請求往往使用這樣的說詞：「我想您可能不願意屈尊為我們這種不起眼的出版社寫作，但是……」如果一個作家覺得自己的工作已經夠重了而回絕這類請託，尤其是這麼自我貶抑的請託，他就會被指責為傲慢自大。[307]如果作家的太太像陽子這般涉入丈夫的事業，外界的反應會十分惡毒。（村上指出，隨著日本的男性沙文主義日益趨緩、女性編輯愈來愈多，以及編輯和作家之間逐漸以電子郵件溝通，近幾年這個情況已大幅改善。）[308]

出版商或許不喜歡村上的行事作風，但他們喜歡他的書帶來的業績。一九九〇年春夏兩季，與《全集》前幾卷一起推出的還有《瑞蒙・卡佛全集》中的兩冊、村上的歐洲遊記《遠方的鼓聲》（附陽子的攝影作品），以及繼前一年的《核子時代》之後，由村上翻譯的歐布萊恩《負重》（*The Things They Carried*）。

當年秋天，村上和美國編輯朋友艾默・路克（Elmer Luke）聊天時，突然憶起六年前到普林斯頓訪問的舊事。他滿心憧憬地說：「希望有一天能在那樣清靜的地方寫作，不受任何干擾。」路克把這句話記在心上，並與普林斯頓的日本史教授馬丁・柯卡（Martin Collcutt）聯絡，柯卡教授立刻邀請村上到普林斯頓擔任訪問學人，實質上是不需擔負教職的駐校作家。路克通知村上一月底即可前往普林斯頓，而且為他準備了一間宿舍供他居住。[309]

當時，村上和陽子剛從歐洲遊歷三年回來不久，因此對於要不要再度離開家園有點猶豫。在海外的後期，他們異常懷念日本溫泉和蕎麥麵，也已經下定決心回家鄉停留一段時間，然而年屆四十使得事情有所改觀：何不趁年輕還能享受時，把握這難得的機會呢？[310]和文學界及媒體接觸的不愉快，還不至於讓他們決定再度出國。被問及「為什麼要離開日本」時，村上往往都想頂回去：「為什麼我不能離開日本呢？我到哪裡都能工作，不一定要留在日本。離開是因為我想看看新的地方、開拓更寬廣的視野。」海明威及費滋傑羅的某些傑作皆在國外完成，也許這個印象也留在村上心底。[311]就算沒有這些考慮，費滋傑羅母校田園生活景象的誘惑力也很難抗拒。

普林斯頓的邀約並非憑空出現。村上第一次到美國時，只被當成譯者看待，而此時他的作品已開始迻譯成英語，聲名不脛而走。隨著日本經濟繁榮、日圓所向披靡，日本大型出版社講談社在海外積極推銷日本文學，他們聘請了數位紐約資深編輯來協助此事，艾默．路克即在其中。

一九八八年來到日本時，路克發現講談社內有一項小型計畫「講談社英語文庫」，預計將當代的流行小說譯成英語，書末附上文法解說，主要當作日本高中生學習語文的輔助教材。這個書系有位譯者阿弗烈．伯恩邦，是住在東京的美國青年，他所翻譯的《尋羊冒險記》就是為了英語文庫而做。艾默．路克看出，這本書的潛力不僅止於作為日本學生學習英語的讀本，而其實伯恩邦很早以前就這麼主張了。

伯恩邦曾為國際講談社翻譯藝術書籍，但真正想譯的是小說。他帶著譯好的村上短篇〈紐約炭礦的悲劇〉佐證他的翻譯能力，並表示他最想譯的小說是《尋羊冒險記》。然而經過一個月左右的討論，公司認為《尋羊冒險記》「太厚了」，不過他們很欣賞他的提案，交給他日語版《聽風的歌》和《一九七三年的彈珠玩具》回家閱讀。

伯恩邦決定先譯《一九七三年的彈珠玩具》，交回譯稿時，以為國際講談社會在美國宣傳、發行這本書，結果失望地發現總公司只把它放在英語文庫系列出版，還附上別人寫的文法解說。312

如果為英語讀者發掘了村上一事，可歸功於阿弗烈．伯恩邦，那麼推動這項發現的功勞，則要歸於艾默．路克。他和伯恩邦聯手強化了《尋羊冒險記》對海外讀者的吸引力，刪去和一九七〇年代的活動有關的一些日期與標記，讓它更具當代感，甚至下了一個契合雷根年代的章名：「為奇普拚一次」（One for the Kipper）。這個章名雖然和書中描述的年代不合，但是很能呼應譯文本身的新潮風格（章名暗指在一九八〇年後的雷根時代十分流行的著名電影台詞「Make it one for the Gipper」，不過小說內容設定於一九七八年，照理不應該出現，而原文也確實沒有出現這個句子）。而令人眼睛一亮的英譯本書名「A Wild Sheep Chase」，是出自伯恩邦的創意，它完全貼切地點出了譯文生動的風格。[313]

路克在村上仍停留在羅馬時，去電告知這項跟他的作品有關的新計畫。路克表示：「我以為他會對當時的整個提案有所遲疑，不過顯然他對其中的趣味和可能性十分雀躍。」路克及其他外籍編輯極力敦促講談社支持這項計畫，最後終於成功，廣告預算高達五萬美元。路克說：「對講談社這類出版公司而言，這非比尋常，先前他們從沒這麼做過。」

時機正好，當時美國對日本的一切都很感興趣，尤其是這個不為資本經濟魔力打動的冷漠年輕人的故事。對村上的興趣也從美國蔓延到歐洲（它早已在中國和韓國流傳開來，村上在這些地方都有狂熱的讀者群）。一九八九年，村上成為繼安部公房之後，第一個能跨出美國學院的日本文學小圈子，吸引大批讀者的日本作家。

因此，當一九九〇年秋天路克與普林斯頓聯繫時，美國方面早已知道村上在日本文壇的重要性。同年九月十日，《紐約客》雜誌刊出伯恩邦翻譯、令人毛骨悚然的村上新作〈電視人〉，十一月二十六日當期又刊出〈發條鳥與星期二的女人們〉。

事情來得很快，或許太快了。一九九一年一月，陽子和村上搭乘計程車前往東京美國大使館領取簽證時，聽到收音機傳來美國轟炸巴格達的新聞。聽來像個惡兆，他們都不想住在一個正在打仗的國家——不管戰場離美國本土有多遠。村上將他的隱憂告訴路克，以致路克以為他會打退堂鼓、留在東京。不過當時每個人都為了安排這件事付出這麼多心血，村上覺得他別無選擇。數日後他和陽子抵達美國時，發現四處正激盪著某種張牙舞爪的愛國主義醜惡氛圍。

到達普林斯頓校園後，村上在步行時遇到一場遊行，也因此感受到一股懷念的愉快心情——直到他仔細看了標語牌，才搞清楚原來學生遊行是為了支持戰爭。後來有些學生終於起而反對在中東的殺戮時，主戰派不僅攻擊遊行者，還搗碎了他們的標語牌。戰爭的氣息充斥各地，當年四月，村上第一次參加波士頓馬拉松競賽時，甚至注意到在競賽的起跑點，麻州的寧靜小鎮霍普金頓（Hopkinton），有個雜耍節目鼓勵民眾砸毀一輛貼著「海珊」字樣的汽車——只要花一美元就能用大鐵槌敲擊它一下，活動收入則將捐給該鎮的獎學金基金會。

數個月過後，這類沙文主義態度稍退，代之而起的卻是伴隨著偷襲珍珠港五十周年而來的反日情緒。村上和其他日本人士都盡量少離開家門，其實他本來大部分時間就都待在家裡，為下一本小說努力。他在學校提供的簡樸宿舍中嚴格保持進度，村上和陽子對教職員宿舍的簡陋頗能悠遊自在。在日本文學教授荷西．平田（Hosea Hirata）的指點下，村上也放棄專用的文字處理機，改用電腦。[314]

除了高張的政治氛圍（包括被一名老兵平白無故地叫做「日本鬼子」〔Jap〕）之外，村上開始享受在美國的簡單生活。他喝百威啤酒，並不覺得需要喝更時髦的東西；他穿著最喜愛的T恤和運動鞋，外表隨便，看起來就像學生；他開二手的本田雅哥汽車（後來改開福斯Corrado），沒人會議論像他這樣有錢的暢銷小說家應該開更豪華的汽車。村上告訴《洛杉磯時報雜誌》（*Los Angeles Times Magazine*）：「我喜歡美國的地方是，我在這裡真的很自由，想做什麼就做什麼。我在這裡不是什麼名人，沒人在乎。」[315]

話雖不差，不過美國各大學的日本文學專家可是在乎他的，各方的邀約很快便紛至沓來。波士頓馬拉松賽翌日，村上前往哈佛大學討論〈麵包店再襲擊〉，此後他還去過密西根大學、安默斯特（Amherst）、塔夫茲、柏克萊、奧斯汀、史丹佛、達特茅斯、蒙特克萊州立學院（Montclair State College）、威廉及瑪麗學院（William and Mary）、賓州大學、加州大學爾灣分校（Irvine）、加大波莫那分校（Pomona），尤其華盛頓大學日本文學研究的水準之高令他相當訝異。[316]造訪這些學校時，村上最大的享受是與學生對談的時間，為了這點他願意忍受那些教授也在場。（一九九一年七月，他在西雅圖短暫停留，再度穿越天使港的普傑灣〔Puget Sound〕，造訪泰絲・蓋拉格。）

此時村上對美國的態度改變了。在日本時，他一度很想要常春藤盟校的衣服，也嗜吃美國食品，但這時他已慢慢了解，普林斯頓家裡的東西幾乎皆由外地製造：天龍音響、索尼電視、夏普錄影機和國際牌微波爐皆由日本製造；鉑傲（Bang & Olufsen）唱盤是丹麥製品；耳機、咖啡研磨機和熨斗來自德國，即使看來應該是「美國製」的AT&T傳真機，也是日本製品。公寓裡巡視一圈，他的用品裡只有腳踏車的主要零件、筆記本和錢包是美國生產的。「像我這種對經濟不靈光的人，不禁都會想，美國的經濟問題不是光用經濟全球化就可以解釋的。」不過，反過來看，這時他所有的創作都在麥金塔筆記型電腦上完成。317

村上在美國如魚得水，因而請求將原來為期一年的訪問學人任期延長六個月。校方接受這項請求，六個月後他同意擔任訪問講師，開設一門專題討論課，介紹現代日本作家，因此又再羈留了一年。這是他第一次領到薪水，也是第一次有機會系統地閱讀文壇前輩的作品。他決定專心研究活躍於一九五〇年代末期、六〇年代初期，被稱為「第三新人」世代的日本作家（當時年輕的村上喜歡的是杜斯妥也夫斯基和錢德勒*）。

* 譯註：「第三新人」作家包括遠藤周作、吉行淳之介、小島信夫、曾野綾子等。

村上從沒有教導別人的經驗（他自己其實也並未做過很多正式研究），他發現這是個艱難的任務，而且因為教職的束縛，他幾乎不可能創作。不過他真的很喜歡和學生討論文學，從過程中也學到許多。

村上天生就不會浪費任何寫作機會，他將這次經驗寫成一本書：《年輕讀者的短篇小說指南》（一九九七）。在前言中，他花了相當篇幅說明他不是這個主題的權威，不管是以什麼方式被認定為權威，都是村上無法忍受的事情。不用說，當書裡需要自稱時，他還是使用僕這個字眼，而稱呼「年輕讀者」時，他用的是顯得有點滑稽的敬語。村上不是在跟他們講課，反而說：「我和你們一起讀這些書，所以如果有任何問題，不要猶豫儘管舉手發問。」除了對書中研究的作家提出新鮮的觀點之外，村上也鼓勵讀者培養對文學的愛好：「能夠和某個志同道合的人，討論你喜歡的一本書裡最感動你的內容，是生活中最美妙的快樂。」318

村上也利用在校園的空暇時間，增長現代日本史的知識。誠如伊恩．布魯瑪所言：「（村上）在普林斯頓大學圖書館研究一九三九年的諾門罕戰役。他覺得不管是闡釋非理性暴力，或者個人因瘋狂的集體冒進行為而犧牲這兩方面，這場戰役都是絕佳的範例。」319

村上對資料研究並不生疏，撰寫《尋羊冒險記》和〈東尼瀧谷〉時就已做過很多研究，這些作品說明了他對日本新近歷史的理解相當敏銳。不過在普林斯頓，村上研讀二次大戰史料的深度和用功程度，都遠遠超乎過去的經驗。雖然一九九〇到一九九一年之間，村上只發表了少數短篇，但他持續不斷在思考寫作。他在醞釀一部大型小說，但或許太大了，因此「透過細胞分裂的神祕過程」後，最後變成兩部小說：《國境之南、太陽之西》（一九九二）以及《發條鳥年代記》。前一本將前作尚未了結的枝枝節節收攏起來，後一本則是他歷史研究的成果，咸認是村上的代表作。320

國境之南、太陽之西

這本頁數不多的小說，初看也許像是回到《挪威的森林》，十幾歲主角的性愛經驗占了相當篇幅。然而《挪威的森林》只約略暗示敘事者三十八歲時的生活，《國境之南、太陽之西》則以僕在這個年紀時的生活為主。

敘事者始（同樣也自稱僕）是一家生意不惡的爵士酒館老闆，三十六歲（即將邁入三十七），婚姻幸福，有兩個女兒，每天以ＢＭＷ送大女兒到私立幼稚園上學。下午在幼稚園外頭等著接女兒回家時，他常和一位開賓士車的有錢家長聊葡萄酒拍賣、超市停車問題等。女兒上學時，他游泳、練舉重，讓中年的身材還能保持結實。他在箱根有一棟小別墅，生活如意，甚至和岳丈都能相處和睦。老丈人的錢讓他擺脫了沒有前途的職員工作，使他改頭換面變成優雅、成功又世故的經營者，每天晚上西裝畢挺照看著他時髦的店面，恰如《北非諜影》（*Casablanca*）裡的亨弗萊．鮑嘉（Humphrey Bogart）。

然而《國境之南、太陽之西》終究是本探討雅痞中年危機的小說。不僅讀者看來如此，始自己也承認他的生活十分完滿，不過即使如此，其中還是缺了點什麼，少了點在半是想像的「國境之南」，或者更不可能的「太陽之西」等著他的理想而無從界定的東西。這時我們可以猜測，這個地方存在於始的過去，與他早年的性愛經驗聯繫著。

始終究會出問題的伏筆，最先出現於他所提及的經歷，靠著向岳父借錢以獲得經濟獨立這種抄捷徑的做法讓他覺得罪疚。始是一九六〇年代末、七〇年代初期學生叛逆世代的一員，曾向「晚期資本主義邏輯」說「不」，而現在所身處，卻是依照「同一套資本主義邏輯」運作的世界。某天在ＢＭＷ裡聽舒伯特的曲子時，他突然警醒：「這並不是我的人生，我所過的是別人的生活啊。」[321]無論如何，他已經回不去二十幾歲的時候了。

接著，他小學時代最親密的朋友島本出現了。由於兩人都是獨子、獨女而彼此強烈吸引，後來因為進了不同的中學而被迫分離。始和島本都是孤獨的局外人（她天生跛足，以致許多學校活動都無法參加），有段時間他們十分親密，卻從未涉及性愛。始最愉快的回憶是經常和她一起聽納金高的〈國境之南〉。島本覺得這首歌帶有神祕、不可思議的意境，後來知道原來說的不過是墨西哥時，不禁大感失望。

幾乎就從島本在雨夜裡重新出現在始的生命之後，村上就讓我們不斷猜測她究竟是「真的」或只是始的想像。書中運用了大量好萊塢式語彙來描寫，使得她的美麗令人難以置信（連小時候的跛疾都開刀治好了）。初次來訪那回，她「消失」在夜裡，始只能從她用過的杯子和菸灰缸來證明她確實來過。他憶起八年前另一次像夢一般的事件：他跟蹤一名看起來很像（後來得知確實是）島本的女子，正打算趨前問她時，卻被一名神祕的男子阻擋。男人似乎認定始是受僱的偵探，給了他一包裝有十萬日圓的信封，警告他不要再繼續跟蹤。即便是當時，始也無法確定這件事真的發生過，然而收在抽屜裡文風未動的信封，卻又說明理智並沒有欺騙他。

由於不斷訴諸這些夢境和幻覺經驗，加上島本堅持始不能追問她過去這幾年的事，暗示著她到最後仍會是個謎樣的人物。長大後的島本美麗誘人，但始對她的了解都是來自小時候。不管是回想時，或者在他熱切表達對她的愛意的對話中，始一直都稱呼她「島本さん」。「島本」是姓，「さん」（-san）是適用於所有人的敬稱（等於是不分性別的「先生」、「小姐」、「女士」）。「島本さん」應該是國小時稱呼她的用語，這個稱謂也包含對那段相處時光的濃厚懷念。

島本也用過去的叫法，稱始為「始君」。詞尾的「君」字比「さん」更親暱，常用在小孩或青少年身上，較常用來稱呼男生。這對年屆不惑的戀人，彼此的稱呼好像還停留在國小六年級，即使日本評論家也覺得奇怪。但它的效果是，強調出兒時那段被理想化的時光對成年後的主角有多重要。「さん」比「君」略占優勢的細微枝節，也同時反映在他們的性愛關係上，在親密關係中，島本比始更為主動。

島本始終不可捉摸地出現又離開始的生活，而他對她的過去一無所知。有一次，因著島本的請求，始帶她到一條河邊，讓她將一年前死去的、才活了一天的嬰兒骨灰撒到河裡，但她還是沒有洩露一丁點如何懷下這孩子的訊息。最後在全書進入高潮的章節，她把當初的納金高〈國境之南〉唱片送他。他們到他箱根的別墅聽唱片、第一次做愛。其後始要求島本告訴他「所有的事」，這樣他們之間就再也沒有什麼祕密了。她向他保證「明天」告訴他，不過，正如她堅持他們第一次做愛時要先撫摸、舔舐私處，像自少年以來他們彼此幻想的那般，始和島本是不會有「明天」的，存在的只有過去。隔天醒來時只有始一人，除了身旁的枕頭還留有她枕過壓出的淺淺凹痕之外，房內四處都找不到島本曾經來過的痕跡，連納金高的唱片也不見了。她就像〈象的消失〉町裡的大象一樣神祕地消失了。

村上猶如強烈暗示讀者去揣想，始和島本的戀情全都是他的幻覺。始認為他醒來後所體驗的「真實」和他在此之前所感受的現實是「不同的」，「她什麼地方都不在了，只存在於我的記憶中」。[322]不只唱片不見了，他也找不到多年來一直保存在上鎖的抽屜中，裝著錢的那個信封。

這一切全是他的幻覺嗎？我們讀的是一個喪失心智的人的告白嗎？如果是這樣，小說中就沒有任何一件「事實」可信了。他真的擁有酒吧和爵士酒館嗎？真的結婚了嗎？真的有兩個女兒？始自己都開始茫然失措：「一旦意識到那信封消失的事實，我的意識中，那信封的不在和存在清楚地交換位置……，我們認知為現實的到底有多少成分是現實，這些現實有多少成分又只是因為我們認為它是現實呢？其中已經不可能辨別了。」[323]

「事實」是始最想從島本那兒得知的東西，也是島本毅然拒絕給他的。沒有事實，對始來說島本仍舊是個謎。然而他又知道其他人的多少事實呢？最值得一提的是他的妻子有紀子。始曾說過他了解有紀子所有的「事」，但當他對她坦承和島本之間（可能是幻想出來）的戀情時，她問：「我在想什麼，你認為你真的知道嗎？」最後一章花費了偌大篇幅，都在探究始在此之前很少關心的，他妻子內在的心情。[324]

有紀子突然變得強勢，帶著他從來沒想過的想法（此處明顯帶有女性主義的傾向，就像島本主動的性意識：她命令他脫光衣服）。島本一直像個謎，但她不過是所有「別人」、甚至是我們自己的極端例子罷了。我們所「認識」的每個人，都是我們記憶中對他們的印象的總和，如同《尋羊冒險記》裡僕的妻子所說：「你以為你知道的我的事，大部分都只是記憶而已。」[325]我們也許才得知別人一點表面的事，就認為我們「知道」他們。尤其是當我們認為彼此之間已經沒有任何祕密，當我們直覺以為和他們如此親密、這麼愛他們，當他們的存在已變成我們認為要讓自己的生活完整、有意義時不可或缺的元素的時候。這就是始認為他可以從島本那裡得到的東西，為了這些，他願意犧牲家庭和雅痞的生活；少了這些，他的物質享受就像在「沒有空氣的月球表面一樣」。[326]但這種完整性只存在於「國境之南」或「太陽之西」，在另一個世界，在我們內心深處可能永遠碰觸不到的地方。

島本並不會比其他人更像是幻想的產物，但也不會比其他人更真實。她「真的」存在於小說的世界中，始並沒有精神錯亂。〈象的消失〉故事中的大象「真的」存在嗎？如果我們接受町裡居民「真的」為迎接大象而慶祝過、報紙「真的」報導過牠搬遷過來和消失的新聞，我們就該相信整件事並非僕幻想出來的。不過這一切倒確實是村上春樹所虛構。島本就像、也必須一直像大象那樣是個謎團。她和有紀子以及始，都是村上春樹想像出來的虛設幻想。謎團的「答案」在小說的虛構世界之外，村上是刻意讓小說的內在不一致。這本小說以完全虛構的文字建立起來，獨立於真實的「人生」之外，而當它自我毀滅時，便把我們逐出小說封閉的宇宙，再次回到我們自己的世界。追問什麼對始才是「真實」的同時，我們也被反問：什麼對我們才是「真的」。答案絕不像直覺以為的那麼確定。

《國境之南、太陽之西》是本大膽的作品，它竟敢讓男女主角口吐最肉麻的愛情甜言蜜語，承諾要給予始完滿的生活中唯一欠缺的元素：「意義」，然後又將這項達不到的理想帶走，徒然將男主角留在婚姻美滿、錢財不缺的沙漠中（迪士尼的《沙漠奇觀》）。始—亨弗萊・鮑嘉和他的英格麗・褒曼（Ingrid Bergman）被分隔兩地，留給他的，並非在他的餘生可以理想化的更高境界愛情，留給他的「只有」美滿的婚姻，而難以捉摸的「什麼」似乎早已失去了。他想：「事情沒有理由就這樣結束的。」但事情的確就是這樣，男主角仍活在中年危機的頂端，充滿了「虛無」，那也是他在高中時代背叛的女友泉的眼中所見。[327]

如同僕遭遇大象消失的神祕異境後，使他變成比過去更成功的冰箱推銷員，卻也導致他感覺人與人之間的關係「好像一點都不重要了」；[328]同樣地，在與島本的戀情復燃之後，始覺得他的事業「一切都圓滿地進行著，只是已經不再有熱情了」。他發現「表面上我和以前完全一樣」，[329]但他的內心早已改變了。

回到爵士酒吧，始要求鋼琴師別再為他彈奏艾靈頓公爵（Duke Ellington）的〈惡星情人〉（The Star-Crossed Lovers）。鋼琴師說：「聽起來有點像《北非諜影》一樣噢！」從此以後，他一看到始便促狹地彈起《北非諜影》主題曲〈時光飛逝〉（As Time Goes By）。[330]始不想再聽到過去最喜愛的艾靈頓公爵曲子，並非因為這旋律讓他想起島本，而是因為那再也不能打動他的心了。全書結束在中年的挫敗上，如同英國詩人華茲華斯（William Wordsworth）所寫，始明白：「往昔煥燦，離此塵世，不可復見。」（there hath past away a glory from the earth）

| 第十章 |

鵲賊序曲

村上從普林斯頓前往其他大學的訪問，大多只是一、兩天的行程，但一九九二年十一月，《國境之南、太陽之西》在日本出版一個月後，他到柏克萊停留了四個星期，擔任鄔娜人文講座學者（Una's Lecturer in the Humanities，為紀念柏克萊校友Una Smith Ross女士而設立）。為了這個聲望卓著的身分，村上必須發表一場公開演講，並主持為期四星期的討論課程。村上認為學院的期望是一項大挑戰，光憑他在普林斯頓小型研討會的經驗根本不夠。他真的很擔心演講，那可不只是對著一屋子說日語的學生講話而已，而必須以英語向為數可觀的聽眾演說。

多年的翻譯經驗練就了他扎實的英語文法基礎，在普林斯頓的生活也迫使他的英語口語能力進步到能從容處理大部分的日常應對。不過這次的要求是得像那些深思熟慮的教授一樣高談闊論。村上決定接受挑戰，他先以日語寫下初稿，再譯成英語。結果，那是一場動人且富啟發性的演說，講題是「羊男及世界末日」（The Sheep Man and the End of the World）。*村上在演講中，提到這兩本當時已有英譯版的小說許多有趣的背景資訊，另外也擴大範圍，談到他在現代世界所扮演的日本小說家角色。以下是他的結語。

對我而言，在美國這種多元民族的國家，「溝通」這件事格外重要。你們有白人、黑人、亞洲人、猶太人，完全不同文化及宗教背景的族群居住在一起。要清楚傳達自己的想法，需要的不是族群各自的驕矜自滿，而是可以在廣大的人群之間發揮效用的寫作風格。這需要廣泛的修辭技巧、說故事的能力及幽默感。

日本由於人口相對同質性較高，演變出不同的文學風俗。文學作品所使用的語言往往是與一小群志同道合的人溝通的語彙。一旦某篇文章被貼上「純文學」（じゅんぶんがく）的標籤，就會被認定它只需要與少數評論家以及一小撮群眾溝通。當然以這種方式寫作並無可厚非，但那不表示所有的小說都要以這種方式完成。這種態度只會導致窒息感。小說是活的，它需要新鮮空氣。

我在外國文學中找到了新鮮空氣。

當然事實是：不管我在外國文學裡找到的是什麼，我想寫的，而且也持續在寫的仍舊是日語小說。我運用新技巧、新風格，寫出新的日語小說——新物語。我曾被批評不照傳統風格和手法，然而，畢竟作者有權選擇他認為正確的技法。

我在美國已經住了快兩年了，在這裡非常適應，甚至比在日本還自在。然而，我

* 譯註：柏克萊校方所記載的講題為「Sheep Men, TV People, and the Hardboiled Wonderland」。

還是很清楚我生於日本、長於日本，而且我寫的是日語小說。此外，我的小說一直以日本為背景而不在外國，這是因為我想用自己創造的風格來描繪日本社會。住在國外愈久，這個意念就愈強烈。日本有個傳統，住在國外的作家和藝術家回到家鄉後會產生新的民族意識，他們對日本重新興起一股認同之情，頌揚日本食物和風俗。我的情形卻大不相同。當然我喜歡日本食物和日本風俗，但此刻我想做的是住在外國，從這裡觀察日本，將我所見寫進小說中。

目前我正在撰寫一本新小說。寫作時，我很清楚自己正一點一滴在改變。我最強烈意識到自己已經改變的，是我察覺到自己必須改變。不管身為作家或人類，我知道，我必須對周遭世界更加開放。我也知道，某些情況下更不得不去奮鬥。

譬如，來到美國之前，我從來沒有像現在這樣在眾人面前說話。我總是假設那不關我的事，因為我的工作是寫作而不是說話。然而自從住在美國後，我漸漸感覺想和人群說話，強烈地希望美國人、全世界的人知道我這個日本作家在想什麼。對我而言，這是相當大的改變。

我很確定從現在起，小說將會混雜更多不同的文化因素。我們在石黑一雄、奧斯卡·希由耶洛（Oscar Hijuelos）、譚恩美、馬努葉·普易等人的作品中都可以看到這種傾向，他們都努力讓作品超越單一文化的囿限。石黑的小說是以英語完成的，但我及其他日本讀者都能在其中感受到濃厚的日本味。我相信在地球村裡，小說會逐漸像這樣可以交流。同時，我希望繼續思索，在如此強大的潮流之中，要如何維持自己的身分認同。身為小說家，我要做的是將這個念頭貫徹到我所說的故事當中。

發條鳥年代記

村上提及的「新小說」，當然就是當時才剛在日語雜誌《新潮》連載的《發條鳥年代記》，這項龐大的寫作計畫耗費了他往後三年的大半時間與精力。這本小說是從〈發條鳥與星期二的女人們〉發展出來的，第一部及第二部同時在一九九四年四月十二日星期二出版，而厚達五百頁的第三部則直到一九九五年八月二十五日星期五才問世。[331]就像完成《世界末日與冷酷異境》後一樣，這次村上也是筋疲力盡。[332]

《國境之南、太陽之西》與《發條鳥年代記》也許是「透過細胞分裂的神祕過程」而分別發展，但其切入點都是同一個共通的主題，亦即要了解別人有多困難，以及一九八〇年代的富裕背景。《國境之南、太陽之西》或許可看成是以長篇篇幅探索神祕境界的〈象的消失〉；《發條鳥年代記》則開啟了全新的探索領域。它是個枝節龐雜的作品，開頭是一場家庭劇，主題環繞在一對夫妻走失的貓，其後轉換到蒙古沙漠，結束時則以浩大的格局討論政治及超自然的惡行。這本小說的篇幅比《世界末日與冷酷異境》更長，明顯是村上寫作的轉捩點，甚至可能是他寫作生涯中最大的一次轉折。如同村上所言，在這裡，他終於放棄冷漠、疏離的姿態，轉而擁抱責任。[333]雖然許多事仍只發生在第一人稱敘事者僕的心中，但全書的核心其實在於人際關係。

對一個以冷漠樹立聲名的作家來說，這是個大膽的舉動。然而村上已強烈感受到「僅僅」說故事是不夠的，他想更深入關心什麼，讓他筆下主角的探索導引出什麼。

從許多方面看來，《發條鳥年代記》都像是把《尋羊冒險記》的故事重說一遍，猶如村上在自問：「如果那本小說裡的僕對於婚姻破裂不那麼冷漠的話，會變什麼樣？」[334]在《尋羊冒險記》中，日本掠奪大陸的悲劇歷史，僅以十二瀧町傳奇的故事以及政府剝削農民的敘述（教他們牧羊，以襄助在中國發動的日俄戰爭）來間接暗示。到了《發條鳥年代記》，場景一下子跳到長篇討論滿蒙邊界在戰時的活動，探索現代日本過去的暴力行徑。

《發條鳥年代記》許多內容偏向異國情調，包括各種不明所以的玄祕元素，不管是時間或空間，許多場景都離現代日本很遠。如果剝去神祕及異國色彩的部分，故事梗概是一個略帶性壓抑的丈夫，那比他更壓抑的妻子在別的男人懷裡體會到真正的性欲後，選擇離他而去。

雖然妻子的完美主義和潔癖相當極端（如同《尋羊冒險記》裡的妻子，頗具誇大效果），但夫妻雙方都不是故作正經的人。每當提及她這個人、她的財產及她的筆跡時，描繪的往往是它們的整潔和精確。[335]他們甚至一開始就沒有強烈的熱情（「並不是那種一碰面就會讓兩人好像被電流衝擊的緊張衝動之類的強烈感覺，而是更安穩更溫和的那種」），[336]兩人的婚姻至少維持了六年親密的肉體關係，同時應該也有真誠的愛（只是由於三年前妻子突然懷孕和墮胎後，在她那方面因某個未知因素而有所影響）。然而，在他們相處的時光裡，他們從未縱情享受性的歡愉，有些事總是被抑制下來。

當妻子迷失在欲望的黑暗國度，開始從未知之境向丈夫傳遞模糊的求救訊息時，他想當然地感到困惑慌亂。他害怕像她一樣陷入黑暗，一直在等待徵兆告訴他怎麼做。他收到妻子要求離婚的信函，信中還繪聲繪影地描述她的外遇。大部分男人看到這樣的證據都會立刻結束這段關係，但他仍然猶豫不決。他考慮和另一名女子逃到歐洲，將所有問題拋諸腦後，但最後卻決定起而奮戰。

丈夫岡田亨解決憤怒的方法是將情緒發洩到別人身上：痛毆妻子墮胎那晚在酒吧表演的那名民謠歌手。他終於明白，失去那個孩子時，這段婚姻就已經結束了。但六年來他們彼此的愛情太重要，不能放棄。如果那是無意義的，他當時的生活也就變成毫無意義，或許整個人生都跟著失去意義。他無法接受這些，所以他矢志要討回他的妻子。

為了維持自己人格的完整，也為了維繫這段婚姻，岡田決定追尋妻子久美子。「我想要回久美子。以我的手，把她拉回來這邊的世界。如果不這樣做的話，我大概就這樣結束了。這個人，我以為是『我』的這個自己會就這樣繼續迷失下去。」[337]

因此，岡田沒有做出雇用私家偵探或自己沿街搜索這種實質的事，他開始在內心探索。他下到地底，到一座井裡默想過去。他在那裡所找到的東西，意義遠超乎他自己的內心世界。正如他的年輕朋友笠原May（往往太過直接地）告訴我們，決定為要回妻子而奮鬥的岡田，會變成一種文化英雄，他不只是為自己奮鬥，「同時也為很多別的人而奮鬥著」。[338]在努力了解自己時，岡田也發現了他的身分裡所潛含的廣泛文化和歷史意義。

心理學者河合隼雄認為久美子的失蹤是一種寓言，代表當現代婚姻中一方配偶心理上從夫妻關係退縮之後，可能導致情感上的荒蕪。而這又可以視為一般人際關係的象徵，往往使得雙方陷入痛苦不堪的「掘井」過程。[339]

井因而成為痊癒的希望所在，這也是岡田一有機會待在裡面，便花了很長時間來確認自己的原因。然而「掘井」的過程可一點都不舒服，就像我們在《挪威的森林》裡所見，它的確意喻著緩慢、痛苦，尤其是孤獨的死亡。正如笠原May在把岡田的梯繩拉上去時提醒他的：

> 如果我就這樣到什麼地方去了，你只好死在那裡喲。喊叫也沒有人會聽見，也沒有人會想到你居然會在井底下……一定連屍體都找不到噢。[340]

《發條鳥年代記》裡的岡田在井底待了這麼久，使得很多讀者好奇村上自己是否也曾經做過同樣的事。答案很簡單，沒有。他在接受網路雜誌《沙龍》（*Salon*）採訪時告訴蘿拉・米勒（Laura Miller），他「很害怕」，不敢這麼做，還補充說井的意象是從奧菲斯（Orpheus）*下降到冥府的故事聯想而來。在阪神大地震後的募款朗讀會上，也可以看到

---

* 譯註：希臘神話人物，為喚回死去的妻子而進入地府。

他神情激動地告訴觀眾，最近讀到一篇獵人掉進井裡數天後才獲救的新聞，報導中關於聲音和光線的許多細節，與他憑空想像所描繪的頗為相符。[341]

岡田的名字「亨」和《挪威的森林》主角的「徹」相同，*後者字面意義是「通過」，也許意在指出主角正進入到成人時期。然而在《發條鳥年代記》裡，岡田學會的是「通過」分隔正常世界與未知世界的那道牆。在原書中，岡田的名字起初以平假名表示，後來才寫成漢字「亨」，意為「接納」，暗示他的被動性。[342]如此一來，它似乎同時意味著主動以及被動。大多數時間岡田是典型村上的僕，以第一人稱敘事，我們有興趣的不是他個人，而是他聽來的各種故事、他透過耳朵「接收」的故事。這些故事來自他周圍更多彩多姿、更奇特的人物。岡田聽了一個又一個「說來話長」的故事，而本書最主要的魅力之一也來自這些故事本身。

他妻子的名字也同樣意義鮮明。「久美子」（Kumiko）的「kumi」†具有整齊綁在一起的東西、安排妥當的事情之意，或者來自另一字「kumu」‡可表示從井裡取水。水與井的連結，將村上作品一再出現的井的意象，帶到另一個高峰。

假若井是到達潛意識的通道，井底的水即代表心理的內容。當岡田下降到乾涸的井底時，他代替了水的角色，成為幾近純淨的心靈。在闇黑中，他完全喪失了肉體存在的痕跡，變成單純的記憶和想像，遊移於意識內外，不確定自我在何處停止，黑暗又是從何處開始，似乎只有背靠著的井壁能成為實體世界和他尋求的深沉黑暗之間的屏障。然而此時岡田穿越了井壁，發現所有的恐懼都集中在一個叫二〇八號房的地方。此處令人聯想起喬治·歐威爾《一九八四》裡的一〇一號房，那間承載了所有人最恐懼夢魘的刑房（出現歐威爾的聯想可能不是偶然）。

二〇八這個數字也許讓讀者覺得有些面熟，《一九七三年的彈珠玩具》裡的雙胞胎女孩就叫二〇八和二〇九。在那本早期的小說中，可愛的雙胞胎喚起了神祕的記憶，她們某天突如其來地出現在僕床上，又同樣突然地回到他內心深處她們的「來處」。

二〇八號房位於岡田（也許甚至也在久美子）心中，只有透過夢境般的狀態才能觸及。對岡田來說，二〇八號房是個不可抗拒的性誘惑之地，在那裡，幾次打來色情電話且不知面貌的女人躺在床上，似乎全裸，在令人窒息的濃烈花香中等著他。在這個地方，他

---

* 譯註：日語「亨」與「徹」字同音，以平假名拼寫時沒有差別。
† 譯註：漢字可做「組」。
‡ 譯註：漢字可做「汲」。

對加納克里特隱約的好感化成一場性幻想，激情濃烈，以致他在「真實世界」中洩精了。這個退回到青春期的場景，或許和克里特六〇年代的髮型及服飾有關（雖然岡田生於一九五四年四月，一九六三年甘迺迪遇刺時應該只有九歲）。最後，二〇八號房也是一處危險之地，有著銳利刀刃般的死亡惡兆，這大約是緣於他的妻舅，邪惡的綿谷昇。

岡田遲遲不敢面對恐懼，但他決心要從存在中擠出一些「意義」。村上早期的角色大多寧可讓事情曖昧不明，甚至享受其中的荒誕，但岡田卻想要追問答案。他想了解其他人、他娶的這個女人，以及更甚者，他自己：

一個人，要完全了解另外一個人，到底有沒有可能？……

那天夜裡，我在關了燈的臥室裡，躺在久美子旁邊一面望著天花板，一面問自己對這個女人到底知道什麼呢？……

或者那實際上，是某種更大的、致命的事情的開端而已。那也許只是個入口而已。而且在那深處，還有我所未知的只屬於久美子的廣大世界也說不定。那令我想像到一個漆黑的巨大房間。我拿著一個小打火機進入那房間，以打火機的火所能夠看見的，只不過是那房間的極小部分而已。

我是不是有一天能夠知道那全貌呢？或者我到最後為止依然對她不太了解，就那麼老了而且死去呢？如果是那樣的話，我這樣過著的結婚生活到底又算什麼呢？而且和這樣不了解的對象一起生活，躺在同一張床上睡覺的我的人生又算是什麼呢？[343]

這個問題在第一章埋下伏筆，第二章公開提出，但直到過了六百頁篇幅，到了第三部，岡田才真正有所行動。他終於結束了哈姆雷特般的優柔寡斷，這點讓他的探索帶有傳奇的寓意，既是日式的，也是西方的。他成了現代特修斯（Theseus）*，由半人半牛、名叫牛河的米諾陶帶領，前往黑暗纏繞的電腦網路迷宮。他也像奧菲斯，或者日本的創世大神伊邪那岐，深入地府追尋亡故的妻子，而妻子則不准他凝視她逐漸腐朽的肉身。[344]久美子從電腦另一端寫給岡田的信上說：「可能的話希望你這樣想：我正慢慢地死去，得了像身體、臉形逐漸變形之類無藥可救的不治之症。」[345]在盲目遊蕩於內心世界的迷陣，靠著一點火光追索來到二〇八號房時，她命令他：「不要照我！」[346]

進入井底，進入他內心，是岡田擔負婚姻的承諾時必然得面對的苦難。莫札特的〈魔

---

* 譯註：希臘神話人物，打敗牛首人身怪物米諾陶（Minotaur）的雅典君王。

笛〉也是關於愛情的苦難，而它正是第三部《捕鳥人篇》的主題。[347]村上曾說過：「結婚後好一段時間，我一直有個模糊的想法：婚姻的目的是讓配偶互相彌補彼此的欠缺。不過現在，結婚二十五年了，我的想法也變了，婚姻更可能是讓配偶互相發現對方缺失的過程……。最後，只有自己才能補足本身的缺陷，這不是別人可以為你完成的事。為了補足，你得自己去發現那個缺口的大小和所在。」[348]

在岡田將久美子從黑暗之境帶回真實世界之前，他必須面對自己最害怕的東西：體現在綿谷昇身上的邪惡。綿谷昇因為善於操弄媒體而在政界騰達，也繼承了父執輩在亞洲大陸的掠奪行徑。他代表了和《尋羊冒險記》裡右翼的先生一模一樣的邪惡力量。村上將這種邪惡力量指向威權主義傳統，是它致使日本政府殺害無數中國人，使數百萬日本人在戰爭中犧牲，導致一九六〇年代末對學生理想主義的鎮壓，更使得現代日本受貧乏、工作過度的消費文化所宰制。這個元素使得這部小說遠遠超越了失敗婚姻的格局，在尋找妻子和自我的過程中，岡田發現了比預期更多的事物。他發現了日本近代史中醜惡的一面，充滿了暴力與殘酷，而且就發生在日常生活的表面之下。當他用棒球棍將民謠歌手打得混身是血、差點殺死他時，他也發現了自己內在的暴力。

村上曾說：「暴力是理解日本的關鍵。」[349]西方社會隨時有暴力犯罪發生，西方人總認為像東京這樣的大都會卻能如此安全，宛如奇蹟一般，因而村上的這個說法很令人吃驚。然而村上是以歷史學家的角色在發言（以及寫作）。正如書名，《發條鳥年代記》確實是一本編年史，一本故事明確設定於一九八〇年代，但深入戰爭時期的暴力行為去探尋現代日本病因的史書。每一部都標明了日期：一九八四年六月至七月、一九八四年七月至十月、一九八四年十月至一九八五年十二月，正是一九八〇年代的中心。在這個年代，消費文化掩蓋一切，除了追求財富，別無其他。[350]岡田選擇從這個文化給予他的無意義、沒有希望的工作中退縮回來，去反省自己的人生、考慮要往何處去。

這個年代的主要象徵是岡田家後面的巷子。巷子兩頭都封死了，哪裡都去不了。巷底是座荒廢的房子，久美子曾叫岡田到那裡尋找走失的貓。書中俯拾盡是空虛的意象，與空蕩蕩的屋子相呼應。房子的花園裡有座鳥形石像，「看起來好像迫不及待地想盡早飛離這樣不愉快的地方似地張開著翅膀」。[351]這個景象就像《尋羊冒險記》裡十二瀧町的城中心一樣死氣沉沉。十二瀧町有「一個鳥形的噴水池卻沒有水，鳥張著嘴巴，無表情地仰望著天空」。[352]如果村上筆下的鳥代表意識與潛意識世界之間靈活的溝通，這些被凍結的鳥兒即暗示著失憶。

十二瀧町曾一度繁榮，當時政府補助居民飼養綿羊，以便生產羊毛、製作外套，讓日本皇軍穿著進軍中國。後來我們得知，《發條鳥年代記》空屋裡的庭院有座井，就像十二瀧町的鳥形噴泉一樣乾涸。老樹下的這座古井，成了岡田探索內心的主要場所。

一九八〇年代是空洞、沉悶、令人不滿的年代，但背後卻潛藏著狂暴的歷史。很像《尋羊冒險記》裡「無聊」的七〇年代，戰前威權主義所遺留下來的空虛。《尋羊冒險記》和《發條鳥年代記》之間還有另一個對等的象徵記號：用來辨識邪惡的羊的星形標記，以及岡田穿過隔絕此世與彼世的井壁後，出現在他臉頰上嬰兒手掌般大小的斑痕。這個斑痕，將岡田與親身經歷了滿洲國戰爭的獸醫命運連結在一起。岡田的婚姻曾出現過一次暴力行為，即久美子決定墮胎。岡田想要這個孩子（孩子的手印後來出現在他臉頰上），但久美子認為自己的家族血統中帶有邪惡的遺傳，不應該讓它繁衍下去。她決定結束腹中的生命，令人想起《尋羊冒險記》中老鼠自殺的段落，也是為了殺死宿居在他體內掠奪大陸的邪惡靈魂。

戰爭及帝國主義種種，究竟與一個婚姻觸礁的失業律師助理何干？嗯，沒有關係，除非他是日本人，而且他正在內省。村上屢次寫到潛伏於心中那隱約記得的事物，突然蹦出來攫住我們。在村上最具企圖心的《發條鳥年代記》，從敘事者記憶深處跳出來的，是日本早先的暴力和惡行。村上自承：「珍珠港、諾門罕等，都在那裡，在我內心裡。」[353]

《發條鳥年代記》所延續的是至今在日本仍吵嚷不休、關於官方是否應承認日本對其他亞洲人民犯下罪行一事。數十年來，日本官方一直保持沉默，歷史教科書對學童隱瞞這段不愉快的史實。但日本已開始面對它的過去，《發條鳥年代記》也可視為是這個痛苦歷程的一部分。現今的日本人已了解，他們不僅僅是無辜的原子彈受害者，日本軍閥也曾在南京大屠殺，而這還只是日本在整個亞洲大陸肆虐的其中一段而已。在村上的第一篇短篇小說〈開往中國的慢船〉中，便已間接暗示了這項史實。

〈開往中國的慢船〉裡的僕在一次頭部受創後，搜索了鮮少碰觸的記憶區域，說出一句毫無條理的話：「沒關係，只要拍掉灰塵還可以吃。」這句話本身毫無意義，而且因為找不到它和任何事物的合理聯繫，也暗示了這應該是出自他的潛意識。

他寫道：「那句話使我想到……死。而且不知道為什麼，死使我想起中國人。」[354]

小說的最後一段插曲描述僕對中國人的矛盾心態，他表示：「我想說點什麼……我想說說中國，但要說中國的什麼呢？……即使到了現在，我還是想不出來能說些什麼。」在尾聲中他繼續陳述：「我讀過無數有關中國的書……想要盡可能地多了解中國。但這個中國只不過是我的中國，不是我可以從別的地方讀到的中國。這個中國只向我傳遞訊息。它不是地球儀上黃色的那一大塊，它是另一個中國，另一種假說、另一種推測。可以說，它是我自身的一部分，是被中國這個字切下來的一部分。」[355]

到最後，〈開往中國的慢船〉裡的僕仍無法解釋究竟是什麼讓他對中國和中國人懷抱如此矛盾的心情。村上在《發條鳥年代記》則更為直接，全書末段的一個意象是「像中國刀銳利的弧形新月」，此時中國代表著日本軍隊在戰場上犯下的駭人屠殺惡行。

撰寫第三部時，村上曾在某次訪問中被詢及：「為什麼你們這一代要為出生前即已結束的戰爭背負責任？」他回答：

> 因為我們是日本人。當我從某些書上讀到日本在中國的暴行時，簡直不敢置信。這件事既愚蠢荒謬而且毫無意義。那是我父親和祖父那一輩，我想知道是什麼驅使他們做出這種事，去殺死或傷害數不清的人們。我想了解，可是沒有辦法。[356]

在中國的新月下，岡田在他心底的井水中發現他的「叔輩」，甚或更明確來說，是危險的、利用媒體遂行剝削的綿谷昇的伯父那一代人所犯下的罪行。綿谷昇的伯父是名傑出軍官，為《挪威的森林》裡每次講到「地圖」就會口吃的室友「突擊隊」的後繼角色。綿谷昇的伯父專攻後勤學，而地圖則是不可或缺的工具。他受到真實歷史人物石原莞爾（生於一八八九年，卒於一九四九年）的影響。石原信奉日本在亞洲的使命，他是日本侵華行動中惡名昭彰的主謀者，曾設計讓中國「攻擊」日軍，造成引發太平洋戰爭的九一八事變。綿谷昇繼承了伯父在國會的席位，也可說是繼承了他的帝國主義遺產。因此，他在電視上所扮演的現代知識分子外表下，隱藏的意象正是中國。電視上的形象，讓綿谷昇握有操控這個膚淺社會的權力。〈電視人〉中的電視螢幕一片空白，充斥人們生活的是麻木無知的空虛感；而此處，富侵略性的媒體則與日本近代史上的陰暗面勾連。

〈開往中國的慢船〉裡的僕也許還不知道該怎麼說這個國家，但在《發條鳥年代記》中，村上非常清楚他想說些什麼。即使岡田是最不關心政治的人，日本近代史對他來說仍昭然於心。在第一部第五章的一個場景即隱含此意，那時隔壁十六歲的鄰居笠原May問他叫什麼名字：

「岡田亨。」我說。

她把我的名字反覆唸了幾次。「好像不怎麼樣的名字嘛？」

「也許。」我說。「不過我覺得這名字聽起來有點像戰前的外務大臣似的，岡田亨，對吧？」

「你這樣說我也不懂啊。我討厭歷史，那是我最差的一科。」357

事實上，一九三四年六月到一九三六年三月擔任總理大臣的岡田啟介（生於一八六八年，卒於一九五二年），是主導種種事件、挑起意識型態的激進主義、導致日本發動災難性戰爭的關鍵角色之一。岡田啟介是退役的海軍大將，關於國家的體制與走向，他所領導的政府倡議玄妙的「國體論」及天皇崇拜，鎮壓較理性也較廣為接納的「機關說」。然而，激進分子仍然認為他右得不夠徹底，一九三六年二月二十六日少壯派右翼軍官發動軍事政變，企圖暗殺他，結果誤殺了他的妻舅。*事件過後岡田啟介辭職下台，他從未擔任外務大臣，但岡田亨含糊指出戰前政治，暗示的正是這類著名事件。

三十歲的岡田亨約略了解日本戰前政府，也對戰爭的歷史流露出一點興趣，但歷史的陰影並沒有覆罩在年輕的May身上。她直到書末都還是處女之身，不管在性愛或歷史方面都還懵懂無知。然而，村上所培育的年輕讀者追隨著他從陽光明媚的伊帕內瑪海灘來到岡田亨的暗室，在戰爭方面，可能已喪失了其歷史的「童貞」。

某些評論者批評村上沒有運用真實的史實，而是編造虛構的戰爭故事，但這項指控實在不得要領。《發條鳥年代記》裡的「戰爭」所要呈現的並不是一連串的歷史事件，而是用來代表村上這一代以來日本人心理上的包袱。戰爭對大多數日本人來說，就像對羅西尼的歌劇《鵲賊》一樣一知半解，這個歌劇名稱出現在小說第一頁，同時也是第一部的標題。岡田亨只知道這齣歌劇的序曲和曲名，它來自童年時代模糊的記憶，他也順理成章地接受了，從來沒有質疑或追問。

「鵲賊」到底是怎麼樣的歌劇呢？我想。對那歌劇我所知道的，只有序曲單純的旋律和那不可思議的題名。小時候我家有托斯卡尼尼（Arturo Toscanini）指揮的那序曲唱片。比起克勞迪．阿巴多（Claudio Abbado）年輕現代而流利的演奏，那就像激烈格鬥後，將強敵制伏，正準備開始慢慢勒死似的血湧肉躍的演奏。但《鵲賊》真的是偷東西的鵲鳥的故事嗎？等各種事情都有個著落之後，我要到圖書館去查查音樂辭典，我想。如果有出全曲唱片的話也不妨買來聽。不過也不一定會買，那時候也許我已經不想知道這種事了也不一定。[358]

* 譯註：日本史上稱此為「二二六事件」。

書中特別突顯這齣歌劇，並非因為它的情節是小說的關鍵，反而正是因為它存在於大多數人意識的邊緣地帶，它的無法觸及。有些電視廣告曾用上一小段序曲，有些讀者也許會聯想到史丹利．庫柏力克（Stanley Kubrick）的暴力電影《發條橘子》（*A Clockwork Orange*），但對岡田來說，《鵲賊》永遠是他不太了解的東西。它聽來耳熟，但卻難以捉摸其意。這一點，村上和他筆下的僕相去不遠。一九九二年十一月村上在舊金山購買《鵲賊》的音樂錄影帶時我正在一旁，他想徹底弄清楚它究竟是什麼──這時他早已完成《發條鳥年代記》第一部很久了。

村上沒有直接書寫歷史事實，而是把太平洋戰爭當作（像岡田這般）年紀太輕、沒有親身經歷過戰爭的幾代日本人共有的心理現象來看待。歷史是一場故事，藉由說故事的力量，村上將讀者帶到懸崖邊緣，讓他們懸在那兒，而他卻兀自轉換到別的情節。

在第三部，當戰爭插曲及岡田在黑暗中對抗自己精神上的暴力和邪惡力量的情節穿插出現時，這個手法的效用格外明顯。譬如在第三十章*，間宮中尉才剛談到「剝皮的波利斯」（會活活剝下人皮的蘇聯軍官）的故事時又旋即戛然而止，顯然存心吊讀者胃口。第三十一章把先前故事丟在一旁，轉換至岡田爬進井底的情節，此章結束時又一次吊了讀者胃口，當岡田跟蹤吹著口哨的飯店服務生來到二〇八號房時，我們只知道「門從內側打開」。[359]三十一章在這個高度懸疑的時間點停止，下一章的副標是「剝皮的波利斯續」，猶如一部老電影的續集，剝皮波利斯的故事再度出現[360]。村上運用趣味十足的章節名稱，拋開報導文體的偽裝，採行理查森（Samuel Richardson）及費爾丁（Henry Fielding）†傳統的敘事手法。他公然介入讀者的閱讀經驗，帶領讀者在平行的敘事之間來回跳躍，這種手法他先前即已屢次使用。間宮中尉的波利斯故事出現在寫給岡田的一封信裡，與岡田在自己內心裡黑暗長廊的歷險並沒有直接關聯。

但是間宮中尉的信為什麼會在三十一章出現，打斷岡田終於來到二〇八號房的故事？是岡田突然跳回桌前又開始讀起信來嗎？當然不是，他仍舊待在井底。唯一的解釋是村上刻意把新的章節放在此處，我們才能以他覺得最有效的方式，融入兩個交替出現的插曲。當這兩個明顯沒有關聯的故事依章節輪番出現時，便在讀者心中形成了一層關係：這場戰爭成了岡田在內心裡找到的一部分。

---

* 譯註：中譯版為三十二章，以下英譯版章節與中譯皆略有出入，不再一一詳列。

† 譯註：兩人為開啟十八世紀英國寫實小說的作家。

村上在《發條鳥年代記》大量依賴說故事的手法。許多時候，他把岡田擱到一旁，改採第三人稱來敘事。雖然村上對於扮演上帝般的造物者角色惶惶不安，但他的確是第三人稱小說的高手。這點在第三部特別明顯，尤其英譯版本的第九章和二十六章，〈襲擊動物園（或不得要領的虐殺）〉以及〈發條鳥年代記＃8（或第二次不得要領的虐殺）〉，這兩則故事由納姿梅格和西那蒙母子兩人敘說。

納姿梅格是和岡田在一家昂貴的餐廳進餐時，告訴他自己的故事。後來岡田在一台電腦上讀到的續篇，應該是西那蒙放上去的。事實上，岡田只讀過續篇一次，後來就再也進不去。這表示我們若不是透過他的眼睛跟著他一起閱讀（反過來說，這表示我們隨時都可以再讀到這篇文章，因為它就寫在書裡，但岡田再也看不到它了），就是他具有絕佳的記憶力，後來才整個回想起來告訴我們。《挪威的森林》裡的渡邊徹告訴我們，所有內容都是他憑著記憶寫下，《發條鳥年代記》裡的事情則沒這麼單純。

納姿梅格這個別名*是她在餐廳桌上看到鹽罐和胡椒罐後才臨時想到的，[361]她是某種術士或靈媒，在意識半恍惚的出神狀態下說出自己的故事。她代表了說故事這項活動的最原始形式，也就是到所謂的集體潛意識深處擷取題材。當岡田亨打斷她、問到她說過的一些事，她完全沒印象自己曾說過這些話。[362]她兒子西那蒙†的名字，是納姿梅格從自己的名字隨意聯想到的，這個角色類似從《聽風的歌》少年時的僕一路發展下來，為村上慣用的、喑啞的故事編造者。他們雖然缺乏口才，但早已憑藉寫作的才能補償了過來。西那蒙是說故事的進一步演進，以電腦鍵盤取代口語轉述。岡田想打開電腦觀看納姿梅格的後續故事〈發條鳥年代記＃8〉以外的其他檔案，卻屢屢失敗，他開始從各種角度思索西那蒙這個說故事者的角色，這或許也反映了村上自己的思慮：

但西那蒙為什麼要寫下這些故事呢？為什麼非要以故事的體裁來寫呢？為什麼不用其他形式？為什麼那些故事非要按上「年代記」這個標題不可呢？……

要找出答案，也許必須看完所有的十六篇故事才行？在光讀完＃8一篇之後，雖然模糊，但我可以推測西那蒙在那裡面追求的東西。很可能西那蒙正認真地探求自己這個人的存在理由。他想從自己尚未出生以前發生的事追溯起。

為了這個，他有必要將自己的手所無法到達的幾個過去的空白填滿。他想憑自己

* 譯註：「Nutmeg」意為肉豆蔻，香料的一種。
† 譯註：「Cinnamon」，肉桂。

的手做出的故事，充當那遺失的環結。……故事的基本風格，則承接他母親的故事而來。也就是說，在那裡事實可能不是真實，真實可能不是事實。很可能故事的某個部分是事實，某個部分不是事實，這件事對西那蒙來說應該不是那麼重要的問題。對他來說，重要的不是（某個人）在那裡做了什麼，而是（這個人）可能做了什麼？而且當他有效地說著那故事的時候，他同時便知道了答案。[363]

這部長篇巨著裡的所有人物中，西那蒙是最接近作者的另一個自我。他「認真地探求自己存在的意義……從自己出生以前發生的事追溯起」，好似冷靜、淡漠的村上寫作的目的是為探索自己的冷漠；寫作的過程是為了填補他內心的好奇，而不是為了取悅自己。他開始探索自己的生活、時代及國家的歷史，試著找出其中喪失了些什麼，以解釋他為什麼不再有感覺。他最直接承認自己情感空虛之處是在《挪威的森林》，透過冷酷引誘女性的永澤之口：

我跟渡邊有相似的地方啊……渡邊和我一樣本質上都是只對自己的事有興趣的人。雖然有傲慢和不傲慢的差別。只對自己在想什麼、自己感覺到什麼、自己怎麼行動這些事情有興趣。所以可以把自己和別人分開來思考事情。我喜歡渡邊的就是這種地方噢。只是他自己還沒有明確地認識到這個，才會迷惑或受傷。……渡邊幾乎也跟我差不多噢。雖然他是又親切又體貼的男人，不過其實卻不能打心底愛別人。經常是某個地方既清醒又冷淡，而且只會饑渴而已。這點我很了解。364

西那蒙是個探觸到歷史過往極深處，以解釋當前空虛狀況的說故事者。到過村上在東京工作室的訪客會發現，「西那蒙」這個名字就掛在他的信箱上，工作室的電子郵件地址也是由這個字演變而來。村上就像西那蒙一樣，在《發條鳥年代記》裡投入自我省察的創作活動，從日本歷史（尤其是它在中國的軍事活動）所聯想到的自身存在深處將故事帶出來。

一九九四年六月，村上到內蒙和外蒙的邊境遊歷，見到諾門罕事件的遺址，事後寫了一系列文章，回顧他內心的尋索過程。這個時機點意義重大，當時《發條鳥年代記》第一、二部剛出版不久，而第三部還在他的電腦裡尚未完成。在此之前，他從來沒有到過亞洲大陸，當然也沒看過哈拉哈河或者諾門罕；也就是說，村上構想出諾門罕屠殺事件中奇蹟式逃過一劫的本田先生事蹟，寫下跨越國境的偵察行動，或者直到第一部結束時，描述山本被活生生剝皮的恐怖場景等，其實完全沒有實地的經驗。只有第三部是出自村上對這從小就讓他害怕的戰場的第一手觀察。

村上記得，小時候讀的歷史書裡有幾張奇怪、矮胖、舊式的坦克車和飛機的照片，拍攝於他所謂的諾門罕戰爭（通常日本稱之為諾門罕事件，蒙古則稱為哈拉哈河之役），一九三九年春夏時節發生的激烈邊境衝突。參戰者包括駐紮於滿洲的關東軍，以及蘇聯和外蒙古的聯軍。不知何故，這個事件的印象清晰地停留在村上腦海中，後來他把找得到的少數幾本相關書籍全都讀遍了。

其後，機緣巧合，他在美國普林斯頓大學圖書館看到幾本討論諾門罕的日本舊書，發覺自己對這個事件依然非常著迷。他找出聖地牙哥州立大學歷史教授艾文．庫克斯（Alvin Coox）厚重的兩卷本研究報告，興奮地發現庫克斯也自小就對這個主題極感興趣，卻又說不出為什麼。然而反覆思考後，村上對自己持續不懈的興趣找出了一個解釋：他覺得，也許「令我著迷之處在於這場戰爭的起源未免太過日本，太像典型的日本人了」。[365]

他承認，第二次世界大戰也是如此，不過二次大戰這座高聳的紀念碑太大、太廣，以致無法掌握全貌。而要談論諾門罕的確是可行的：它是場發生在特定區域、持續了四個月不宣而戰的戰役，對手是知道如何在戰前先建立補給線，而不會只單純冀望一切順利的國家，這也許是日本不夠現代的世界觀及其「戰爭觀」的首度重挫。在諾門罕戰役中喪生的日本士兵將近兩萬名，而二次大戰中的日本死亡人數則驟升至逾兩百萬人。兩次事件中死亡的人，都是體系的受害者，這一體系為保全「面子」寧可無謂地犧牲，盲目地相信運氣而缺乏有效的現代計畫。村上表示：「他們是被害死的，就像許許多多沒有名字的消耗品一樣，被日本這個封閉的體系極度無能地消耗殆盡。」它先發生在諾門罕，然而日本並沒有從這次慘痛的經驗得到絲毫教訓，又繼續打第二次世界大戰。「而我們日本人從這場混亂的悲劇中又學到什麼呢？」

這點明確地回應了《尋羊冒險記》的一個主題：「現代日本愚劣的本質，是我們從來沒有從和亞洲其他民族的接觸中學到任何東西。」沒錯，現在的日本人「愛好」和平（或者說，他們愛好處於和平狀態），但由於戰爭的苦果，那個「封閉體系」實質上卻放著無人碰觸。

我們揚棄戰前的天皇體系，用和平憲法取而代之。結果，我們確實生活在以現代市民社會理念為基礎，既有效率又理性的世界裡，而那良好效率又壓倒性地帶來社會的繁榮。雖然如此，然而我（也許還有很多人）依然無法擺脫這種疑慮：即使是現在，在社會的許多層面中，我們似乎仍繼續像沒有名字的消耗品般被和平安靜地抹殺著。我們相信自己生活在所謂「日本」這個自由的「民主國家」中，保證擁有身為一個人的基本權利。然而是否真的這樣呢？剝掉一層表皮之後，在那裡活生生跳躍著呼吸著的，會不會就是和過去一樣的密閉國家組織和理念呢。366

村上所關心的是，諾門罕事件過後數十年來，情形一無改觀。也許擔任間諜的狂熱民族主義者山本被剝皮是一種隱喻，因為這樣才能剝除外層的屏障，發掘出為什麼日本即使在和平時代，仍繼續把自己的人民當成消耗性的商品。

一九三九年日本軍隊挑起糾紛的邊境戰場，直至村上於一九九四年六月造訪時，依然保持原樣。為了抵達諾門罕村，他和松村映三得先搭一段飛機、兩程火車，最後再搭上Land Cruiser越野車，才終於看到中國境內的哈拉哈河。然後他們又一路回到北京，再搭兩趟飛機、改坐吉普車走很長一段路程橫越大草原，去看外蒙境內的哈拉哈河，因為從中國內蒙的自治區沒辦法直接穿越邊境到獨立的蒙古。

不過這是值得的。克服種種難題後，村上發現腳下是堪稱世界上保存得最完整的戰場遺跡——並不是政府為歷史研究之需下令保存，而是大自然所保留。這個地方不管對誰來說都是蒼蠅為患、偏僻、貧瘠、無用之地，坦克、迫擊砲和其他戰爭的斷鐵碎片散落在廣闊無邊的天空下，過了五十多年後，早已鏽跡斑斑，卻仍完好無缺。看到這個廣袤的鋼鐵墳場，想到這麼多人無緣無故失去生命、受盡痛苦，村上寫道：

> 我突然發現，在歷史上，我們大概屬於所謂的「後鐵器時代」吧。在這時期，設法有效地把大量的鐵投向敵人，盡可能割裂對方愈多肉的一方，便獲得勝利和正義，這樣就能可喜可賀地獲得其實也不太起眼的一小塊草原地。367

諾門罕鄰村有個壯觀的戰爭博物館，展示著更多金屬碎片，但因為停電，很多展示物沒辦法看清楚。回到過夜的軍方招待所途中，村上和松村窩在汽油味強烈的顛簸吉普車裡，隨著猛抽香菸的蒙古軍人嚮導繞路去獵殺一頭母狼。回到招待所時已是半夜一點，村上筋疲力盡地「咚」一聲躺到床上，卻睡不著。他感覺到有某個「東西」在那裡，房間桌上放著一枚生鏽的迫擊砲彈和一些戰場遺物，他很後悔把它們帶了回來。

半夜裡我醒來時，那個正強烈地搖撼著世界。整個房間簡直像被放進攪拌器裡似的上下巨大地振動著。在伸手不見五指的一片漆黑裡，所有的東西都發出卡噠卡噠的聲音。到底發生了什麼事呢？我雖然搞不清楚，但總之從床上跳了起來，想打開電燈。但由於激烈震動的關係，甚至無法站起來。我站不穩跌倒下來，然後抓住床框才好不容易又站起來。……我總算拚著命跋涉到門口，伸手摸索到牆上的電燈開關把那打開。而就在那一瞬間，震動卻突然停了。一點聲音都沒有，時鐘指著凌晨兩點半。

後來我恍然大悟。搖動的不是房間，不是世界，而是我自己。一旦知道這個之後，我全身凍到骨髓裡去。我很害怕，想要喊叫，可是根本發不出聲音。有生以來第一次嘗到如此深刻強烈的恐怖感覺。也是第一次看到如此徹底的黑暗。

村上嚇得不敢再待在那裡，他跑到隔壁松村的房間，在睡熟的松村一旁席地坐下，靜靜地等待天明。四點過後天空開始泛白，他體內的寒冷才逐漸褪去。「猶如附身的東西落地了似的」，他回到自己房間躺下來沉沉睡著，不再感到害怕。

雖然我試著想了很多，但卻想不到關於那件事的適當說明。當時我所感到的恐怖，也不可能以語言傳達給別人。那就像我突然間往世界的深淵裡探望窺伺一般恐怖。

不過隨著時間的經過，我開始有一點這樣想起來。也就是——那震動或黑暗或恐怖或奇怪的存在——或許並不是突然從外部來的東西，而是我這個人本來就具有的東西，那是我之為我的一部分。只是那什麼抓住了類似契機般的東西，把我心中所有的那個撬開了而已吧？正如小學時代在書上所看到的諾門罕戰爭的舊照片，並沒有明確理由卻一直魅惑著我，在三十幾年後，把我帶到遙遠遙遠的蒙古草原深處去一樣。雖然我說不清楚，不過我想不管到了多麼遙遠的地方，不，或許愈到遙遠的地方，我們在那裡所發現的東西愈可能只是我們自己而已。狼也好、迫擊砲也好、停電昏暗中的戰爭博物館也好，結果全都是我們自己的一部分而已，我猜想，或許它們一直在那裡，靜靜地等待著我來發現。

不過至少我絕對不會忘記那些東西在那裡，曾經在那裡。因為除了不忘記之外，也許我什麼也無能為力。368

讀著這段理應為事實的描述時，我們很難不像伊恩·布魯瑪聽到村上這段故事後的反應一樣：「我很懷疑，這一幕聽起來太像他的小說，彷彿他開始把文學隱喻當成真的了。」[369]然而，村上堅持他完全是據實描述，甚至還重述給心理學家河合隼雄聽，並且一開始便言明他不相信這是件超自然現象，而是出自他對諾門罕「無條件的承諾」（或者我們可稱之為「執迷」）。河合只能回答他相信這種事可能發生，但我們得忍著別用「偽科學」來解釋它——譬如，宣稱在村上從戰場拾回的紀念品裡具有某種「能量」。[370]

松村映三完全不知道那晚村上曾跑到他房間，直到讀了村上發表在雜誌上的文章，才知道這件奇特的事情。他全然能接受確有其事。他對諾門罕戰場也有很奇怪的感覺，即使他對當地歷史一無所悉，這個地方還是讓他起雞皮疙瘩（他說過去幾乎沒有過這種經驗），而且從那裡回來好幾個星期之後，他還夢見那個地方。那天晚上，雖然村上看到他睡得很沉，但松村說儘管他已經累壞了，而且還喝了啤酒來助眠，不過他睡得並不好。[371]

有一次被問及是否相信《發條鳥年代記》所描述的那類超自然現象時，村上笑說：「我不相信那種東西。」他說，他喜歡描寫這類事情，但他自己可是個絕對的現實主義者。說是這麼說，他又一本正經地補了一句，如果他「集中精神」在某個人身上，就能說出關於這個人的很多事，譬如他有多少兄弟姊妹，或者他和父母親的關係如何等。他表示，這就是看手相的人使用的技法，「讀」掌紋不過是種障眼法。不過這樣「集中精神」相當耗神費力，所以他只在寫作時才運用。至於加納馬爾他用別人家裡的水來占卜的事，就他所知並不像看手相般歷史悠久（如果有跡可考的話），那是他寫書時才編造出來的。[372]

對生與死兩個世界之間的關係，村上也有一些驚人之語。他曾對一位英國採訪者描述奧菲斯至冥府尋找尤莉迪絲的日本版（即伊邪那岐與伊邪那美的故事），並表明這是他「最喜歡的神話」。在此之前，他提到幾個亡故的朋友：「有時我覺得死去的友人就在身邊，這並不是怪力亂神，只是一種感覺，或者說，一種責任。我必須為他們而活下去。」[373]讀者問他相不相信輪迴，村上回答：「我的標準答案是：等我死了之後再來考慮這件事。」[374]

換言之，在超自然這件事情上，村上採取觀望的態度。他斬釘截鐵否認相信這回事，卻又認為人類心靈可以感受科學無法解釋的事物。也因此，造訪諾門罕一事對他接下來撰寫的《發條鳥年代記》第三部，具有某種啟迪作用。故事裡，岡田亨遭遇到他內心裡的戰爭與暴力，好似這些早已等待他多時。

一九九三年七月，村上從普林斯頓搬到麻薩諸塞州的劍橋後，仍奮力不懈地寫作《發條鳥年代記》。他的住處離哈佛大學校區（以及哈佛廣場一家大型的二手唱片行）步行僅十五分鐘路程，不過他最主要的合作對象，其實是位於鄰鎮梅德福市的塔夫茲大學。

塔夫茲大學的日本文學教授查爾斯．井上安排他出任該校駐校作家，為期一年。村上接受了，他還不想放棄從美國來觀察日本的特殊位置。實際上，他表示，如果不是住在美國，他或許無法完成《發條鳥年代記》。[375]在美國時，他比較能清楚看出二次世界大戰的歷史與現代日本社會現實之間的關聯性，也是在美國時，他才開始認真思考身為日本作家的責任。

他在劍橋待了兩年，一九九四年《發條鳥年代記》頭兩部在日本出版時，他仍耽留此地，他也是從劍橋出發前往中國東北和蒙古旅遊的。一九九五年一月，他的家鄉神戶地區幾乎被一場大地震摧毀，數月後，他在劍橋完成了小說的第三部。（他的福斯 Corrado 也在劍橋被偷、被解體，不過那是另一個故事了。）[376]

一九九四年十月二十二日傍晚，村上在接受長達三個小時的訪問之後累垮了。採訪者是一名研究生，名叫馬修・史崔契（Matthew Strecher），正在撰寫以村上為題的博士論文。村上首度露出疲態[377]，但當有人這麼說時，倒引起他難得的滔滔不絕，辯解說自己的工作態度一向是全力以赴。他表示，這次撰寫《發條鳥年代記》的經驗相當緊繃，甚至於每分每秒都得全神貫注，完全打亂了他的生活規律。他提及年屆四十後步步逼近的死亡，以及只要還有力氣，就希望將全副精力用來寫作的欲望，而後他也提到自己對日本逐日提高的責任感。

他表示，小說家對其社會文化負有深遠的責任，他得代表什麼，步入晚年後，更必須釐清他的整體作品代表了什麼意義。他極為推崇大江健三郎，因為他以堅守日本主流的「純文學」（更是其中的核心角色）履行他身為作家的責任，但村上自己則拒絕這個主流。大江於一九九四年獲得諾貝爾獎，村上也很高興，大江克盡作家的任務，完全值得這項殊榮。大江貫徹其反叛文化的信念，拒絕日本宮內廳在諾貝爾獎餘映中火速頒發由日本天皇授與的文化勳章，此事也同樣令村上感動。然而，村上表示，信奉「純文學」的人，大江已是碩果僅存的最後一人。

但也正因如此，大江使得村上及同時期的作家獲得了一點呼吸的空間：大江與另一位卓越的前輩小說家中上健次確立了文學的主流，當村上這類新作家為了他們想傳達的什麼而四處摸索時，是這些前輩讓文學界免於陷入混亂。大江和中上是他們的緩衝器，村上原以為他還可以有十年好時光，能繼續到處探索，然而中上在一九九二年驟然辭世，令他大為震驚。這時他覺得，能享受自由和無拘無束的日子，大約不超過五年時間了。不久之後，身為日本作家的「前鋒」，他便必須表明自己的政治立場，並決定自己的作品是何屬性，探索階段差不多就得告終了。[378]這並不表示村上打算成為政治家或社會工作者，他希望藉由寫作，能繼續循序改變整體社會的想法和態度。[379]

《發條鳥年代記》可視為這個新形成的嚴肅、自覺態度下的第一個產物。這並非意指它全然枯燥無味，或者其世界史觀就像我們在他早期長、短篇小說中所見的憑空創造，村上只是較過去更為關注日本社會的問題。

> 我唯一可以鄭重表示的是，自從來到美國之後，我就開始認真思考我的家鄉日本，認真思考日語。年輕時開始寫小說的時候，滿腦子想的都是怎樣離「日本環境」愈遠愈好，想讓自己盡可能地遠離日本的詛咒……。
>
> 年紀大了之後，經過語言方面的奮鬥，加上在國外生活的時間久了，我開始比較習慣自己調適過的日本風格，也愈來愈喜歡以日語寫小說這回事。現在我真的很喜歡日語，我需要它。這絕對不是加上引號的「回歸日本」。崇拜西方、到了國外之後又回頭大肆宣揚日本大小事物的優越者大有人在，但我的意思不是這樣。還有許多人，宣稱日語擁有特殊的秉賦，比其他語言都更優美，不過我覺得他們錯了……所有語言基本上都具有同等的價值，這是我堅定不移的信念，如果沒有這種認知，就不可能產生真正的文化交流。[380]

羈留國外的時間只剩六個多月時，村上已能用這種方式寫下他對日語及他出生的這個國家「調適」的結果。距離固然強化了他對其他文化的尊重，但也讓他觀察日本時的眼光更為犀利。他認為沒必要在小說中再大剌剌提及外國食物和品牌名稱。他的讀者對這些名詞要不是深深著迷，要不就大感困惑。有些人惋惜看不到櫻花或藝妓的影子，有些人則覺得他的作品能從耽溺的日本風味中掙脫出來，讀來格外清新怡人。這些曾是村上克服「日本環境」的一種方法，外國名字在日語裡用片假名寫來特別醒目，可以產生酷炫的異國風味。然而村上的冷酷味道愈來愈淡之後，提及美國流行文化的次數也隨之減少。《發條鳥年代記》在風格和態度上便明顯地有所轉變。

值得注意的是，村上的文化相對主義在日本文學的脈絡上造成了多大的震撼。不了解日本是如何把近乎宗教般狂熱地歌頌大和精神的優越性或獨特魅力當成嚴肅的學術評論議題（而且不只是二次大戰的顛峰時期才如此）的讀者，可能無法明白村上的世界主義已幾近於革命了。他在網站上的評論，即充分說明了村上在這個主題上多麼令人耳目一新。

一名三十歲的「研究所畢業生」（亦即目前失業）向村上提出問題。他的妻子是在日本念研究所、專攻亞洲文學的美國女性，他們有個研究美國文學的日本朋友，常對他妻子說：「談到文學，不管哪個日本人，即使不是專攻文學的，應該都比任何外國人更能夠理解日本文學。」這種說法老是觸怒他的美國妻子，所以他想聽聽「春樹先生」的想法。

村上回答：

我不會稱呼你的朋友為「單細胞的法西斯主義者」之類的，不過我確實覺得他過度簡化事情了。我曾多次和美國學生討論日本文學，沒錯，有些人確實很離譜，不過也有許多人提出非常犀利、清新的意見，直接擊中文章的本質。很多日本人或許可以了解所謂日語的「精細微妙和獨特措詞」，但卻一點也不懂什麼是文學。

文學的世界可能有百分之八十五是情感和欲望，而這是超越種族、語言或性別的差異，是大體而言人人都可以相互交流的。如果有人說「美國人不可能了解日本文學」，我懷疑這些人只不過在表達某種情結。我的信念是，日本文學必須比現在更加開放，去接受全世界的檢證。381

《發條鳥年代記》大幅改變了日本文壇對村上的態度。村上一向刻意與掌控日本絕大多數嚴肅文學作品的各派系保持距離，因而經常被摒斥為「流行」作家。他從未得過芥川獎，這個紀念作家芥川龍之介（生於一八九二年，卒於一九二七年）的獎項如同文學界認可的封號，歷來是創作者贏得令名的晉身階。然而村上安然前進，對他來說，沒得到芥川獎反而成為某種榮耀。不過《發條鳥年代記》使得情勢全然改觀。

雖然甚少接觸東京文壇的菁英，村上仍在一九九五年獲得夙負聲望的讀賣文學獎第四十七屆獎賞。這個獎自一九四九年開始頒發，獲獎者不乏著名作家，包括三島由紀夫、安部公房，以及大江健三郎等。這次頒獎典禮和獎項一樣受人矚目，因為評審委員會的主席不是別人，正是最知名且最率直批評村上的諾貝爾文學獎得主大江健三郎。

大江獲得諾貝爾文學獎後，曾於一九九五年五月為新書宣傳到美國哈佛大學舉行演講，當時村上仍住在劍橋，但兩人並未趁此機會見面。一九九六年二月二十三日晚間，村上在東京經歷了一場詭譎的經驗，和這位長久以來的批評者共處一室，聽他讚揚《發條鳥年代記》是本「美麗」、「重要」的作品。其後大江還朗讀了第二部第四章最令人印象深刻的段落：「失去的恩寵」，它描述了間宮中尉在蒙古被丟到深井之中等死時，想要從射下來的陽光中感受到天啟卻終至失敗的故事。[382]大江表示，只要村上繼續徹底忠實地去探索自己內在純真深沉的各種題材，便足以回應廣大讀者的期望。[383]

典禮結束後，來賓舉杯祝賀並開始享用豪華的餐點。等著單獨拜會大江的人大排長龍，使得他幾乎沒時間品嘗那些啤酒、葡萄酒、麵條、壽司和串燒。等到大江終於得空時，他卻主動走向村上，圍在村上身邊恭賀的人群自動讓路給這位諾貝爾獎得主。

大江笑容盈面，似乎真的很高興有機會向村上自我介紹，而村上只能緊張地擠出微笑以對。當話題轉向兩人都熱愛的爵士樂之後，拘謹氣氛才煙消雲散。大江身著藍色細條紋西裝，戴著註冊商標般的圓框眼鏡，而村上則穿著白色網球鞋、寬鬆的運動外套和斜紋褲赴會。攝影者蜂湧上前捕捉這個精彩鏡頭，在旁觀者環伺下，村上和大江根本無法親密深刻地交談。真誠會談十分鐘後，兩人和善地各自離去，此後他們未曾再聯絡。

雖然大江和村上的生活態度與作品方向大相逕庭，但兩人其實有極大的共同性，只是他們或許不願意承認。大江在獲頒諾貝爾獎前後宣布將停止寫小說，集中精力於非小說的創作，但後來他改變心意，寫下他最長的一部小說，描寫一項危險的宗教儀式。*另一方面，村上則轉向非小說類型，在奧姆真理教徒於東京地鐵施放沙林毒氣的事件後，完成大部頭的受害者訪談錄，其後另有一本針對奧姆教徒和曾經信奉該教者的訪談。這兩位作家都致力於檢驗歷史與記憶、傳奇與故事等問題，兩人都持續不斷地深入情感的黑暗叢林，探索他們個人，以及身為世界公民、身為日本人的真正身分。

---

* 編註：指《空翻》（宙返り），一九九九年由講談社出版，中譯版於二〇二〇年由自由之丘出版。

| 第十一章 |

大地的韻律

地下鐵事件

研究及撰寫《發條鳥年代記》，讓村上得以從全新的角度看待自己的國家和歷史，同時也讓他在旅居海外九年多之後，終於決定重回日本。村上和陽子是在一九八六年十月出發前往歐洲，一九九〇年一月到一九九一年一月在日本度過不得安寧的一年，然後遠走美國，以躲避盛名之累。他們原打算在紐澤西州的普林斯頓停留一年，後來卻一住就是兩年半，其後又在麻州劍橋待了兩年。

去國多年之後，村上開始期望知道更多家鄉的事。渴望進一步了解日本的心情，在「放逐」外邦的最後兩年不斷縈繞心頭。他「可以感覺到內心的改變」，他的價值觀「正在重整」，召喚他回家鄉，實際參與日本社會。村上同時也感覺到，在這個聯繫中，他想寫一本小說以外的作品。也許如此一來，可以找到自己的新角色，以及在日本社會的新立場。問題在於如何決定這個新立場是什麼。

「在國外的最後一年，日本發生了兩件大災難，讓我有點迷惘。阪神大地震以及東京的毒氣事件……（這是）日本戰後歷史上最巨大的兩件悲劇。說日本意識在這事件

『前』、『後』已劇烈改變，完全不誇張。這兩件災難將會深植在我們心裡，成為人們生活中的兩座里程碑。」384

阪神地區是村上的故鄉，災後他從美國打電話回家，得知父母的房子已經震垮了，幸好人安然無恙。京都附近的震災損害不大，村上安排他們搬到那邊的一間公寓，並趁三月塔夫茲大學放春假時，回日本待了兩個星期。三月二十日那天早晨，村上正在東京西區的海邊別墅，邊聽音樂邊整理書本時，一個朋友打電話告訴他東京地鐵發生了毒氣事件的可怕消息。嫌疑最大的是奧姆真理教的信徒，村上早在一九九〇年就對他們的運動策略深感不安。朋友建議他：「暫時不要到東京來比較好。」385

新聞播出後，這個教派造成的危害有多大愈漸清楚。當天早晨，東京地鐵內約有五千人吸入了名為沙林的致命毒氣，十一人喪生，有些人則將終生殘疾。教徒在五條地鐵線遊走，分別從不同車廂進入，將報紙包著、塑膠袋裝的液態沙林丟在地板上，以削尖的傘頭刺破之後逃逸。在尖峰時刻東京最繁忙的路段，毒氣擴散開來，乘客紛紛倒地，頭暈、痙攣、嘔吐，有些人甚至變得什麼也看不見。鄰近的醫院擠滿就醫的傷患，但緊急救難組織猝不及防，回應緩慢。

由於離開日本太久，又全心投入於寫作生涯最長篇的小說，村上並不知道，有鑑於先前發生在松本市一樁與奧姆和沙林毒氣有關的意外事件，警方已立刻懷疑他們涉案。這件事又更加讓村上明白他與自己的社會有多疏遠。

村上按原訂計畫回到劍橋度過學期的最後幾個星期，要做的事不多，主要就是準備離開。他和陽子在六月回國，當年九月在地震災區發表兩次公開朗讀，為幾家受災圖書館募款。其中的蘆屋市立圖書館，曾是村上初、高中消磨許多時光的地方，也是他準備考大學時「打瞌睡」的地方。386

從一九九六年一月開始，一整年時間，村上都在進行僕在小說中常做的事：聆聽別人的故事。他深信，只要讓毒氣事件受害者說出他們的經驗，就能讓自己更快速地了解日本，甚至有助於履行他日漸滋長的社會責任感。這一連串努力的第一個成品是《地下鐵事件》（一九九七），全書厚達七百頁，是村上訪談事件受害者的紀錄，並加上評論及生動的受訪者人物素描。緊接其後的是第二部《約束的場所：地下鐵事件II》（一九九八），書中訪問的是奧姆真理教信徒及已退出的前信徒（此二書的英譯本經刪節後合併成一冊）。在這兩部著作中，村上試圖傳達的是：奧姆病態的世界與尋常日本人的生活之間，其實只有一線之隔。

日本社會中扭曲個性的壓力，會導致受過高等教育、有企圖、有理想的年輕人在試圖實現淑世理想時，放棄原先唾手可得的事業坦途，遭宗教領袖錯導而誤入歧路。這種情形猶如戰前日本的年輕菁英分子，願意放棄社會提供給他們的生涯機會，接受政府蒙蔽血腥事實的虛幻口號，投身到侵占中國東北的冒進行動。受難者和加害者之間最大的差別在於，雖然兩者同樣都感到空虛無力，但加害者因為過於絕望，以致採取了某種手段來解決這種空虛感。[387]

在《地下鐵事件》的後記中，村上提及促使他寫下這本第一部非小說著作的歷史、社會及文學方面的動機。其中文學上的關聯，令人想起他先前作品發展出的各種意象，尤其是《世界末日與冷酷異境》和《發條鳥年代記》：「地下的世界，例如井、地下道、洞穴、地底礦泉、陰溝、地下鐵等地方，總是經常強烈地吸引我，不管身為小說家或個人。只要看見這些形影，不，只要腦子裡有這種意念，我的心就會被引導到各種故事上去……」[388]

村上表示，地震和毒氣攻擊這兩個重大事件在短期內相繼發生，著實令人震驚。它們出現的時機簡直無懈可擊，正好在泡沫經濟驚天動地破滅、對日本能永遠成長下去的信心告終、冷戰結構瓦解、全球的價值觀大幅動搖，以及日本的國家基礎面臨仔細檢視的時期。

這兩個事件共通的元素是「壓倒性的暴力」。當然，一個是無可避免的天災，另一個則是應可預防的人禍。但從受害者的觀點看來，結果並沒有太大的差別。「都是從我們腳下，從地底如惡夢般大舉湧出，將潛藏在我們社會深處的所有矛盾和弱點以駭人的清晰度暴露無遺。」面對這突發、狂野的暴力時，日本社會所表現出的，卻是完全無能為力、毫無防備。[389]

誠然，地震及毒氣事件中出現了許多令人感動的基層自發行為乃至英雄事蹟，尤其是地鐵員工因而殉職的事例。然而整個體系卻陷入一團混亂，地鐵、消防及警政單位的高階官員，無論是現場的反應或者事後的應對，完全不及第一線工作人員所表現的誠實正直。他們屈服於可嘆的天性（但這並非日本人所獨有），遮掩他們的錯誤判斷、隱瞞窘迫的事情，刻意使得責任的歸屬模糊不明。上級雖然沒有明確下達禁口令，卻讓部屬明白他們最好對那些「已經過去的事情」三緘其口。村上對於所謂的緊急救難部處理毒氣事件過程了解得愈多，就愈感受到和當初研讀諾門罕事件時一樣的憤怒感。

為了寫《發條鳥年代記》這本小說，我曾經對一九三九年的「諾門罕事件」做過詳細的調查研究，這是日本入侵蒙古的軍事行動。愈查資料愈對當時皇軍指揮系統的

> 魯莽和喪心病狂，吃驚得幾乎說不出話來。為什麼像這樣無意義的悲劇，在史書中會被略過不提呢？但透過這次地下鐵沙林事件的採訪，我發現，日本社會這種封閉而迴避責任的體質，其實和過去皇軍的體質沒有多少改變。[390]

簡而言之，拿著槍桿在前線作戰的士兵，是真正受苦的人，而後方的軍官和高階參謀則完全不必負責任。他們只顧面子，不承認敗北的事實，以「軍方機密」的名義用政治宣傳來文過飾非。當然，這些傾向和世界上其他軍隊或組織沒有兩樣，但是日本的體系似乎更有效地保護了這些高層人士，讓他們免於受到指責。

皇軍高層從來沒有針對諾門罕敗北的原因進行全面或有效的分析，諾門罕完全沒有成為日後借鏡的教訓。皇軍依然故我，只調動了幾個關東軍高階參謀，並封鎖所有與此戰役有關的情報。兩年後，日本全力投入二次大戰，諾門罕的悲劇性錯誤再次以更大的規模重新上演。

《地下鐵事件》書中，村上循不同角度處理地鐵攻擊事件。與受害者的訪談，大體是參照斯塔茲·特克爾（Studs Terkel）的美國民眾訪談錄《勞動》（*Working*）。《地下鐵事件》的計畫和寫作方向非常單純，是村上長久遠離日本之後，希望更加了解這個國家的企圖。他希望了解日本民眾的生活，以及他們在社會中所扮演的角色。為此，訪談涉及的題材遠超出一九九五年三月二十日的事件本身，訪談結果交織描繪出東京勞動階層平凡男女的面貌。舉例而言，一名男子因沙林毒氣而身亡，他的母親告訴村上當年生他時有多容易。這件事和毒氣攻擊並不相干，但卻在我們所接收到的受害者圖像中，意外添加了一筆人性的層次。正因為他們這麼平凡無奇，村上才決定要把他們的生活忠實記錄下來。

村上這位採訪者的形象，也在訪談過程中變得愈來愈鮮明。他就像筆下許多敘事者僕一樣，具有強烈的好奇心，這項特點是讓僕顯得如此可親的原因之一，而村上也因同樣的理由成為完全投入的採訪者。僕在《聽風的歌》裡說：「當然，只要能夠繼續採取一種從任何事物都能學到一點東西的姿態的話，年老或許並不怎麼痛苦。這是一般論。剛過二十歲不久，我就一直努力採取這種生活方式。」

在《約束的場所》，村上仍舊投身於學習之中，但他與奧姆教徒對談時，刻意採取較積極辯詰的角色，而不只是靜坐一旁任對方滔滔不絕。村上常介入談話，提出小說所關心的幾個主題。他對奧姆教徒最感興趣之處，在於他們嘗試去做的，往往是他筆下人物覺得根本不可能做得到的事。教徒們藉由宗教找到了「國境之南」與「太陽之西」的所在，希望在此能發現確切無疑的「解脫」或「開悟」，期望能拾回他們所失落的事物，也為生命帶來意義。奧姆教徒與較為被動的受害者不一樣，他們勇於探索自己內心深處的黑盒子。尋索過程中，有些人一時分不清夢境和現實，這又是我們所熟悉的村上式主題。有時村上似乎也感受到危險，或許意識到自己的內心探索也有可能走進岔路：「……和他們促膝交談之間，不得不深深感覺到小說家寫小說這種行為，和他們追求宗教的行為非常相似，雖然不能說兩者完全相同。和他們談話時，引起我個人興趣的正是這點，此外，我有時會感到類似惱怒的情緒，也是為了這點。」391

最讓村上氣惱的，是教徒心甘情願將自我交託給像奧姆真理教教主麻原彰晃這般為他們思考、為他們做決定的上師。有人會替你思考是一種令人快慰的幻覺，但身為個人主義者、身為透過說故事來看待世界的作家，村上反對這種想法：

> 如果你失去了自我的話，你將喪失自己這個一貫的故事。但人沒有故事是無法長久活下去的。這些故事，超越了你用來包裹住自己的有限的理性系統（或系統化的理性），這些故事是與他人分享時間經驗最重要的關鍵。
>
> 故事當然是「story」，既不是邏輯、不是倫理，也不是哲學。不管你了不了解，它是你持續做的夢。正如你會呼吸一般，你不斷做著那個「story」的夢。在那些

「story」中，你擁有兩張臉：你既是主體，同時也是客體；既是總合，同時也是部分；既是實體，同時也是影子；既是說故事的人，同時也是故事裡的人物。我們由於或多或少擁有這種多層的故事性，才能治癒在這世界上身為個體的孤獨。如果沒有適當的自我的話，沒有人可以創造出自己的故事，就像沒有引擎就無法開動汽車，沒有真實的物體就不會有影子一樣。可是一旦你把自我讓渡給某個別人了，再來你還能怎麼辦呢？

在這情況下，你從別人，從你把自我讓渡給他的那個人那裡接收到新的故事。你把實體讓渡出去，其代價就是得到影子。你的自我一旦和別人的自我同化了之後，你的故事也不得不被別人的自我生出的故事所同化……。

麻原很擅長把他改寫過的故事強加到別人身上……麻原是掌握所謂現在這氣氛的說故事專家。[392]

二〇〇一年十月，《紐約時報》特派員在東京採訪村上，注意到他對奧姆的分析正適用於前一個月發生在紐約和華盛頓的九一一恐怖攻擊。村上比較了奧姆真理教和伊斯蘭基本教義派，認為兩者的封閉世界有相似之處。他表示，在這兩者之中，「只要你有疑義，就有人給你解答。可以說，事情非常簡單明瞭，只要你相信，你就可以得到幸福」。然而在充滿各種可能性的現實世界中——

事情都是未完成的……很多事讓人分心，很多缺憾。大多數情形，我們不會覺得幸福，反而既沮喪又深感壓力。但至少一切是開放的，你可以選擇、可以決定你的生活方式……。我所寫的故事都是主角在這個混濁的世界中尋找正確方向……。這是我的主題。同時我認為有另一個地下的世界，你可以從心裡接觸到這個內在世界。我書中的許多主角都同時住在兩個世界中——現實的世界和地下的世界。

如果你訓練有素，就能找到通路，在兩個世界之間來回穿梭。要找出走進這個封閉迴路的入口很簡單，但要找到出口就不容易了。很多教派宗師免費提供進入這個迴路的路徑，但他們不提供出來的方法，因為他們希望把信徒關在裡面。信徒可以接受指令，成為他們的嘍囉，我想那些把飛機開去撞大樓的人很可能也是類似情形。393

儘管如此，村上並沒有採取「正邪對立」的態度。在《地下鐵事件》，他要求讀者（以及自己）避免這種自滿的態度：

我們大多會嘲笑麻原所提出的荒唐無稽的垃圾故事……但你自己又如何呢？（暫且讓我用第二人稱，當然我也包含在內）你有沒有對誰（或什麼）交出自我的一部分，而接受「故事」作為代價呢？我們有沒有把自己某一部分的人格交給某種制度或體系呢？如果有的話，那制度是否有一天會向你要求某種「瘋狂」呢？你現在所擁有的故事，真的、實際是你的故事嗎？你現在所做的夢真的是你的夢嗎？那會不會是某一天將突然變成惡夢的某個別人的夢呢？[394]

村上要求讀者自行判斷思考，不要單純、無條件地接受社會、宗教或國家提供給他們的故事，不管這些機構顯得多麼「主流」、毫無爭議。這一點恰與戰後作家坂口安吾（生於一九〇六年，卒於一九五五年）相呼應。坂口呼籲同胞擺脫神格化的天皇和武士道的魔咒，代之以自己內在的天皇、自己的武士道。因為正是這個魔咒，導致他們為了瘋狂的戰爭而犧牲。[395]坂口認為，日本人喜歡戰爭是因為這讓他們安於不必自己做決定，這也是我們都可能會有的心態。[396]村上在一九九〇年初次遇見奧姆教徒時的反應是嫌惡地別過頭去，但事後想來，他推論造成反感的原因，就在於他覺得自己和這些人之間有明確的連結：幾乎所有人都渴望自己的問題能獲得解答。[397]

當然，村上訪談的奧姆教徒並非在東京地鐵施毒的凶手。許多受訪者認為他們不會遵照指令去殺人，雖然其中少數人也提及這是因為自己性格軟弱，而不是因為他們有強烈的是非觀念。從某個角度來說，他們也是受害者。他們大多是不適應社會、被淘汰、失敗的人，他們任由奧姆的領導菁英操縱，對麻原殘暴嗜殺的意圖一無所知。村上曾這樣形容位居教團高層的那些人：

這些菁英把穩穩可以到手的社會地位就那樣輕易拋棄而投奔到新興宗教裡去，這是個嚴重的警訊，許多人因此懷疑，現代的日本教育體制出了致命的缺陷。

可是在我採訪奧姆教徒和前信徒時，實際強烈感覺到的並非「這些人為什麼不當社會菁英卻寧可誤入歧途」的想法，相反的卻是，正因為他們是菁英，所以才很容易一下就跑進那裡面去。398

帶著自己是「關心社會病徵的作家」這種新意念，村上總結他所分析的問題，呼籲世人有所行動：

我認為政府應該盡快策劃召集各方面的專家，組織公正公開的委員會來調查地鐵毒氣事件，解明隱藏的事實，徹底檢討周邊有關的體系。是什麼地方出錯了？是什麼阻礙了組織的正常對應呢？唯有嚴密進行這種事實的追究，才是我們對因沙林毒氣而不幸喪生的人們，所表達的最大禮儀，這確實是我們無可推卸的責任。而且調查所得的資訊，不能封鎖在各部門裡，一定得公開於世，讓大家都能得知。如果不這樣做的話，這種系統性的錯誤恐怕還會一再重複發生。[399]

那個夢想著遇見伊帕內瑪姑娘的作者已經離我們很遠了，不只是他自己，其他人也都預料不到他在作家和個人角色上的成長。這並非表示村上突然一躍成為社會運動的旗手，也不表示這項明顯具政治意味的態度，等同於他已揚棄早先的作品（但在這裡必須說明，他把《地下鐵事件》的部分版稅捐贈為受難者基金）。[400]在處理一九九五年另一場浩劫——阪神大地震的時候，他仍舊是個十足的小說作家。

萊辛頓的幽靈

自從《發條鳥年代記》終卷在一九九五年八月出版後，將近四年的時間，村上致力於非小說的創作，沒再推出其他長篇小說。而這段時間內的短篇小說，皆帶有總結回顧的意味。《萊辛頓的幽靈》（一九九六年十一月）收錄了早在一九九〇年即已在雜誌發表過的幾則短篇（包括先前討論過的〈綠色的獸〉、〈沉默〉及〈東尼瀧谷〉），不過也輯錄了出版前一個月才完成的作品。

與書同名的標題作〈萊辛頓的幽靈〉（一九九六年十月首度發表的是刪節版）是村上罕見以國外為場景的作品。美國麻州的萊辛頓鎮，位在他一九九三年七月到一九九五年六月間居住的劍橋西方數哩之遙。僕一開頭就說：「這是幾年前實際發生的事……我把相關人物的名字改變，但其他都是事實。」401

僕是在麻州劍橋住過兩年的日本小說家，當時他曾為一個建築師朋友照看房子。有一晚，他慢慢察覺到有些幽靈正在這座老房子寬敞客廳緊閉的大門後舉行喧鬧的宴會，但沒看見他們。這件不久前才經歷過的事，感覺上卻彷彿發生在「遙遠的過去」。轉述這個故事時，僕浮上心頭的是「沮喪」和「不知所終」這兩個字眼，也許這又是村上為了寫作幽靈、喚起某個古老地方有幽魂徘徊感覺的暖身作。村上曾在當地看過這樣的房子，除此之外，故事中的「事實」純屬虛構。[402]

另一篇新作〈第七個男人〉（一九九六年二月）也有著相當古老的敘事機關（令人憶起喬叟的《坎特伯里故事集》，甚至薄伽丘的《十日談》）：在陰暗而風雨交加的夜晚，一群人圍成一圈輪流說故事。

「那海浪像要捕捉我的事，是在我十歲那年，九月的一個下午。」第七個男人幾乎像是喃喃自語地說著。「……（那海浪）只差一點就捕捉到我，但最後卻吞走了對我來說非常重要的東西，把那帶到別的世界去。我花了漫長的歲月，才再一次發現並復元，那是無法取代的漫長而貴重的歲月。」[403]

失落和空虛是村上轄下既有的主題，但接下來是一則老式、造化弄人的動人故事，訴說一個男孩失去了最好的朋友，也失去了生活的目的。

人造衛星情人

村上告訴網站上的讀者，為了寫《世界末日與冷酷異境》以及《發條鳥年代記》，他一直在「折磨（他的）一把骨頭」，而下一部長篇《人造衛星情人》（一九九九年四月）則是為了把他在先前流失的骨頭「補回來」。404

> 我覺得《人造衛星情人》就像是一種風格的實驗，可能是「總結」、可能是「道別」，或者是「全新的開始」。我想知道在這本書裡，我可以把風格發揮到什麼地步，因為這樣一來，我就可以和它一刀兩斷。這種念頭就像是看你能不能全力衝刺跑到某一點，或者從這裡跑到那裡中間不喝一滴水，用這個來測試自己身為跑者的能力。把它當成風格的實驗來看的話，對我而言它可能像是另一本《挪威的森林》。405

某些方面看來，《人造衛星情人》是個全新開始，它的焦點是一位陷入同性戀情欲中的女性角色。小菫是個可愛、活潑、勤奮（但不太成功）的作家，她一出場就讓本書生色不少。每當引述到與她有關的文章時，總是令人忍俊不禁。

小堇的故事是由暗戀她、只知其名為K的敘事者僕所講述，他的主要功能就像是一扇向著她打開的窗。透過K這個角色，村上得以間或用第三人稱進行大篇幅的敘事。撰寫《發條鳥年代記》時，村上即努力想超越第一人稱敘事所形成的限制，後來他更試著採取較為寬廣的視野。

二十四歲的敘事者K，一開頭即運用誇大手法，描述一場初戀的風暴，襲捲了二十二歲的小堇後，又越過大洋摧毀了吳哥窟的廟宇；而告訴我們小堇和她熱愛的三十九歲韓裔日籍美女妙妙之間各種情事的，也是K。他甚至還把找到的各種文件攤在讀者面前，其中最特別的是從小堇電腦裡挖出的檔案。K是個小學老師，由於無法從小堇身上得到性的滿足，他轉而與一名學生的母親發生關係。當時小堇正陪伴著她的老闆妙妙享受令人嚮往的歐洲之旅，然而兩人在希臘島嶼度假時，拘謹的妙妙婉拒小堇的挑逗之後，小堇便突然消失無蹤。

K飛到希臘島上與妙妙會合，一起尋找小堇，結果仍一無所獲。某天夜裡K被山上傳來的神祕音樂所吸引（如同在〈食人貓〉裡一般），他覺得自己正被吸引進另一個世界，而他（太輕而易舉地）知道那便是小堇消失之處。不過他終究抵擋了誘惑，回到東京的貧乏生活。後來他「女朋友」的小孩因偷竊被捕，K在試著解決男孩心理上的障礙時，告訴他自己孤單的心情（在這段感傷的小故事裡，有一隻已經死去的狗）。後來他結束了和男孩母親之間的關係，繼續過著孤獨、人造衛星式的生活。不過故事結束時，小堇打來一通含糊不明的電話。或許她真的回到東京了，或者這是她從「另一個世界」打來的，又或者，這純粹只是K的想像。

妙妙的故事是K在小堇的電腦中讀到的，它與〈一九六三／一九八二年的伊帕內瑪姑娘〉遙相呼應，如同敘事者所說：

> 我試著想像……我意識中的那個連結穿過渺無人跡的幽暗長廊，無聲地延伸下去。……一定在某個地方，我和我自己也有一個互相聯繫的結存在。相信總有一天，我會在遙遠的世界一個奇妙的場所遇見我自己。……在那裡我就是我自己，我自己就是我。主體就是客體，客體就是主體，兩者之間沒有任何間隙。一定在某個地方有這樣一個奇妙的場所。

當妙妙發現自己不明所以地分裂成兩個自我，一個在「這邊」，另一個在「那邊」

時，她知道自己再也無法合而為一了。但霎時又有一個念頭閃過：「當然誰也不能說永遠。不是嗎？我們或許有一天會在什麼地方再見面，又能融合成一體也不一定。」[406]讀到妙妙被困在摩天輪裡、透過窗戶望著遠處她下榻的旅館房間這個關鍵場景，老經驗的村上讀者早就料到，接下來她會看到那邊有「另一個」自我。

在〈一九六三／一九八二年的伊帕內瑪姑娘〉那則輕軟、活潑、帶著啤酒味情調的短篇小說中，村上輕而易舉地讓讀者接受那種不完美的感覺，那構成他小說絕大部分底蘊的對自我認知的不完全感。遇見伊帕內瑪姑娘是一場愉悅的奇想，帶著極大的自信，恍惚就在我們的咫尺距離外。然而在《人造衛星情人》，我們聽到艾絲特·吉芭托（Astrud Gilberto）＊在同一張專輯裡吟唱的〈帶我到阿魯安達〉（Take me to Aruanda），這個帶著異國情調的地名代表著所有「國境之南」、「太陽之西」，以及「那一邊」。村上以偌大篇幅、過於刻板地召喚另一個國度，以解釋小堇神祕失蹤的原因，不禁讓人懷念起伊帕內瑪姑娘的故事所表現的精巧簡潔。

書中最糟的幾個段落中，K居然告訴自己：「小堇去到那邊了。這樣很多事都說得通了。」[407]確實很多事都說得通，就像我的眼鏡為什麼會從書桌跑到客廳桌上，也可以用小精靈來解釋一樣。村上讓山頂上的音樂放得很大聲，以便K與「那邊」擦身而過時，顯得較有緊迫感、具說服力。而他運用情感豐沛的散文體「解釋」K與妙妙之間深刻的契合（即使只是短暫的），喜歡村上過去冷酷筆觸的讀者，可能會覺得《人造衛星情人》的最後五十頁難以竟讀。

我們的日常生活中，充滿了村上在〈麵包店再襲擊〉或〈象的消失〉等短篇裡出色描摹的神祕事物。我們不時會遇到這種事，但村上把它往前推進一步，藉由想像和幽默的力量讓它逸出常軌、飛馳而去，讓筆下人物遭遇到幾乎難以置信、略顯離奇的經歷。正是如此，這些短篇才那麼可貴。

這是種非常細緻的平衡動作，遠比村上初次在《舞．舞．舞》裡嘗試讓威基基海灘旁出現滿室白骨，技巧上更為精巧，難度也更高；而與《發條鳥年代記》裡使用的超自然神祕學相比，當然還更勝一籌。在《發條鳥年代記》中，他不太確定該怎麼處理這些要素，所以乾脆把其中一些略下不表，這就是為什麼那對具有超能力的加納姊妹平白無故就消失了。而主角對那位富有但神經質家庭主婦的精神治療，在故事中既沒解釋也沒繼續發展，

＊ 譯註：〈伊帕內瑪姑娘〉原唱者。

原因也同樣在此。

即使是「發條鳥」這個意象本身，當作者以牠的叫聲來標示每個人生命的決定性關鍵時，也略有這種取巧的意味。不過，在滿洲的章節裡硬生生插入發條鳥的突兀設計，最終被第三人稱敘事者的全知觀點挽救了回來。敘事者大膽宣告這些人物未來的悲慘結局，所以我們很清楚說這故事的不是具超能力的人，而只是一名作家，一個要對他所創造的人物的過去、現在和未來負起所有責任的說故事者。《人造衛星情人》裡，一旦得為落到書中人物頭上的神祕事件提出合理的解釋時，他們總是剛好失去意識。與這種缺乏新意的機械性手法相較，《發條鳥年代記》的表現倒可說是驚人的成績了。最後一點，《發條鳥年代記》是由數則各自獨立的短篇小說彙編而成，它的龐大力量主要來自多篇小說的聚積和多樣並置的效果，而非來自架構的整體性。

《人造衛星情人》另一個令人再熟悉不過的元素是，近乎迷戀地使用流行文化（以及並非那麼流行）的品牌名稱。K喝的不單是啤酒，他還告訴我們喝的是「Amstel」牌；妙妙背的是「Mila Schön」皮包，K半開玩笑說多金的妙妙一定有「放在玻璃盒子裡的馬克・波蘭（Marc Bolan）最愛的蛇皮涼鞋……，搖滾樂的歷史少了這一段貴重遺產就講不下去」。小堇和妙妙在歐洲的旅程，也不斷提到各種過於講究的食物、美酒和古典音樂。[408]

由於《人造衛星情人》的主角是個胸懷抱負的作家，村上在書中繼續《聽風的歌》一開頭即出現的議題：探討作家的職責。有人告訴小菫不要寫太快，她需要更多「時間和經驗」，後來重新執筆時，她說：「因為要思考一件事，首先就有必要把那什麼試著寫成文章……我日常以文字的形式確認自己。」猶如進一步發展〈貧窮叔母的故事〉裡那位作家的洞見，小菫說：「把我所知道的，或者我自以為知道的事情，都當作不知道的事，試著化為文章的形式——這是我寫作的第一條規則。」409

女同性戀這個主題也曾出現在村上的早期作品中，到了這部小說則有了更加完整的發展。在村上的作品裡，這個主題比男同性戀更常出現。《挪威的森林》裡的玲子被一名懷恨在心的女同性戀學生逼至精神失常，在療養院中她和直子忍不住嘲笑兩人嘗試模仿女同志時的笨手笨腳。也許這個主題與令村上著迷的精神與肉體分離問題有關，心靈世界裡的現實，總是比發生在物質世界裡的更教人信服。

村上的網站於一九九九年十一月關閉之前，曾設有一個「論壇」專供讀者討論《人造衛星情人》。有位讀者相信書末小菫打來的電話不過是場幻覺，但其他人則很肯定這是個圓滿結局，小菫會回來的。這位讀者告訴村上「我並不是要你告訴我什麼才是正確答案」，而村上也確實沒這麼做。他表示，決定它是否為圓滿結局，對他而言是個「難題，因為它踰越了我只是世間凡人的身分。在我心裡，這兩種價值總是彼此對立、互相衝突，而結果則以適當的比例摻雜在一起，我沒辦法再解釋得更適切。所以如果你不相信這本小說有個圓滿結局，那它就是個結局不圓滿的小說」。[410]

地震之後

一九九九年八月，村上開始連載五篇與阪神大地震間接相關的短篇。這個系列原名「地震之後」（地震のあとで），其後加了一篇故事，結集發表時則以其中一個篇名為題，叫做《神的孩子都在跳舞》（二〇〇〇年）。[411]後來，村上認為英譯本仍應題作《地震之後》（*after the quake*，他堅持應該全部小寫）較為恰當。書中所有故事都發生在一九九五年二月，介於一月的地震和三月東京毒氣事件之間的無事月分。

《神的孩子都在跳舞》的故事有許多突出之處，譬如說，它們都以村上罕用的第三人稱來敘事——先前只有《發條鳥年代記》、《人造衛星情人》和少數幾篇如〈東尼瀧谷〉

採取此觀點。《發條鳥年代記》裡出現不同人的聲音，顯示村上正努力要克服第一人稱敘事在應付龐大歷史問題時的侷限；《神的孩子都在跳舞》則代表村上決定轉向更寬廣的客觀性。一旦放棄了僕有限的視野，等於間接表明村上所要診斷的抑鬱問題，不再僅限於活在國家及社會事件邊緣、只能自遠處觀望的極少數幸運人士。在《神的孩子都在跳舞》中，他檢驗的是日常生活本身，得出的結果是一九九〇年代中期日本抑鬱不振的風貌。在這個大多數人擁有（或者說在泡沫破滅不久前還擁有）許多財富、卻不知如何善用的社會，地震對日本人空虛的生活而言猶如一陣當頭棒喝。

這大概也就是村上在他訪問的毒氣事件受害者這些普通人心中所找到的空虛：生活早已失去了說不上來的什麼，那種茫然的感覺（像《國境之南、太陽之西》裡的始）。確實，某些故事可能是從《地下鐵事件》中，接受訪問的三十八歲、負責蝦類水產進口工作的井筒光輝身上獲得靈感：

> 發生沙林事件的第二天，我對妻提出離婚的事。……出事之後，我從公司打電話給我太太，說發生了這樣的事情，變成這個樣子，但她幾乎沒有什麼反應。或許只是不太明白到底發生了什麼，和到底是怎麼樣的狀況也不一定。不過就算是這樣子，

總之，我想我們已經到了一個關口，加上處於那樣特別不同的狀況，使我情緒高亢或許也有關係，因此才能順口說出要分手的話也不一定。如果沒有發生沙林事件，我想或許不會那麼快就提出離婚的事。大概說不出口吧。那是一個衝擊，同時也是一個契機。412

《神的孩子都在跳舞》的主要人物住處皆離災區相當遠，他們都只是從電視或報上看見報導，但大地所帶來的這場巨大災害，卻也成為每個人生命的轉捩點——他們被迫得面對多年來積存在心裡的空虛感。

第一篇故事〈UFO降落在釧路〉，音響器材業務員小村的妻子整整五天的時間盯著電視上神戶地區的災情報導後，突然就離他而去，但她在神戶並沒有任何親戚朋友（這個故事在二〇〇一年九月十一日世貿大樓和五角大廈攻擊事件之後讀來，簡直就像是一則預言）。小村一直安於他的工作和夫妻生活，但她在信中說，和他一起生活，就像「跟一團空氣住在一起」。

順著同事的請託，小村到北海道休假時，帶著一個小盒子，裡面裝著他自己的空虛感。由於被地震的光景擾亂心緒，小村放棄和迷人的年輕女子無精打采地親熱，而在床上和她聊起空虛的感覺。他說：「我也許沒什麼內容，但到底什麼是內容呢？」女人也同意：「對呀。這麼說來，所謂內容到底是什麼呢？」當她開玩笑地對他說裝在那箱子裡的是他過去的「內容」時，小村覺得一陣憤怒襲身，好像「自己正處在壓倒性暴力的臨界點上」。[413]不過，小村和奧姆罪犯不同，他停留在通情達理的這一邊。

這種情緒也充斥於《神的孩子都在跳舞》的其他故事，這本書可能是村上最循規蹈矩的選集。它探索真實人物在真實情境下的生活，那些外在生活圓滿卻反而使得他們感覺有所欠缺的人，還有那些生活在毀滅性邊緣的人。

〈有熨斗的風景〉中，在便利商店工作的年輕女人打算和獨來獨往的中年男子一起死去。男子把妻兒遺棄在神戶，地震後也不想去關心他們是否安然無恙。他家裡沒有冰箱，所以經常光顧便利商店。冰箱讓他感覺到在密閉空間裡緩慢、痛苦死去的威脅，很像《發條鳥年代記》裡岡田亨感受到的死亡恐懼。他畫著符號似的圖形，堆疊流木營火，讓女主角想起傑克．倫敦（Jack London）的〈生火〉（To Build a Fire），那故事的主角「基本上是在追求死亡。她明白這點，但沒辦法好好說明理由，只不過一開始就很清楚。這個旅人其實在追求死亡，他知道這是最適合自己的結局。雖然如此，他依然不得不費盡全力去搏鬥。為了活下去，不得不奮力和壓倒性的仇敵戰鬥」。[414]而她自己的空虛，卻正帶領著她放棄戰鬥。

在〈神的孩子都在跳舞〉這個短篇中，年輕的出版社職員善也很害怕和美麗又單身的母親落入不倫關係。母親是某個宗教的信徒，一直告訴善也他是「上方」（神）的孩子，但他不肯相信。母親離開去賑濟地震災民時，善也在東京地鐵裡看見一個男人，他認為這人是他的親生父親。善也在夜色中跟蹤男人很長一段路，來到廢棄的棒球場後，男人突然失蹤了，只留善也一人獨自思忖著：

> 我過去到底在追求什麼呢？善也一面邁步一面自問。我是否想要確認自己現在存在這裡的類似聯繫之類的東西？希望自己被編進新的劇本中，被分派到一個更完整的新角色？不是，善也想。不是這樣。我所一直追逐的，或許是像我自己所抱有的黑暗的尾巴吧。我碰巧看見了那個，於是追蹤下去，抓得緊緊的，最後在更深的黑暗中放掉。我確定再也不會看到那個了。415

出生之謎和內在自我之間的矛盾得到化解後，善也像沉浸在宗教狂喜般地跳起舞來。他想起昔日女友曾暱稱他「青蛙」，因為他在舞池裡舞姿笨拙。不過他喜歡跳舞，覺得自已猶如隨著宇宙的韻律在時間之中動著：

善也不知道到底繼續跳了多久的舞。不過是很長一段時間，直到腋下都冒出汗來。然後突然想起，自己腳下踐踏的大地底下存在的東西。那裡有深沉黑暗的不祥地鳴，有運送欲望的不為人知暗流，有無數滑溜溜蠕動的蟲子，有隨時可將都市化為瓦礫山堆的地震巢穴。這些也都造就了大地的律動。他停下來不跳了，一面調整著氣息，一面像在窺探無底洞般，俯視腳下的地面。[416]

〈泰國〉一文中，已屆更年期的內科醫生皐月，地震後一直幻想著住在神戶、害得她無法成為母親的男人慘死，卻也因這個念頭而困擾不已。為皐月安排到舒適的私人游泳池游泳的泰國司機尼米特，懷疑自己對爵士的嗜好或許不是自發的興趣，而只是他擔任司機跟著愛好爵士的挪威老闆三十三年後，放棄了自我的結果——這正呼應了村上關切的放棄自我而去追隨教派領袖的課題（此處同時暗指他可能是同性戀關係中較被動順從的一方，或許，失去他此生最愛之後，他已經「死掉一半」了）。[417]小說結尾出現了玄祕的場景，尼米特載皐月到偏遠村莊，有個通靈的女人教她在夢中緊抓著大蛇不能放，才能除去心中憎恨的「石頭」。

〈青蛙老弟，救東京〉是《神的孩子都在跳舞》書中唯一偏離日常生活情境、用喜劇誇張手法表現的故事。在某個類似卡夫卡的場景，不受重視、升遷無望、工作操勞的銀行催帳職員片桐，回到家後看見一隻大青蛙正等著他。這隻巨大又聰明的兩棲動物懂得引述尼采、康拉德、杜斯妥也夫斯基、海明威和托爾斯泰，而且（很具喜劇效果地）不斷糾正片桐稱呼他時使用的敬語（「青蛙兄」）。青蛙老弟（他喜歡片桐這樣叫他）很快切入正題：他需要片桐的協助，以拯救東京免於被比關西那次還強烈的地震毀滅。他們兩人得一起到地下跟大蚯蚓戰鬥。這隻大蚯蚓不知為了什麼非常生氣，就要在東京地底爆發開來（令人想起日本傳說中一擺尾就會引起地震的大鯰魚）。

〈神的孩子都在跳舞〉裡出現的「青蛙」以及「滑溜溜蠕動的蟲子、隨時可將都市化為瓦礫山堆的地震巢穴」，顯現出這個故事像是先前伏筆的誇張發展（書中各篇的先後順序是依寫作時間排列，此處介紹的順序也是）。[418]在一個故事裡呼應另一個故事，令人憶起他在《麵包店再襲擊》把各個不相干的人物都叫做「渡邊昇」的手法。[419]即使接在正經八百的《人造衛星情人》之後，村上在《神的孩子都在跳舞》裡還是能夠表現一如過去的幽默感，甚至運用像地震這樣令其恐懼的重要事情，以引出片桐這類銀行職員「腳底下」

不祥的空洞。他在《地下鐵事件》裡嚴肅恭敬地對待普通人，同時也能用喜劇筆法來描繪片桐的「普通人生」：

「老實說，片桐兄，你並沒有什麼風采。口才也不好，所以往往被周圍的人輕視。不過我很清楚，你是一個有情有義、有勇氣的人。雖然說東京很大，但要找並肩作戰的夥伴，我能信任的人則非你莫屬了。」

「嘿，青蛙兄……，我是一個非常平凡的人。不，比平凡還差……，很糟糕的人生。只是在睡覺起床吃飯拉屎而已。到底為什麼而活，我也不知道。為什麼救東京的會是像我這樣的人呢？」

「片桐兄，只有你這種人才能救東京。而且就是為了你這種人我才想要救東京的。」420

有了片桐精神上的聲援，青蛙確實成功拯救了東京免於地震。然而在最後死去之前，青蛙解體的生動場面讓人聯想到〈跳舞小矮人〉，他引發了一陣精神上的空虛，此時所有日本的平凡百姓仍作息如常，而絕望的人則拜倒在宗教大師的腳下：

杜斯妥也夫斯基無比溫柔地描寫被神所捨棄的人們。創造出神的人類，卻被那神所捨棄，在這麼淒慘絕倫的矛盾中，他看出了人類存在的尊嚴。[421]

最後一個故事〈蜂蜜派〉中，淳平是專寫短篇小說的作家。多年前，他暗戀的對象嫁給了他最好的朋友。這對夫妻已經離婚了，而他與那妻子的往來更為密切。她的女兒沙羅老被電視裡阪神大地震的畫面嚇得惡夢連連，而他則幫著安撫小女孩。沙羅很怕地震男（就像左右著人們生活的「電視人」一樣）。地震男住在電視裡，隨身帶著一個小盒子，要把伸手抓到的人都裝進盒子裡（這種恐懼就像〈有熨斗的風景〉裡的藝術家害怕在密閉的空間中慢慢死亡一樣）。

好友離婚後，淳平仍猶豫著該不該向她求婚，而地震的死亡景象似乎成了催化劑。他不僅願意採取延宕了多年的行動，成為沙羅和她母親的保護者，也願意從此「開始寫不一樣的小說，就像人們夢中期待已久的，黑夜過去、天色亮起來，相愛的人在光明中緊緊擁抱」。[422]村上在這個動人且意象豐富的選集中所做的正是如此。這本小說以尋常日本人生活為基礎，那是一九九五年村上結束了半強迫性的「放逐」生活後，幾乎得重新學習的事物。

好似到了《神的孩子都在跳舞》，村上才突然明白他在《聽風的歌》開頭曾預言的話。當時，他告訴英國國家廣播電台（ＢＢＣ）的製作人麥特．湯普森（Matt Thompson）說：「我對人沒有興趣。」[423]不過說來矛盾，他有興趣的是他們的故事。誠如《聽風的歌》裡年輕的僕所云：「我還是這樣想：搞不好很久以後，幾年或幾十年後，可以發現自己得救了。而且那時候，大象回到平原去，我可以用更美好的語言，開始談論這個世界。」回到日本之後，村上開始用對他而言全新的方式去關懷一般人，甚至公開宣稱他「愛」他們（同樣出自ＢＢＣ的廣播）。

〈蜂蜜派〉裡的淳平是「天生的短篇作家」，作品裡缺乏「小說性展望」。[424]村上表示他是刻意將淳平塑造成「和我完全不同類型的作家」。他認為自己是「天生的長篇小說家，存在的價值就在別人對我的長篇小說的評價。寫短篇小說很重要，我也很喜歡，可是我堅信把我的長篇小說拿掉之後，就看不到我的存在了」。[425]

的確，村上的長篇作品成功地將讀者帶進獨特且可能造成思想全盤改觀的歷程。它們具有小說矛盾的魔力，吸引讀者毫不停歇地一口氣讀到結尾，卻又擔憂一旦讀完最後一頁，他們在這魅惑世界的旅程也就告終了。不過除了《世界末日與冷酷異境》之外，村上的長篇小說通常是許多短篇敘事的組合，而沒有龐大的整體結構。它們始終令人目瞪口呆、大吃一驚，娛樂十足又具啟發性，但它們難得在結局時把各不相同的故事線收攏在一起。就這一點來看，它們可說是同樣具有日本小說特有的簡短和片段的傾向。

不管村上未來的作品會採取何種形式（當本書初版付梓時，他正在撰寫一本以十五歲少年為主角的「離奇、玄妙」小說，內容與「圖書館、迷宮、血和幽靈」有關，[426]預計篇幅會比《挪威的森林》長、比《發條鳥年代記》短）*，我們可以確定，它會繼續忠於過去村上的小說或非小說所具備的探索精神。《一九七三年的彈珠玩具》聰慧的酒保傑曾說過下面這段話，而現年五十三歲†的村上，已經比說這話時的傑老七歲了：

> 我花了四十五年也只不過知道一樣事情，那就是：人不管做什麼，只要肯努力總會學到什麼的，不管多麼平凡無奇的事，你也一定可以從中學到一些東西。什麼樣的刮鬍刀都有它的哲學，我不知道在哪裡讀到這句。其實如果不這樣的話，誰也沒辦法生存下去。

---

* 譯註：即《海邊的卡夫卡》。

† 編註：本書所指的現年為二〇〇二年。

| 第十二章 |

當我六十四歲時

一九九九年村上年屆半百時，似乎沒有四十歲時那麼焦慮。他繼續跑馬拉松，馬不停蹄地交出長短篇小說、翻譯作品和非小說，以致所有關於他的書籍都很難不變成進度報告。繼《發條鳥年代記》獲得讀賣文學獎後，村上又於一九九九年七月獲得桑原武夫學藝獎。這個獎是為了紀念卓越的文學研究者桑原武夫而設，專門獎勵傑出的非小說作品。這次獲獎的是關於沙林毒氣事件的第二部作品：《約束的場所》。

村上此時已不像過去那樣是媒體寵兒，不過因為網路，他成了更廣為周知的人物。早期作品中體貼的大哥哥，已經變成有智慧、富同情心（但仍舊風趣）的叔叔，問他天南地北的問題，他都會給你建議。他在日本的某些宣傳廣告，有時顯得既熱烈又含混。舉例而言，二〇〇一年六月發行的一本漂亮小冊子上，文宣向我們保證它「懇切、溫暖。能夠『啪』一下打動你的心，久違了的隨筆集」。[427]幸好，村上依然幽默踏實。透過網際網路，讀友可以窺探到他難得一見的私人生活面。譬如才剛出版、書名誇張的這本《「對啦，去問問村上先生吧！」人們對村上春樹拋出的兩百八十二個大哉問，到底村上先生有沒有好好回答呢？》（「そうだ、村上さんに聞いてみよう」と世間の人々が村上春樹にとりあえずぶっつける282の大疑問に果たして村上さんはちゃんと答えられるのか？）書中來自網站上的對話：

大哉問第十八題　村上太太有沒有想過有一天你會出名？

讀者　底下是我太太想問村上太太的三個問題：

「以前你先生還在爵士酒館切洋蔥時，你有沒有想過他會變得這麼有名？」

「你先生變成暢銷作家前，你們兩個就在國外到處落腳，我想你一定遇過很多有趣的事，但有沒有碰過不愉快的事呢？」

「你喜歡拍放在你先生書裡的那些漂亮照片嗎？（我覺得《尋找漩渦貓的方法》[428]裡的那些照片特別漂亮。請問有什麼技巧嗎？）」

問得很冒昧，請見諒。（三十二歲，我太太和我一樣都是O型處女座）

村上　你好！不會啊，你的問題一點都不冒昧，我跟我太太提過了，她的回答是這樣的：

我從來也沒想過他會成名，而且到現在我還覺得很怪。他倒是覺得自己很特別，臉上老帶著「理所當然」的酷表情。

老實跟你說，在歐洲的時候我覺得一點都不好玩，國外的生活很辛苦又不方便，我還是比較喜歡待在日本，泡泡溫泉、照顧貓，輕輕鬆鬆過日子。義大利話啦，英語啦，我最討厭學語言這回事了。

我沒有很熱愛攝影，我先生因為書裡需要用到，叫我拍照，我就盡量拍，就這麼回事。其實我比較喜歡塗塗畫畫。

抱歉給你這麼反諷的回答。聽起來我好像是個無情野蠻的丈夫，但實際上，我不是這個樣子，她太誇張了，不要聽信她的一面之詞。429

村上並沒有努力讓我們相信這真的是陽子的回答。在「大眾」作品中，他將她塑造成愛唱反調的人以博君一粲，譬如以下這則：

大哉問第十五題　村上太太是什麼樣的人？

讀者　村上先生的文章裡常提到你太太，但就我所知，沒有半張她的照片公開過。我猜是因為她不想讓自己的照片曝光，可是一次就好了嘛，我真的很

想看看她的長相。（三十二歲）

村上

你好！我太太不喜歡出現在大眾媒體上（只因為你剛好是某某人的家人就被刊在雜誌上），我也一樣，所以我們不想這樣做。不過就我來說，有時為了工作也不得不配合。

而實際上，就算看到了，對你也沒什麼好處，真的。

好吧，既然說到這個了，再告訴你一點她的事吧。我們剛結婚時，她的頭髮又直又長，留到腰際。可是這幾年來愈剪愈短，現在因為她常游泳，她的頭髮超短。她真的很特別，除了一些特殊場合之外，她從來沒有燙過頭髮或化過妝。她說她喜歡大衛・林區（David Lynch）、莫札特K491、蛤蜊、鮭魚皮、卡森・麥卡勒斯（Carson McCullers）的小說、村上紀香的兒童冒險漫畫《紅色飛馬》，還有保時捷Targa 911（呼，對我們來說太貴了）。

她小時候，受影響最深的電視節目是《打混上班族》（すちゃらか社員，一部公司情境喜劇）還有《豪門新人類》（*The Beverly Hillbillies*），她希望長大後當忍者。

要看照片嗎?抱歉,礙難從命。430

讀者的大哉問並非都無厘頭又搞笑,村上對於認真請求建議的問題,也都審慎地回覆。有位三十歲女子的叔父因癌症去逝,兩天後,一九九七年十一月九日,她提出了一個不斷困擾日本人的問題(如同在黑澤明的電影《生之欲》裡所見):應不應該告訴癌症末期病患生病的真相?女子的嬸嬸已於前一年過世,他們待她如己出。痛失兩位親人的傷慟,使她很後悔在他們臨終前還對他們隱瞞病情,不過她猜想,如果有機會再來一次,她應該仍會做出同樣的選擇。對此刻「悲慟」的她問候致意之後,村上回答:

瑞蒙.卡佛的最後一本詩集,是由我翻譯的《通往瀑布的新徑》(*A New Path to the Waterfall*)。卡佛這本作品,是在他得知罹患癌症、不久人世之後,絞盡最後一絲力氣所完成。這是本絕妙的詩集。關於該不該告知病人罹患癌症的問題,每個人意見不一,但每次我手握此書,就更加確信,人有知的權利。人可以克服恐懼和絕望,身後留下某些實質的東西,這種崇高的機會不應被剝奪。我知道有些人不想知道實情,但我自己的話是一定希望被告知的。431

這個時期的村上，在東京有幾名助理，協助他個人的文學產業繼續運作。他已不再有閒情浪跡世界，不過為了寫作而旅行的任務則另當別論。在兩本毒氣事件作品後，他出版了關於二〇〇〇年雪梨奧運的輕鬆小品《雪梨！》，不僅生動描述田徑場上的活動、描繪選手的內心風景，此外還有無尾熊生活的幽默導覽、雪梨水族館和布里斯本足球場廁所的入微觀察，以及不少當地歷史，都經過相當的研究，可不像《挪威的森林》小林綠畫在筆記上的地圖那樣。432

當村上希望有一、兩個月不受打擾、靜心寫作時，就會和陽子一起出國，遠離成名後接踵而來的各種要求，不過他還是每天以電子郵件和助理聯繫。就像在爵士酒館那時，陽子仍像名副其實的合夥人（即使不是完全平等）一樣工作。她把各種行政事宜處理得井井有條，同時也一直是村上的第一個讀者，是他可以完全信賴、絕對誠實且具洞察力的批評者。最重要的也許是，由於陽子的誠實以待，村上才得以始終保持自己本來的平凡個性。

喜歡村上小說的人，應該感謝陽子這些珍貴的服務。當然，也因為村上在其他世界冒險時猶能不失其平凡本性，我們才得以尾隨其後一同遊歷。

那麼，二〇〇二年之後這位「平凡」的小說家近況如何？如同一九八七年三月十八日他經歷了「凌晨三點五十分微小的死」，村上仍舊相信「創作小說最深刻之處乃前往（以及回返）彼世，那裡必然與死亡的意象有所重疊。寫小說時我經常碰到那種感覺，對我來說它一點都沒變」。[433]

二〇〇一年，當他被問到「當我六十四歲」*有何打算時，這位《挪威的森林》（以及另外一些受到或未受披頭四影響的作品）的作者這樣回答：

> 當然我完全不知道到了六十四歲時，我會做什麼、我會變怎樣？我應該還繼續在寫小說。對我來說，小說是辛苦的體力勞動，是一種戰鬥，當你體力耗盡後，就再也寫不出東西來了。這也是我每天運動調養身體的原因，這樣即使到了六十四歲，至少我還保有體力。
>
> 不過，不管多麼用力逼迫自己，每個人都有其極限。雖然我無法得知自己什麼時候、怎麼樣走到極限，我覺得既然已經走到目前這個地步，我就得繼續努力下去。我會投入所有心力，直到寫不動為止。我是個徹底的個人主義者，個性正適合獨自工作、獨自鍛鍊體魄（和強化心志）。所以我才認為到了六十四歲我應該還在寫作。

我猜想，即使文學、小說突然從當代社會中消失了，這項損失不見得會對人人都是重大打擊。有太多東西可以取代小說了，愈來愈多人一年內讀不到一本小說。換句話說，我賴以為生寫出來的東西，人們沒有它也過得很好。如果你停下來想想，這也算是一種奇蹟。指出這點也無關緊要：我只想繼續以我喜歡的方式，做我喜歡的事，換句話說，繼續過著我一直以來的生活。

到了六十四歲時，我想生活重心大概有三項：寫作、聽音樂和運動，其他活動會逐漸放掉。也就是說，我會朝著更加「圓滿」的方向走去。與此同時，我所寫的小說當然也會朝「圓滿」發展。如果我的風格有何吸引人之處，我想那是，即使我的創作無情地淪落到孤絕之境，仍舊會不斷呈現它所特有的幽默感。不管到了多大年紀，至少我會盡量保持這個立場。

可是誰知道呢，六十四歲時，也許我決定換個老婆，娶個年輕舞者，大叫「見鬼的小說，我要去找樂子了」。不，不可能，我沒辦法和年輕舞者過活，我還寧可自己一個人聽海灘男孩或巴德．鮑威爾（Bud Powell）。不過我可以說，到了那個年紀，我一定還

＊譯註：出自披頭四的歌曲。

在聽老唱片，純麥蘇格蘭威士忌和老唱片。很可能我也還在跑馬拉松。成績是一定很差的，可是那一點關係都沒有，我還是會繼續不在乎成績地跑著，紐約、波士頓……。

我想，這林林總總和我現在的生活沒有太大差別。萬物總是隨著年月增長而成熟，只要還活著，我就要品嘗增長的果實。[434]

| 附　錄 |

翻譯村上

翻譯及全球化

二〇〇〇年，村上在世界文壇的地位突然受到不尋常的注目，並挑起了關於翻譯、轉譯、文學的商業主義及全球化的作用等重要議題的討論。凡此種種，讓我們得以窺見一位讀者層廣泛的嚴肅作家，尤其當其作品跨越語言界線的時候，所須面對的議題。435

自二〇〇〇年六月三十日開始，村上的兩本小說《國境之南、太陽之西》及《發條鳥年代記》在德國引起了一陣騷動。當時有個討論書籍的知名電視節目以《國境之南、太陽之西》為主題進行探討（該節目同時在德國、奧地利及瑞士播出）。年逾八十、威望甚高的德國評論家馬塞爾・萊希拉尼基（Marcel Reich-Ranicki）在節目上讚揚這本書，但來自奧地利的另一名評論家席格麗・洛佛勒（Sigrid Löffler）則嗤之為文學速食、不值一提。她認為書中的性愛場景既色情又有性別歧視之嫌，並且指責萊希拉尼基是個髒老頭。他則指責她故作正經，無力處理文學中的情色問題。爭論愈來愈激烈，最終淪為人身攻擊，許多人認為，這其實無關村上，而是雙方長期以來的私人恩怨所致。

德國報刊報導了這場引人注目的爭論後，村上春樹瞬時成為家喻戶曉的名字。當時他已有六本書譯成德語，但這場電視辯論使他更受矚目，人們爭相購買《國境之南、太陽之西》——這正是所有文學作品被指控是色情作品後的標準反應。

不久之後，漢堡一位日本語言及文化教授赫伯·渥姆（Herbert Worm）也加入戰局，宣稱德語譯本從英譯本轉譯而來，所以問題多多。他同時指出，發行村上作品的德國出版公司杜蒙（DuMont）出版的兩本村上小說，除了《國境之南、太陽之西》之外，《發條鳥年代記》也是轉譯自英語版。

因為我是《發條鳥年代記》的英譯者，渥姆教授曾寫信問我一些意見，他注意到《發條鳥年代記》英譯本標註著「傑・魯賓譯自日語版，原作者參與修訂」，而德語版則無此聲明。他想弄清楚「修訂」是不是「刪節」的委婉說法，他也提到這涉及了「德語翻譯作品的品質愈來愈難令人滿意」的普遍議題：

> 人們逐漸認為，兩部村上最新德語譯本把你和蓋布瑞爾（Philip Gabriel）教授的英譯本奉為「正宗原著」，代表純文學的翻譯或可說已然墮落了，我們已經退步到依據文謅謅的法語版來翻譯塞萬提斯的前浪漫主義時期。

過去不曾有人問我《發條鳥年代記》被轉譯成別種語言版本的問題，這對我來說很新奇。我同意轉譯是有悖常理的做法，有能力將日本文學譯成德語的人那麼多，實在無法想像出版社為何決定這麼做。至於譯本刪節一事，我回覆他如果不是美國出版社科諾夫（Knopf）與村上簽定的合約中，明文規定譯本不能超過某個長度的話，我自己是絕不會主動刪減的。顧及編輯可能在文字上有所更動，我先依據對小說的理解進行初步裁剪，留下比原訂字數還多的篇幅。科諾夫二話不說就接受我整輯的版本（這表示我本來應該保留更多的）。

最後，我交給美國出版者兩個版本，完全未刪節的譯本以及編輯過的版本。科諾夫為什麼一開始就堅持刪節？負責村上的美國編輯蓋瑞·費斯克瓊（Gary Fisketjon）在科諾夫的網站上只簡單寫道：「我的反應是，這麼長的篇幅不可能暢銷，這確實有礙村上在美國的發展。」

主要刪節之處在第二部結尾及第三部開頭。一、二兩部在日本是一起銷售的，許多日本讀者甚至認為它們已構成一個完整故事。然而，第二部結尾的許多篇幅是岡田亨遲疑著要不要跟加納克里特到克里特島的敘述，幾乎與第三部無關，所以予以刪除並不覺心疼。我甚至覺得英譯本比原著更緊湊簡潔，不過我想緊湊也可說是扭曲了原著，成了美國化的日本藝術品。做這些事時我十分愉悅，雖然過程遠比我想像的更為複雜。本書第十章的某些註釋已指出原著和譯本之間的差異。

我也重新編排了第三部開頭，因為發現幾個時序不符、且並非作者刻意安排的地方。我確實消除了原著第三部給人的雜亂破碎印象，不過我不相信它是故意寫成像這般混亂。你可以指責我把小說段落改得比較老套，可是我相信其中並沒有藝術上的瑕疵（如果這話聽起來很自大，你應該設想一下當我剛翻譯完時的心態，我想我記得書中裡裡外外的每個字，比作者自己還熟！這種誇大狂言只是暫時性精神錯亂的徵兆）。

村上在日語平裝本出版時，即已做了許多細部的刪減（多數在第一部），這使得版本問題更為複雜。雖然他對於我最後交出稿件刪節篇幅之巨想必覺得不太舒服，但他的確讀過也審校過了。

德國的論戰方熾時，伊梅拉．日地谷—克旭納萊（Irmela Hijiya-Kirschnereit）教授在一篇文章中問道：「原著在哪裡？」她說：

> 德國讀者和批評家完全不知道德譯本並非譯自日語原著，而是依據修改過的英譯本翻譯而來，德語版和日語原著是不一樣的。那麼，讀者應該以哪個版本為原著呢？

因為現有的日語和英語兩個版本，兩者都是由作者授權的。436

事實上，譯文的情況比這更複雜。愈是深入探討版本及轉譯的問題，就愈明白村上的作品沒有一部有單一的標準版本：只要書仍未絕版，他就擁有修訂其中文字的權利。我曾聽說，抽象表現主義泰斗德庫寧（Willem de Kooning）有時會追蹤自己的畫作，一路追到美術館就著牆上便修改起來，村上可說是文學界的德庫寧。《發條鳥年代記》的版本有好幾個：第一部連載時的版本、精裝發行的全套三部版本、我所譯未出版的完整英語版（我是以連載的章節為本，修訂時或許漏掉一些東西，所以很可能有不一致處）、美國版、哈維爾（Harvill）出版公司的英國版，最後還有日本的文庫本，其中收錄了村上建議美國譯本刪節掉的某些（但並非全部）片段，另外或許還有他後來決定修改的段落。

日地谷—克旭納萊在文章中，引述了德國杜蒙出版公司與村上在該公司網站上發表的「共同聲明」，聲明中承認「理想」的德語譯本應該直接譯自日語，但由於時效的考量，村上也接受從英語版轉譯的做法。這裡強調的是，英語乃其作品流通到世界各地的起點，也因此村上才會特別費神在英語版的翻譯上。杜蒙強調：

在《發條鳥年代記》英語版的編輯過程，他親自參與，與出版公司及譯者通力合作，更正了第二、三部之間時序上的錯漏，結果產生出一部全新的作品。[437]

日地谷—克旭納萊追問：「對村上來說，翻譯的時效難道比正確性及品質還重要嗎？」她也指出一個很實際的問題：直接從日語譯成德語，當然會比等英譯本出來後再譯成德語要快速。她說：

修訂過的美國版相對於日語本到底處於何種地位？它真的是新作嗎？……如果村上認為他參與修訂的英語版比日語原著更優異，是否有一天「新作」會譯回日語呢（或許是由村上自己翻譯）？[438]

杜蒙宣稱「新作」較佳的說法是過於誇大了，我們說的並不是日語原著和英譯版之間大篇幅的異動。譬如，不管是在英譯本或日語文庫本，都沒有提及村上的短篇小說〈東尼瀧谷〉中這位「著名」的插畫家。[439]村上一開始寫這本書時，把這個名字安插進去純粹是為了跟讀者開玩笑，直到在修訂譯本的過程中才仔細思量，最後又根據英譯本修訂日本文庫本。不過英譯版所做的大幅刪減，文庫本並未採用。此外哈維爾出版公司的英國版又有所不同，其中使用了英式的拼字和諺語，它附上實用的目錄也是美國版沒有的。我所做的「修訂」篇幅僅占全書的一小部分，所有重要的場景，尤其是在蒙古及滿洲部分都全部完整保留。

關於德語版是從英語版轉譯的問題，日地谷—克旭納萊教授表示：

> 可以想見，（村上）他自己也是譯者，應該不會毫不猶豫地同意二手翻譯。然而，如果（杜蒙網站上的）這份聲明確實表達了村上的意願，那麼藉由鼓勵從英譯本轉譯成別的語言版本的做法，他自己豈不也陷入了我們不斷在悲嘆和抗拒的、英語至上的文化帝國主義。將美國品味當成典範，他所助長的不啻是他自己作品的全球化——實際上是好萊塢化，而日語版則淪落至區區地方版的地位。[440]

這個觀點十分精彩。翻譯是種詮釋的技藝，也就是說二手翻譯代表著對詮釋的再詮釋。如果某個鋼琴新秀對貝多芬奏鳴曲的詮釋，是根據他所聽過的錄音，他自己從未見過樂譜，我們必定會很震驚。此處我也要指出，譯本會變老變舊，而原著則無此問題。翻譯是一種封閉的閱讀形式、一種評論的行為，而非創作。隨著時間流逝、新的觀念產生時，就需要有新的詮釋。

村上告訴我，杜蒙的那份「共同」聲明事前並沒有充分知會他，幸好有一本討論翻譯的新書，讓他得以澄清自己的立場。《翻譯夜話》（簡單說，就是「公餘」閒聊翻譯一事）主要記錄村上和他翻譯美國文學時的合作者兼顧問柴田元幸的三場開放觀眾參加的討論會。柴田元幸是日本東京大學教授，專長美國文學。此書於二〇〇〇年十月出版，底下引述的內容出自一九九九年十一月在東京舉行的第二場討論會，是德國的騷動發生前七個月的事。

文學作品經由二手翻譯成日語之後，常導致文義差距甚遠。有人問村上對此問題的看法，他回答：

> 老實說，我還有點喜歡二手翻譯。我的嗜好總是有點奇怪，不過我就是喜歡像二手翻譯或把電影寫成小說這種事，所以談這個問題，我的觀點可能有點偏頗。我覺得因為全球化等等的關係，你提的這類問題會愈來愈普遍。譬如說，我有四本小說被譯成挪威語，挪威人口大約四百萬，能翻譯日語的人並不多，發行量也小，所以其中有

兩本是從英語版轉譯的。

事實是：紐約是全球出版業的中樞，不管你喜不喜歡，其他國家都是繞著紐約運轉。英語是出版業的共同語言，這個趨勢愈來愈明顯……。

當然，嚴格說來，直接譯自日語是最精確也是最好的方式，但我想會有愈來愈多例子，沒辦法要求更精確、更令人滿意。[441]

柴田教授加入討論，指出歐洲各語言之間互譯所產生的誤差，會比歐洲語言和日語之間的對譯要少得多。如果你把英語譯成法語，再譯成日語，結果所產生的失誤，會比從英語譯成日語再譯成法語少很多。這時村上提起了二手翻譯的想法：

假如我的小說被這樣二度翻譯，身為作者，我的想法是：「那有什麼關係？」（笑）如果翻譯上有誤，或者有些事實的關聯搞錯了，我不會就這麼說沒關係，因為那涉及到更重要的事。我不太操心語言表達層面的細節，只要故事層面上的大事不失誤，翻譯也就八九不離十了。如果作品本身自有力度，自然不會被一些錯誤所限。只要能看到作品被翻譯，我並不擔心這些細節。

（村上曾告訴我這個觀點比較適合像他自己這種說故事者，而不適合一九六八年諾貝爾文學獎得主川端康成這樣的作家，因為川端作品的旨趣乃奠基在其中詩意的細微變化。）[442]

村上在討論會上繼續陳述：

時效是很重要的。譬如說我正在寫一本書，十五年後有人把它譯成挪威文了，我當然很高興，不過如果能在完成後兩、三年內就翻譯完成，我會**真的**很高興，即使譯本有一點差池也無妨。這很重要。當然正確性也很重要，但時效也是不能忽略的。

他接著提到，馮內果的《冠軍的早餐》（*Breakfast of Champions*）剛出版時是很棒的小說，但等到十年後出現在日本時，許多衝擊力早就消失了。他解釋道：「小說在它們的時代才有影響力，我認為，有些作品必須在它們的時代讀才行。」他又舉約翰．厄文的《一路上有你》（*A Prayer for Owen Meany*）為例，它也是一本十年後才出日譯本，因此錯過時機的小說。[443]

我知道，村上開始著手《發條鳥年代記》時，即已為了這類時間差而感到沮喪，也因此他在第一部仍連載期間即要求我開始著手英譯。身為研究者，對我而言，更合理的做法是先看看全書如何發展、判斷它是否為村上的重要著作、決定村上是否較同期作家更為優越，或者他是否名副其實為其時代的代言人、這本著作是否能成為典範……。能這麼做當然很好，但那時候我大概已不在人世了，村上應該也一樣。你不能對一個四十五歲的作家說：「六十年後它會被譯成匈牙利語，那時你會很受歡迎。」你也不能對喜愛某部文學作品的譯者說：「等個幾十年，看看這本書還在不在再說吧。」

我是以當代文學的譯者，而非學者的身分來發言。作家和出版者不是，也不應該是學者。出版者考慮的是銷售量、截稿日期、如何「塑造」及「調整」作家的寫作生涯、作家作品推出的時機和節奏，以及如何在不致過度曝光的情況下維持作家的知名度，總而言之就是賣書。固然有些業界人士只顧商業利潤，但也有一些人希望他們製作的書籍舉足輕重，也許他們私心希望手中推銷的是下一個亨利．詹姆斯或海明威。然而到頭來，他們還是得把書賣出去，才能養活下一個亨利．詹姆斯或海明威，讓他繼續寫下去，也讓出版公司繼續撐下去。其中又牽連到文學經紀人，他們對如何安排客戶的事業又有自己的一套看法。許多考量因素都得在有限時間內決定。而學者有的是時間，他們的權威論述，討論的大多是作者早已辭世入土（在日本則是火化）的作品。

也許有人會指責我違背了學者的職責而涉足「業界」，不過我很高興自己沒錯失這項經歷。我雖然研究夏目漱石，但從未和夏目聊過他的作品（雖然我曾試過一次），我不曾和他一起越野滑雪或玩壁球，即使在夏目漱石的作品中找到一些主題和模式時欣喜若狂，可是我從來無法在他身上驗證我的想法。而能在哈佛課堂上與村上爭論他的短篇小說中海底火山的象徵意義，又譬如在華盛頓大學時他告訴我「你想太多了」，那是很過癮的事。

身為譯者和學者，我認同日地谷—克旭納萊教授因為作者甘願為了時效以致犧牲翻譯品質而感到憤慨，但同時我也可以理解村上冀望在有生之年目睹作品命運的心情。經歷數代而能長存的作品，總會被一再迻譯，後來的譯者也必能從長遠的學術觀點中得到助益。

舉例而言，在翻譯明治時期小說大家夏目漱石時，我傾向於把他的文字當成不准觸摸的藝術品，如果發現作者有前後矛盾之處，我只會加註予以說明，而不是直接改動文本。不過在翻譯村上春樹時，我把自己視為在創作和全球化傳布過程中的一分子（有人可能稱此為出版產業中的小螺絲釘）。我也十分清楚日本的編輯作業遠比英語國家的簡單得多，因此如果我發現日語編輯上的疏漏，通常會直接改正。

沒有人比譯者讀得更仔細，這也是為什麼當我翻譯村上最暢銷的作品時，把底下括弧內的句子從第一頁刪去的原因：「飛機著陸之後，（禁止吸菸的燈號熄了，）天花板上開始播放輕柔的背景音樂：交響樂團正甜美地演奏著披頭四的〈挪威的森林〉。」這也許有助於說明村上所指的：故事本身比細節更重要。

譯者、編輯及出版者

村上春樹的作品至今主要有三個譯者：阿弗烈．伯恩邦、菲利普．蓋布瑞爾和我。當一九八九年伯恩邦翻譯的《尋羊冒險記》出版時，他在日本文學研究學界還是個不為人知的人物。他是位自由譯者兼新聞工作者，與學界素無瓜連，只是個在日本長大的年輕人、熟悉日語，英語能力也頗強。第九章已提過他如何「發掘」村上進而翻譯其作品的故事。

譯完了《舞．舞．舞》以及之前的所有長篇小說後，在村上著手撰寫《發條鳥年代記》時，伯恩邦已情有可原地筋疲力竭了。此時，村上表示他需要為下一本長篇找個譯者，而我已譯過數篇短篇，渴望能再多譯一些，伯恩邦決定歇手的時機對我而言正是時候。後來伯恩邦不僅暫時不再翻譯村上，更離開日本搬到緬甸工作，娶了一位緬甸女子。

菲利普・蓋布瑞爾曾與我在美國華盛頓大學短暫共事，目前是亞利桑那大學土桑分校的日本文學教授。他專研戰後文學，尤其專精作家島尾敏雄，曾著有：《瘋狂的妻子及島嶼之夢：島尾敏雄及日本文學的邊緣》（*Mad Wives and Island Dreams: Toshio Shimao and the Margins of Japanese Literature*，檀香山：夏威夷大學出版社，一九九九）。一九八六年他在日本長崎一家書店讀到村上的作品，之後便熱切地讀完所有找得到的小說。他在科諾夫的一場網路翻譯討論會上表示：「這些小說令我大為震驚，我喜歡他輕巧的筆觸、他的幽默、他對待生活常有的詭奇態度，以及早期作品中常觸及往事的鄉愁。」

蓋布瑞爾翻譯的〈袋鼠通信〉是第一篇在美國發表的村上短篇，一九八八年秋季刊登在加州大學柏克萊分校的文學期刊《*ZYZZYVA*》上。此後，他又譯了《國境之南、太陽之西》、《人造衛星情人》，以及《約束的場所：地下鐵事件II》的一部分，後者是英譯版《地下鐵事件》（*Underground: the Tokyo Gas Attack and the Japanese Psyche*）的第二部。伯恩邦及蓋布瑞爾因此書贏得二〇〇一年川日語翻譯獎。*

文學作品出版過程中，編輯的重要性也不容小覷，如果作者得不到編輯的賞識，也就

---

* 譯註：川獎設於英國，專門獎勵優秀的日本文學英譯作品。

不會有出版者肯栽培。第九章已提過艾默・路克在國際講談社所扮演的關鍵角色。

美國出版業剛開始注意到村上時，《紐約客》的羅伯特・高特利伯（Robert Gottlieb）和琳達・亞設（Linda Asher）是他最有力的編輯靠山。村上是該雜誌第一次選刊的日本短篇小說作家，他們對村上的賞識一直持續到由比爾・布佛（Bill Buford）和黛博拉・崔斯曼（Deborah Treisman）主持編務期間，前後已刊登過十一個短篇（包括兩篇《發條鳥年代記》的文摘）。凡此種種已使得村上晉身《紐約客》最常刊登的各國作家之林。至於本書的出版，我想也證明了哈維爾出版社編輯克里斯多夫・麥克勒侯（Christopher MacLehose）和伊恩・平達（Ian Pindar）對村上作品的鍾情。*

蓋瑞・費斯克瓊曾在科諾夫擔任瑞蒙・卡佛的編輯，是他在一九九三年選編了村上的短篇彙整成《象的消失》一書。費斯克瓊在一九七〇年代中期就讀威廉學院時，讀了人稱日本三大家的谷崎潤一郎、川端康成和三島由紀夫的作品後，即對日本文學產生興趣。國際講談社的英譯本使他確信村上「勢將躋身於這些文豪的繼任者之列」，因此當村上決定轉換到科諾夫發展時，費斯克瓊理所當然是編輯的最佳人選。

至於我本人，我的工作原來是研究二十世紀初期的知名作家，對當代日本作品興趣不大。每當我揀選一些當代作品來閱讀時，它們與我至今仍研究的二十世紀初文學巨擘夏目漱石相較，似乎都顯得薄弱生澀。

到了一九八九年，我才首次讀到村上春樹。過去我只約略聽過他的名字，就像某些暢銷作家，他們的書在東京各書店的平台上隨處可見，但我一向對這些差不多都是寫些青少年爛醉濫交的無聊作品不屑一顧。《尋羊冒險記》英語版發行前幾個月，某家美國出版公司請我讀村上的一本小說，判斷它值不值得翻譯。他們已評估過一份譯稿，但希望再聽聽我對原著的看法。我心想最糟的情況也不過是知道日本現在流行的庸俗作品是什麼，因此雖然答應了這份差事，心中不免存疑。這本書是《世界末日與冷酷異境》，結果它令我大為折服，以致其後十年之間，我幾乎全心專注在村上身上。

數年來鑽研安靜素樸的日本寫實主義之後，我幾乎不敢相信日本作家可以像村上這樣饒富大膽狂野的想像力。書近尾聲時，從獸的頭骨飄散而出、瀰漫周遭的夢的顏色，似乎猶歷歷在目。回想第一次讀《世界末日與冷酷異境》，還記得讀罷最後一頁，知道自己無法繼續活在村上世界時那種濃重的悵然心情。我告訴出版公司他們無論如何都應該翻譯，而假若他們對手中的譯稿不滿意，可以讓我來。這兩項建議都沒被採納，數年後，阿弗

＊ 譯註：本書原著由哈維爾出版社出版。

烈．伯恩邦的譯本由國際講談社出版。

我想，如果當初讀的是其他作品，即使是《挪威的森林》，我可能都不會這麼喜歡村上的小說。知道他是創造出《世界末日與冷酷異境》那不可思議心靈之旅的作者之後，我便能夠欣賞他絕大多數的創作。在他日後完成的一切作品中，都可以找到呼應這本書的東西。

自從大學時期迷上杜斯妥也夫斯基之後，我從未對哪個作家有如此強烈的反應。我上天下地找出所有村上的作品，把其他作家棄之不顧，只讀他，也只教他，這點我的學生可以作證。我特別喜歡他的短篇小說。我找到村上在東京的地址，去函詢問能否翻譯我心儀的六個短篇的任何一篇。他當時的經紀人從東京回覆，告訴我可以著手進行。我寄給她我最喜愛的一篇：〈麵包店再襲擊〉；接著立刻就接到村上本人打來的電話，問我願不願意把它發表在《花花公子》雜誌上。我發表的學術作品一向難得找得到一打以上的讀者，所以不管我對所謂的「《花花公子》哲學」有多少顧忌，也不顧一切地答應了。這篇初試啼聲之作的插圖非常優秀，搶劫麥當勞的場景是以日本江戶時期的浮世繪畫風描繪的。同一時間內，《紐約客》也刊登了〈象的消失〉。

村上在第一通電話中告訴我，他是從普林斯頓打來的，令我大吃一驚。我可能是美國教授日本現代文學的教授中，唯一不知道他在這裡的人。事實上，他正打算於一九九一年四月參加波士頓馬拉松賽。賽後翌日，他到麻州劍橋，出席哈佛大學霍華・希貝特教授的討論課，討論由我翻譯、尚未發表的〈麵包店再襲擊〉。當天，我們在劍橋見了面。後來我們在劍橋成為鄰居，彼此經常碰面。我多次要求村上解釋文意隱晦的段落，又挑出他的日語編輯疏忽的錯漏處，弄得村上非常頭痛。

接著且來談談日語英譯的一些問題。我在《弄懂日語》（*Making Sense of Japanese*；一九九二、一九九八、二〇〇二年，國際講談社出版，初版書名為《釣魚去》〔*Gone Fishing*〕）書裡曾指出，日語和英語極為不同，但它畢竟仍是語言，大家應該留意避免來自美國內外關於日語意象的一些不可理解的胡說八道。日語和英語的差異如此巨大，即使像村上這麼美國化的作家寫的東西，都不可能逐字對譯，而譯者主觀的處理也無疑地會有所影響。這種處理是好事，它牽涉到對文義持續不斷地批判質疑。我們最不願見到的是，譯者完全自認為是被動的翻譯工具，只負責將一組文法結構轉換成另一組，果真如此，你看到的會是沒腦袋的垃圾而不是文學。

試舉更具體的一例以茲說明。請看〈一九六三／一九八二年的伊帕內瑪姑娘〉裡這個平凡無奇的段落：

一提起高中的走廊，我就想到綜合沙拉。生菜、番茄、小黃瓜、青椒、蘆筍、洋蔥圈，還有粉紅色的千島沙拉醬。高中走廊的盡頭並沒有沙拉專賣店，那裡只有一扇門，門外有座不起眼的二十五公尺游泳池。

如果你大量讀過日本文學的譯作，想必很熟悉底下這同一段文字的風格：

每當有人談到高中時候的走廊，就會讓我想起了綜合沙拉。生菜、番茄、小黃瓜、青椒、蘆筍、洋蔥圈，還有粉紅色的千島沙拉醬。當然了，這並不是說在高中走廊的盡頭有一間生菜沙拉專門店，在高中走廊的盡頭只有一個門，門外只有一個不太起眼的二十五公尺長的游泳池。

沒有翻譯文學經驗的人，很可能認為第二種版本是較為「符合原義」或「忠實」的，只因為它更為笨拙。事實上，第二段並不會比第一段更接近日語，它只不過較接近語言教材上的用法，所以才產生符合原義的錯覺。

即使是看似「逐字翻譯」的段落，要讓它貼近日語原義也還有許多事要做。日語裡並沒有相對於「the」或「a」的定冠詞和不定冠詞，單複數也沒有明確分別：箱既可以指「一盒」也可以指「數盒」，全賴上下文而定。從屬子句放在它們修飾的名詞前面而非後面，也沒有關係代名詞。日語不會說「那個人是昨天到的」（the man who arrived yesterday），而是說成「昨天到的人」（yesterday arrived man）。如果日語裡的主詞和受詞在上下脈絡中十分清楚，就會省略掉，所以日本人常說「走了」（這是一個完整的句子），而不會說「我要走了」，或者說「吃了」（這也是一個完整句）而不說「我已經吃過了」。動詞放在句子後面，最後再加上否定的結尾和時態。「我昨天晚上沒看《蒙提．派森》*」（I didn't see Monty Python last night.）會說成像「昨天晚上《蒙提．派森》看，沒」。

如果真要逐字翻譯沙拉這一段，它看起來會像這樣，夾著黑體字的英語外來語：

> 高中的走廊談到——如果，我**空逼納囪沙拉**（combination salad，綜合沙拉）想

---

* 譯註：英國的老牌喜劇表演節目。

起。累搭斯（lettuce，生菜）、偷嗎多（tomato，番茄）、小黃瓜、青椒、阿斯巴拉嘎斯（asparagus，蘆筍）、切成圈的球莖洋蔥，還有粉紅顏色的撒烏三阿伊濫多多累信古（Thousand Island dressing，千島沙拉醬）。不是說在高中的走廊的盡頭裡沙拉專門店有，意思不是這樣，高中走廊的盡頭裡，多阿（door，門）有一個，多阿的外頭裡，非常起眼不太的二十五米多魯鋪魯（25 metre pool，二十五公尺游泳池）只有一個。

這只是一個受美國文學影響甚深的小說家寫下的簡單段落。日本讀者認為村上的風格新鮮、新奇，因為它經常讀起來像英語的翻譯。你也許認為這樣的日語很容易翻譯，可以毫不費力地將它轉換回表面上的英語。某個程度而言這話沒錯，但日語和英語就語言來說差距極大，完全無法不經思索進行對譯。

即使在上述舉例中一些看來清楚直接的字句，例如其中關於沙拉材料的句子，也完全無法做到所謂的「逐字直譯」。因為外來語會使用片假名拼寫，有些材料在日語裡具有撩人的外國聲調和長相，但當譯「回」英語、混雜在其他英語字之間時，它們便全然喪失了這些特質。

把村上譯成傳統笨拙的譯文，可能是解決如何正確傳達他風格這個問題的一種方法，但他的日語並不笨拙。他作品中的美國味相當微妙，既像洋腔洋調，又似自然天成。主要原因是日本讀者比我們更能容忍翻譯品質。日本作家比使用英語的作家更可以扭曲語言，而不會被指為文風拙劣。然而吊詭的是，村上風格接近英語，反而替將它譯「回」英語的譯者帶來難題：使其風格在日語中顯得清新可喜的最重要特質，恰好就是在翻譯中會流失的那個部分。

我猜阿弗烈．伯恩邦在英譯中採用某些誇大時髦的措詞，即是為了彌補這個缺失（菲利普．蓋布瑞爾也採用類似方法，只是較為保留）。我自己的方法則是，試著仿效讓村上風格具有推進力的乾淨節奏。我當然較偏愛自己的方案，但伯恩邦生動的《尋羊冒險記》譯本，無疑是替村上引來英語讀者注目的主因。

無論在日語或譯文中，村上都證明了他具有吸引廣大讀者群的能力。他幽默的文字確實是使其跨越種族藩籬的重要元素，但我認為最重要的是村上能夠盤據你的思緒、挑起各種不可思議的念頭。我還記得一個「村上時刻」：譯完《發條鳥年代記》中納姿梅格小時候爬到擔任獸醫的父親膝上，聞著他衣服上從動物園帶回來的動物味道那一段，當天稍晚，我突然唱起了「Oh, My Papa, To Me He Was So Wonderful」，我已經好幾年沒想起這首歌了。

蓋瑞・費斯克瓊底下這一句，也許最能說明村上的魅力，他把村上描繪成：「在西方最具突破性的那位日本作家……因為他持續不斷地成長、改變、令人迷惑，一路走來，他自己或許也跟讀者一樣驚奇不已。」

謝詞

本書研究承蒙美國社會科學研究理事會暨美國學術團體協會之日本研究聯席會（Joint Committee on Japanese Studies of the Social Science Research Council and the American Council of Learned Societies）補助，並由美國國家人文基金會（National Endowment for the Humanities）贊助經費。感謝村上春樹及陽子夫婦不憚此項計畫的干擾，允為接受訪談。感謝日本新潮社編輯鈴木 Riki 慨然投注時間並提供許多意見，泰德・古森（Ted Goossen）更是助益良多。感謝伊恩・平達費心解決許多風格及架構上的問題。謹向良久子・魯賓（Rakuko Rubin）、黛博拉・布魯斯坦（Deborah Bluestein）、松村映三、泰絲・蓋拉格、橋本博美、阿弗烈・伯恩邦、艾默・路克、大江健三郎、查爾斯・井上、荷西・平田、米瑞安・薩斯（Miryam Sas）、貝翠絲及保羅・瑞斯（Beatrice and Paul Reiss）、霍華・希貝特、艾德溫・克蘭斯頓（Edwin Cranston）、保羅・華倫（Paul Warham）、下河惠美、葛林・瓦利（Glynne Walley）、馬修・史崔契、山村 Kozo 以及金俊（Jun Kim）致上謝意。本書所有文學詮釋上的責任概由本人負責。

村上春樹作品年表

一九七九年　聽風的歌
一九八〇年　一九七三年的彈珠玩具
一九八一年　*Walk, don't run*（與村上龍對談）
　　　　　　夢中見（與糸井重理合著）
一九八二年　尋羊冒險記
一九八三年　開往中國的慢船
　　　　　　遇見100%的女孩
　　　　　　象工場的HAPPY END（繪者：安西水丸）
一九八四年　波之繪、波之話（攝影：稻越功一）
　　　　　　螢火蟲
　　　　　　村上朝日堂（繪者：安西水丸）
一九八五年　世界末日與冷酷異境
　　　　　　迴轉木馬的終端
　　　　　　羊男的聖誕節（繪者：佐佐木Maki）
　　　　　　電影的冒險（與川本三郎合著）
　　　　　　麵包店再襲擊
一九八六年　村上朝日堂反擊（繪者：安西水丸）
　　　　　　蘭格漢斯島的午後（繪者：安西水丸）
一九八七年　懷念的一九八〇年代
　　　　　　日出國的工場（繪者：安西水丸）
　　　　　　挪威的森林
一九八八年　舞・舞・舞
一九八九年　村上朝日堂嗨嗬！（繪者：安西水丸）
一九九〇年　電視人
　　　　　　遠方的鼓聲（攝影：村上陽子）
　　　　　　PAPARAZZI
　　　　　　雨天炎天（攝影：松村映三）
一九九二年　國境之南、太陽之西
一九九三年　沉默
一九九四年　終於悲哀的外國語（繪者：安西水丸）
　　　　　　發條鳥年代記（一）——鵲賊篇
　　　　　　發條鳥年代記（二）——預言鳥篇
　　　　　　沒有用途的風景（攝影：稻越功一）
一九九五年　夜之蜘蛛猴（繪者：安西水丸）

一九九六年　發條鳥年代記（三）——捕鳥人篇
尋找漩渦貓的方法（繪者：安西水丸、攝影：村上陽子）
萊辛頓的幽靈
村上春樹去見河合隼雄（與河合隼雄對談）

一九九七年　地下鐵事件
村上朝日堂是如何鍛鍊的（繪者：安西水丸）
為年輕讀者導讀短篇小說
爵士群像（繪者：和田誠）

一九九八年　邊境・近境
毛茸茸（繪者：安西水丸）
村上朝日堂：夢的衝浪之城（繪者：安西水丸）
約束的場所：地下鐵事件II

一九九九年　人造衛星情人
如果我們的語言是威士忌（攝影：村上陽子）

二〇〇〇年　神的孩子都在跳舞
「對啦，去問問村上先生吧！」人們對村上春樹拋出的282個大哉問，到底村上先生有沒有好好回答呢？（繪者：安西水丸）
Tama在貓薄荷裡淋浴（繪者：友澤Mimiyo）
翻譯夜話（與柴田元幸合著）

二〇〇一年　雪梨！
村上朝日堂：司米爾加可夫對織田信長家臣團（繪者：安西水丸）
爵士群像2（繪者：和田誠）
村上收音機（繪者：大橋步）

二〇〇二年　海邊的卡夫卡

二〇〇三年　翻譯夜話2（與柴田元幸合著）

二〇〇四年　黑夜之後
東京するめクラブ　地球のはぐれ方（與吉本由美、都築響一合著）

二〇〇五年　ふしぎな図書館（繪者：佐佐木Maki）
象的消失
東京奇譚集
給我搖擺，其餘免談

二〇〇六年　「これだけは、村上さんに言っておこう」と世間の人々が村上春樹にとりあえずぶっつける330の質問に果たして村上さんはちゃんと答えられるのか？（繪者：安西水丸）

二〇〇七年　「ひとつ、村上さんでやってみるか」と世間の人々が村上春樹にとりあえずぶっつける490の質問に果たして村上さんはちゃんと答えられるのか？（繪者：安西水丸）
はじめての文学 村上春樹
村上かるた うさぎおいしーフランス人（繪者：安西水丸）
關於跑步，我說的其實是……
村上ソングズ（繪者：和田誠）

二〇〇九年　1Q84（Book1, Book2）
めくらやなぎと眠る女

二〇一〇年　1Q84（Book3）
夢を見るために毎朝僕は目覚めるのです 村上春樹インタビュー集1997-2009
睡（繪者：Kat menschik）

二〇一一年　村上春樹雜文集
村上收音機2：大蕪菁、難挑的酪梨（繪者：大橋步）
和小澤征爾先生談音樂（與小澤征爾合著）

二〇一二年　村上收音機3：喜歡吃沙拉的獅子（繪者：大橋步）
夢を見るために毎朝僕は目覚めるのです 村上春樹インタビュー集1997-2011

二〇一三年　襲擊麵包店（繪者：Kat menschik）
沒有色彩的多崎作和他的巡禮之年

二〇一四年　沒有女人的男人們
圖書館奇譚（繪者：Kat menschik）

二〇一五年　村上さんのところ
身為職業小說家
你說，寮國到底有什麼？

二〇一七年　刺殺騎士團長
村上春樹 翻訳（ほとんど）全仕事
貓頭鷹在黃昏飛翔：川上未映子vs村上春樹訪談集

二〇一九年　*Birthday Girl*（繪者：Kat menschik）
本当の翻訳の話をしよう（與柴田元幸合著）

二〇二〇年　棄貓：關於父親，我想說的事（繪者：高妍）
村上T：我愛的那些T恤
第一人稱單數

二〇二一年　村上私藏：懷舊美好的古典樂唱片

424. 《神的孩子都在跳舞》pp.177-178；英譯版pp.115-116；時報二版，p.196 。
425. 依據2001年7月24日私人通訊。
426. 依據2001年7月24日私人通訊。
427. 這是村上春樹及大橋步所著《村上收音機》書腰上的文字，此書書名是從網站上來的，但內容全取自雜誌連載（マガジンハウス，2001）。
428. 討論村上生活的散文集《尋找漩渦貓的方法》於1996年在美國麻州劍橋完成，「漩渦貓」的日語是從「發條鳥」的發音轉化而來。
429. 「282の大疑問」pp.22-23。
430. 「282の大疑問」p.21。
431. 大哉問No. 73，「282の大疑問」pp.60-61。
432. 村上春樹，《雪梨！》，文藝春秋社，2001年1月20日；時報940。
433. 依據2001年9月8日私人通訊。
434. 依據2001年8月13日私人通訊。
435. 附錄的這一段取自2001年1月30日我在日本東京「德國日本研究所」（Deutsches Institut für Japanstudien）的非正式演講（"How to Carve a Wind-up Bird: Murakami Haruki in English"）。那次演講以及本章都大大受益於伊梅拉・日地谷－克旭納萊教授的〈村上春樹をぬぐゐ冒險〉，《世界》，2001年1月，pp.193-199，以及與Ulrike Haak的電子郵件通訊。
436. 日地谷－克旭納萊，p.197。
437. 日地谷－克旭納萊，pp.197-198。這個段落本身就從日地谷－克旭納萊自德語原文譯成的日語轉譯而來。
438. 日地谷－克旭納萊，p.198。
439. 《發條鳥年代記》1:29；「文庫本」1:34；英譯版p.17；時報907，p.24。
440. 日地谷－克旭納萊，p.198。
441. 村上春樹及柴田元幸，《翻譯夜話》，文藝春秋社：文春新書129，2000，pp.82-83。2001年1月30日村上在電話訪問中表達的意見也幾乎完全相同。
442. 依據2001年1月30日電話訪問。
443. 《翻譯夜話》pp.84-85。

397. 《地下鐵事件》pp.693-705；英譯版pp. 198-203；時報二版，pp.568-577。
398. 《約束的場所》p.262；英譯版p.306；時報二版，p.258。
399. 《地下鐵事件》p.721；英譯版p.208；時報二版，p.588。
400. 「織田信長家臣団」論壇No. 116,（12 July 1998）。
401. 《萊辛頓的幽靈》，p.9；時報三版，p.6。
402. 依據2001年8月25日私人通訊。
403. 《萊辛頓的幽靈》pp.163-164；Granta, 61（Spring 1998）, p.229。參見完整譯本pp.229-242；時報三版，p.100。
404. 「織田信長家臣団」，pp.148-149。
405. 依據2001年1月12日私人通訊。
406. 《人造衛星情人》，講談社，1999，p.231；英譯版p.172；時報二版，p.199。
407. 《人造衛星情人》p.243；英譯版p.181；時報二版，p.209。
408. 《人造衛星情人》pp.141, 245, 182, 64, 102-111；英譯版pp.106, 183, 137, 47, 75-82；時報二版，pp.122, 156, 56, 97。
409. 《人造衛星情人》pp.55, 191, 194；英譯版pp.41, 144, 146；時報二版，pp.164-166。
410. 這個問題由一位25歲的家庭主婦於1999年6月7日早上11點21分提出，見「読者＆村上春樹フォーラム」No. 314，精簡版見「村上作品に就いて20」，收錄於「織田信長家臣団」，pp.152-153。
411. 〈神的孩子都在跳舞〉（All God's Children Can Dance）標題來自爵士專輯《*All God's Chillun Got Rhythm*》，而這張唱片的名稱則又出自黑人靈歌〈I Got Shoes〉裡的一句「All God's children got shoes」。日語標題的字面意義是「All God's Children Dance」，「Can」字是為了音韻而加上去的。
412. 《地下鐵事件》pp.99-100；英譯版p.44；時報二版，pp.88-89。
413. 《神的孩子都在跳舞》，新潮社，2000，pp.34-37；英譯版pp.18-19；時報二版，pp.39-40。
414. 《神的孩子都在跳舞》p.45；英譯版p.26；時報二版，p.47。
415. 《神的孩子都在跳舞》p.89；英譯版p.56；時報二版，p.99。
416. 《神的孩子都在跳舞》pp.92-93；英譯版p.59；時報二版，p.103。
417. 《神的孩子都在跳舞》p.121；英譯版p.77；時報二版，p.133。
418. 依據2001年7月24日私人通訊。
419. 〈神的孩子都在跳舞〉裡的女朋友叫善也「蛙君」，詞尾的「君」字蘊含的親密感是無法譯出的，這個用法我們在《國境之南、太陽之西》已討論過。如果這個短篇沒和〈青蛙老弟〉擺在一起的話，善也的暱稱譯成「Froggy」應該就夠了。不過，〈青蛙老弟〉一文最逗趣之處在於，青蛙屢次在片桐稱呼「青蛙先生」（蛙さん）時糾正他，所以需要一個較溫和的字眼來翻譯「蛙君」。在故事裡，只要把青蛙的英語字首用大寫表示（Frog），就可以讓它變成英語的姓名，但標題不能只有這樣。細心的讀者會注意到只有標題才用「大青蛙」（Super-Frog），而這個詞看來非常適合用於將兩篇小說連接起來，這是把善也的暱稱譯成「Super-Frog」的原因。
420. 《神的孩子都在跳舞》pp.139, 144-45；英譯版pp.89, 93；時報二版，pp.151, 157-158。
421. 《神的孩子都在跳舞》p.154；英譯版p.99；時報二版，p.168。
422. 《神的孩子都在跳舞》p.201；英譯版p.132；時報二版，p.222。
423. "The Man who Stank of Butter".

Matthew Strecher, *Hidden Texts and Nostalgic Images: The Serious Social Critique of Murakami Haruki* (Ph. D. dissertation, University of Washington, 1995).

———, "Beyond 'Pure? Literature: Mimesis, Formula, and the Postmodern in the Fiction of Murakami Haruki", *The Journal of Asian Studies* 57:2 (May 1998).

———, "Murakami Haruki: Japan's Coolest Writer Heats Up", *Japan Quarterly* 45:1 (Jan.-Mar. 1998), pp.61-69.

———, "Magical Realism and the Search for Identity in the Fiction of Murakami Haruki", *The Journal of Japanese Studies* 25:2 (Summer 1999).

———, *Dances with Sheep: The Quest for Identity in the Fiction of Murakami Haruki* (*Michigan Monograph series in Japanese Studies*, No.37)(Ann Arbor: University of Michigan Center for Japanese Studies, 2002).

———, *Haruki Murakami's The Wind-up Bird Chronicle: A Reader's Guide* (*Continuum Contemporaries*) (London: Continuum Publishing Group, 2002).

378. 依據1994年10月22日的訪問。
379. 依據1997年9月10日的訪問。
380. 《終於悲哀的外國語》pp.278-279；時報944，pp.218-219。
381. 「織田信長家臣団」論壇No.357（24 July 1999）。
382. 《發條鳥年代記》2:62-69；英譯版pp.208-211；時報908，pp.49-52。
383. 感謝大江健三郎提供演講稿。另一位早先批評村上，爾後態度趨緩的批評者是第一章提及的美國學者唐納德．基恩。基恩教授及其哥倫比亞大學「唐納德．基恩日本文化中心」（Donald Keene Center of Japanese Culture）的同事，將1999年的「日美友誼委員會獎」（Japan-United States Friendship Commission Prize）頒給《發條鳥年代記》英譯本。同一年，這本小說也是「國際IMPAC都柏林文學獎」（International IMPAC Dublin Literary Award）的八個決選作品之一，主辦單位還為讀者編製了一冊導讀。關於馬修．史崔契對此書、其敘事結構及迴響的精彩分析書目見註377。
384. 村上春樹，《地下鐵事件》，講談社，1997，pp.710-711, 714-715；英譯修訂版pp.204-206；時報二版，pp.579-581, 583-584。
385. 《地下鐵事件》p.686；英譯版p.195；時報二版，p.563。
386. 依據2001年7月24日私人通訊。蘆屋市立圖書館也曾在《聽風的歌》裡驚鴻一瞥。
387. 《約束的場所》，pp.262-268；英譯版pp.306-309；時報二版，pp.255-262。書名源自馬克．史傳德（Mark Strand）詩作〈An Old Man Awake in his Own Death〉中的詩句。
388. 《地下鐵事件》p.722；英譯修訂版p.208；時報二版，p.588。
389. 《地下鐵事件》pp.715, 716；英譯版p.206；時報二版，p.584。
390. 《地下鐵事件》p.720；英譯版p.207；時報二版，p.587。
391. 《約束的場所》pp.16-17；英譯版p.215；時報二版，p.15。
392. 《地下鐵事件》pp.701-704；英譯版pp.201-202；時報二版，pp.574-575。
393. Howard W. French, "Seeing a Clash of Social Networks: A Japanese Writer Analyzes Terrorists and Their Victims", in *The New York Times*（15 October 2001）, pp.E1. E5.
394. 《地下鐵事件》pp.704-705；英譯版pp.202-203；時報二版，p.576。
395. 坂口安吾，〈墮落論〉（1946）。
396. 在1979年的電影《萬世魔星》（*Monty Python's Life of Brian*）第19幕裡精彩的嘲諷片段中，倒楣的「基督」對著膜拜的人群大吼：「你們不必追隨我、你們什麼人也不必追隨。」

出版會，1968）。
345. 《發條鳥年代記》3:23,259；英譯版pp.492-493；時報912，p.182。
346. 《發條鳥年代記》3:35.16；英譯版p.577；時報912，p.305。
347. 《村上春樹去見河合隼雄》p.86；時報二版，p.69。
348. 《村上春樹去見河合隼雄》pp.82-84；時報二版，pp.66-68。
349. Buruma, p.70.
350. 雖然出版社費心安排小說各部要在星期幾出版，但由於不可思議的疏失，第三部版權頁上的出版日期竟然漏掉了。
351. 《發條鳥年代記》1:1.23；英譯版p.14；時報907，p.19。
352. 《全集》2:269；英譯修訂版p.213；時報906，p.236。
353. 《村上春樹去見河合隼雄》p.59；時報二版，p.49。
354. 《全集》3:13；英譯版p.220；時報917，p.11。
355. 《全集》3:38-39；英譯版pp.238-239；時報917，p.41。
356. Richard Lloyd Parry, "The Conversation: Haruki Murakami", in *Tokyo Journal*（August 1994）, p.20.
357. 《發條鳥年代記》1:5.113；英譯版p.62；時報907，p.86。
358. 《發條鳥年代記》3:33.397-398；英譯版p.558；時報912，p.281。
359. 《發條鳥年代記》3:33.398；英譯版p.558；時報912，p.282。
360. 此處所記皆為英譯版的章數，日語版章數需再加二。
361. 《發條鳥年代記》3:8.94；英譯版p.389；時報912，p.67。
362. 《發條鳥年代記》3:10.117-118；英譯版p.408；時報912，pp.83-84。
363. 《發條鳥年代記》3:29.329-333；英譯版pp.528-529；時報912，pp.235-236。
364. 《全集》6:301, 304；英譯版pp.208, 210；英國版pp.274, 277；時報《挪威的森林（下）》三版，pp.87, 90。
365. 〈草原の中の、鉄の墓場〉，*Marco Polo*（September, October, November 1994）：September, p.48。修訂版參見《邊境・近境》（新潮社，1998），pp.135-90。Alvin D. Coox, *Nomonhan: Japan Against Russia*, 1939, 2 vols.（Stanford: Stanford University Press, 1985）；時報918，p.124。
366. *Marco Polo*（September 1994）, p.48；時報918，pp.125-126。
367. *Marco Polo*（October 1994）, p.63；（November 1994）, p.73；時報918，pp.163-164。
368. *Marco Polo*（November 1994）, p.79；時報918，pp.169-172。
369. Buruma, p.70.
370. 《村上春樹去見河合隼雄》pp. 155-165；時報二版，pp.123-126。
371. 依據1997年9月8日於東京與松村映三的訪談。
372. 依據1994年2月26日的訪問。
373. "The Man who Stank of Butter".
374. 「282の大疑問」p.60。
375. Buruma, p.61.
376. 見村上春樹，〈歲末年終一片忙亂中，幹嘛還把人家的車子偷走？〉，《尋找漩渦貓的方法》，東京：新潮社，1996，pp.119-132；時報945，pp.119-132。
377. 史崔契寫了一本非常清晰且可讀性極高的村上研究，*Hidden Texts and Nostalgic Images*（University of Washington, 1995）。後來他又發表了一些觀察敏銳的村上作品研究，其中許多引語即出自這次題材廣泛的訪談。史崔契所著相關書目包括：

318. 《若い読者のための短編小説案内》pp.19-20, 22, 241。
319. Buruma, p.70.
320. 《終於悲哀的外國語》p. 14;時報944,pp.9-10。
321. 村上春樹,《國境之南、太陽之西》,講談社,1992,p.96;英譯版p.72;英國版p.63;時報三版,p.79。
322. 《國境之南、太陽之西》pp.257, 268;參見英譯版pp.187;英國版p.165(“But that reality was like nothing I'd ever seen before ...”), 196;英國版p.172(“I would never see her again, except in memory.”);時報三版,p.210。
323. 《國境之南、太陽之西》pp.274-275;英譯版pp.200-201;英國版p.176;時報三版,pp.223-224。
324. 《國境之南、太陽之西》p.262;英譯版p. 192;英國版p. 169;時報三版,p.214。
325. 《全集》2:215;英譯版p. 167;時報906,p.187。
326. 《國境之南、太陽之西》p.210;英譯版p. 155;英國版p. 136;時報三版,p.172。
327. 《國境之南、太陽之西》pp.258, 279, 280;英譯版pp.189, 203, 204;英國版pp.166, 178, 179;時報三版,pp.226, 230。
328. 《全集》8:327;英譯版p.327;時報《麵包店再襲擊》三版,p.78。
329. 《國境之南、太陽之西》pp.270, 269;英譯版pp.197, 196;英國版pp.173, 172;時報三版,p.220。
330. 《國境之南、太陽之西》p.282;英譯版p.205;英國版p.180;時報三版,p.229。
331. 第一、二部出版的日期特別安排在星期二,是為了紀念原始短篇小說的標題。但第三部標明在「星期五」出版則沒有特別含義,只是為了與前兩部維持一致。
332. 「織田信長家臣团」,pp. 148-149。
333. 《村上春樹去見河合隼雄》pp.12-13, 69-70, 74-75;時報二版,pp.10-11, 48-49, 57-58。
334. 村上曾表示,寫作《發條鳥年代記》時,心裡一直記著夏目漱石《門》(1910)書中所描寫的婚姻。《村上春樹去見河合隼雄》,p.84;時報二版,p.68。
335. 日語為「きちんと」。《尋羊冒險記》見《全集》2:215;英譯版p.167-168;時報906,p.187。
336. 《發條鳥年代記》2:6.99;英譯版p.225;時報908,p.74。文庫本及譯本頁數的差異參見註釋6。
337. 《發條鳥年代記》2:18.331;英譯版p.340;時報908,p.235。
338. 《發條鳥年代記》2:18.345;英譯版p.327;時報908,p.244。
339. 《村上春樹去見河合隼雄》pp.196-197, 81;時報二版,pp.66-69, 155。
340. 《發條鳥年代記》2:9.153-154;英譯版p.256;時報908,p.112。
341. Laura Miller, “The Outsider: The Salon Interview: Haruki Murakami”, www.salonmagazine.com/books/int/l997/12/cov_si_16int3.html. 村上1995年9月9日在神戶募款朗讀會上的表現,係由筆者在現場目睹。另亦參見〈「村上春樹が好き」現象の謎〉,*SPA!*,1995年10月4日,p.22。文中村上並沒有說他「很害怕」,反而說他有一天也想試試。我當場看到他的表情,因而加上「神情激動」的字句。
342. 這個平假名出現在《發條鳥年代記》,1:3.63。
343. 《發條鳥年代記》1:2.43, 56, 57;英譯版pp.24, 30, 30-31;時報907,pp.35, 44-45。
344. 男女大神伊邪那岐與伊邪那美藉由交媾而創生了大地之後,接著生下八洲國及山川草木。生火神時,伊邪那美見焦而化去。伊邪那岐不捨,追隨逝者來到黑暗地府,伊邪那美要他勿視,伊邪那岐卻忍不住,只見她全身膿沸蟲流。伊邪那岐既驚且懼,遂回陽世,濯除身上穢惡。此段日本創世神話見《古事記》(*Kojiki*),Donald L. Philippi譯,(東京,東京大學

290. 見〈硝子戸の中〉，《漱石全集》全二十九卷，（岩波書店，1994）12:613。
291. 在「織田信長家臣団」論壇No. 289（27 April 1999）中，村上表示他從沒有「金縛」的經驗，但村上有一次在美國指定學生讀這篇小說，向學生解釋這個概念時，課上的日本學生不敢相信美國人從來沒聽過這種現象，也沒有描述它的字彙。
292. 《全集》8:181-223；英譯版pp.74-109；時報三版，pp.161-235。
293. 《村上春樹去見河合隼雄》pp.158-160, 163；時報二版，pp.125-126, 129。此處的「冥界」指「黃泉の国」，乃神道教所指的死後地府，而非佛學中的空無或超越。
294. 《全集》8:227-248；時報《萊辛頓的幽靈》三版，pp.75-98。
295. 《全集》8:232；時報《萊辛頓的幽靈》三版，p.81。
296. 《全集》8:251-275；"Man-Eating Cats"，英譯版pp.84-94。
297. 村上春樹，《萊辛頓的幽靈》，文藝春秋社，1996，pp.43-52；英譯版p.152-156；時報三版，pp.27-33。
298. 依據1994年10月22日訪談。見村上的歐洲遊記《遠方的鼓聲》導言，講談社，1990。此外，《終於悲哀的外國語》書中也多次出現這個說法。
299. 依據1994年10月22日訪談。
300. 久原伶，p.250。在2001年11月27日的私人通訊中，村上再次確認他並不後悔和陽子做的這個決定，但他也指出，少數幾回公開談及這項極為私人的事務時，都只是對這種冒昧問題做最簡短的回答。
301. 〈卡帕托斯〉，《遠方的鼓聲》pp.401-402；時報926，pp.335-336。
302. 《終於悲哀的外國語》p. 133；時報944，p.105。
303. 村上春樹，《地下鐵事件》，講談社，1997，p.693；英譯版p.198；時報二版，p.568。
304. Buruma, p.67.
305. Buruma, p.68.
306. 依據1997年12月2日私人通訊。
307. 依據1993年10月9日訪談村上。小出版社卑躬屈膝的請求譬如：「ぅちなんかに書ぃてぃただけなぃですか......」
308. 依據2001年11月27日私人通訊。
309. 《終於悲哀的外國語》pp.10-14, 21-24, 37, 42；時報944，pp.7-9, 18-19, 31, 35-36；並參酌村上提供的資料及1977年8月4日與艾默・路克的訪談內容。
310. 《終於悲哀的外國語》pp.272-273；時報944，pp.214-215。
311. 依據1997年12月2日私人通訊。
312. 依據1997年9月7日訪問伯恩邦。
313. 這個書名絕非來自Émile Bergerat法語原著譯成的*A Wild Sheep Chase: Notes of a Little Philosophic Journey in Corsica*（譯者不詳；New York: Macmillan and Co., 1894）。科西嘉島與《發條鳥年代記》之間的關聯，絕對也只是湊巧吻合。不過最近的《尋羊冒險記》法語版書名（*La Course au Mouton Sauvage*）就不太可能是巧合了。
314. 依據2001年9月8日私人通訊。
315. Lewis Beale, "The Cool, Cynical Voice of Young Japan", *Los Angeles Times Magazine*（8 December 1991）, p.38。《終於悲哀的外國語》pp.227-228關於流行的討論；時報944，pp.179-184。
316. 《終於悲哀的外國語》pp.118, 211-212；時報944，pp.90, 167-168。
317. 《終於悲哀的外國語》pp.232-233；時報944，pp.184-186。

（1983，片長11分鐘）及〈麵包店再襲擊〉的前一個故事〈襲擊麵包店〉（原著1981；影片1982，片長16分鐘）。兩部短片都可說是依循著村上原作的戲劇式解讀。因此之故，前一部因為原作較佳，拍成的電影亦較成功。2001年11月，日本推出一張收錄這兩部短片的DVD。當時亦傳聞電影《郵差》（*Il Postino*）的導演麥克・瑞福（Michael Radford）將拍攝《國境之南、太陽之西》。

272. 截至2000年3月31日止，依據村上辦公室的統計，精確的數字是：第一卷精裝本2,373,500冊、平裝本1,542,000冊（合計3,915,500冊）；第二卷精裝本2,093,900冊、平裝本1,429,000冊（合計3,522,900冊）；總計7,438,400冊。感謝Ando Mihoko提供資料。
273. 鄔娜講座。
274. 〈凌晨三點五十分微小的死〉，《遠方的鼓聲》pp.211-218；時報926，pp.178-184。
275. 依據2001年9月8日私人通訊。
276. 安部公房以《砂丘之女》聞名，此書後來由勒使河原宏拍攝成電影，極為精彩。參見Christopher Bolton's "Abe Kobo", in Jay Rubin, ed., *Modern Japanese Writers*（New York: Scribner's, 2001）, pp.1-18.
277. 〈冬深〉，《遠方的鼓聲》pp.334-335；時報926，281-284。
278. 〈自作を語る：羊男の物語を求めて〉，《全集》7：附錄pp.4-5。
279. 《全集》7:132；參見英譯版p.86。英譯版或許可以改回："Yougottadance. Aslongasthemusicplays. Yougottadance. Don't-eventhinkwhy. Youcan'tthinkaboutmeaning. There'sneverbeenanymeaning. Starttothink, your-feetstop."原著中的羊男說起話來是有點奇怪，但不像伯恩邦譯文中那麼特殊。再則，日語字與字之間是沒有空格的。時報910，p.119。
280. 村上在回答1996年9月24日讀者於「読者＆村上春樹フォーラム」網站上的來函時證實了此事。這個網站目前已關閉，但上述資料可在村上春樹及安西水丸合著，《夢のサーフシティー》或「織田信長家臣団」兩張光碟中查得。
281. 《全集》7:127；參見英譯版p.83:" Thisisyourplace. It'stheknot. It'stiedtoeverything... Thingsyoulost. Thingsyou'regonnalose."；時報910，p.115。
282. 依據2001年1月12日私人通訊。
283. 「織田信長家臣団」，論壇No. 435（13 October 1999）。
284. 〈冬深〉，《遠方的鼓聲》pp.334-338；時報926，pp.281-284。
285. 《終於悲哀的外國語》p. 132；時報944，p.104。
286. 〈卡那利先生的公寓〉，《遠方的鼓聲》pp.364-366；時報926，pp.303-311。
287. 《遠方的鼓聲》，pp.351-355；時報926，pp.298-299。部分細節來自2001年8月14日與村上陽子的電話訪談。在譯後記中，村上表示，翻譯這本書時，他發現自己可算是在場邊替歐布萊恩加油，不過村上表示，諷刺的是，這本書完全沒有「知識分子的冷嘲熱諷」，證明了歐布萊恩全心投入這個作品。村上表示他願將此書稱之為「當代整體小說」，見《ニュークリア・エイジ》，文藝春秋，1989，pp.649-655。
288. 見「織田信長家臣団」論壇No. 435（13 October 1999），村上表示〈睡〉和〈電視人〉兩篇是他消沉時首度完成的作品。在〈自作を語る：新たなる胎動〉，《全集》8：附錄p.10，他也提到〈睡〉是他消沉後的第一篇作品。
289. 《電視人》pp.9-46；英譯版pp.196-216；時報三版，pp.7-56。英譯版〈電視人〉在《紐約客》發表後，更被選編入1991年《年度最佳奇幻及恐怖小說》。參見Ellen Datlow and Terri Windling, eds., *The Year's Best Fantasy and Horror: Fourth Annual Collection*（St. Martin's Press, 1991）.

246. 川本三郎，p.83。
247. 〈自作を語る:100パーセント・リアリズムへの挑戦〉，《全集》6:附錄pp.2, 7。
248. 村上春樹，《遠方的鼓聲》，講談社，1990，pp.30, 36, 101;時報926，p.33。
249. 〈米克諾斯〉及〈西西里〉，《遠方的鼓聲》pp.137-141, 177-182；時報926，pp.119-127, 151-162。
250. 書名亦可譯為「The Forests of Norway」或「Norwegian Forests」等。日本人對英語歌詞的理解常有誤，許多人似乎認為披頭四〈Ob-la-di ob-la-da〉這首歌裡「Ob-la-di ob-la-da, life goes on bra」一句的意思是:「生活飄浮在胸罩上」，名副其實的超現實觀點。參見村上春樹:〈歌詞の誤訳について〉，「282の大疑問」附錄，pp.213-217。
251. 《全集》6:160;英譯版p.109;英國版p.143;時報《挪威的森林（上）》三版，p.156。
252. 「282の大疑問」p.22。
253. 《村上春樹去見河合隼雄》pp.166-167;時報二版，pp.131-132。
254. 〈西西里〉，《遠方的鼓聲》p.182;時報926，p.155。
255. 鄔娜講座。
256. 高橋和巳（1931-1971）是涉入學生運動甚深的政治小說家及評論家，作品未被譯為英語。關於他的批評文字，可參見Jay Rubin, *Making Sense of Japanese*（Tokyo: Kodansha International, 1998）, p.108。
257. 《全集》6:46-47;英譯版pp.29-30;英國版p.37;時報《挪威的森林（上）》三版，pp.44-45。
258. 《全集》6:10-11, 17;英譯版pp.5, 9-10;英國版p.4, 10;時報《挪威的森林（上）》三版，pp.9, 15。
259. Sumie Jones, "*The Lower Depths*, Gorky, Stanislavski, and Kurosawa", in Makoto Ueda, ed., *Explorations: Essays in Comparative Literature*（Lanham, Maryland: University Press of America, 1986）, p.174. 引文略有差異。
260. 部分依據2001年1月12日私人通訊。
261. 《男流文學論》pp.265, 310;2001年11月27日私人通訊。
262. 依據2001年7月24日私人通訊。
263. 《全集》6:11-12;英譯版pp.5-6;英國版pp.4-5;時報《挪威的森林（上）》三版，pp.9-10。
264. 《全集》6:12;英譯版p.6;英國版pp.5-6;時報《挪威的森林（上）》三版，pp.10-11。
265. 感謝Wenying Shi在2001年9月27日課堂上頗具觀點的討論意見。
266. 鄔娜講座。
267. 《全集》6:416；英譯版p.292；英國版p.384；時報《挪威的森林（下）》三版，p.202。這個數字在原書中提及兩次，英譯本則未出現。
268. 《男流文學論》p.272。
269. 〈Norway no mori zoku〉，《日經流通新聞》，1988年4月9日，p.1；〈Jazu raibu no shinise "DUG"〉，《讀賣新聞》，1999年6月3日；〈Dokusho mo josei no jidai〉，《每日新聞》，1988年10月27日;〈Choko-sunakku tokushō kenkyū〉，in《*Gekkan Ōpasu*》（December 1989）, pp.108-109;〈'Noruwei no mori' binjō CD wa'Noruwee no mori' datte〉，《週刊文春》，1988年11月3日，p.35。
270. 〈村上春樹は再び〔日本脫出〕中〉，《週刊文春》，1988年12月22-29，pp.160-161。
271. 見〈自作を語る：新たなる胎動〉，《全集》8：附錄p.9。電影《聽風的歌》由大森一樹於1981年導演。而業餘導演山川直人則拍攝了《四月某個晴朗早晨遇見100%的女孩》

220. 《全集》4:120-121;英譯版pp.84-85;時報《世界末日與冷酷異境》二版,p.117。伯恩邦將最後一句譯為:"By that age we already had had a lifetime together."
221. 《全集》4:198;英譯版p.146;時報《世界末日與冷酷異境》二版,p.198。
222. 《全集》4:149-150;參見英譯版p.109("You have to endure. If you endure, everything will be fine. No worry, no suffering. It all disappears. Forget about the shadow. This is the End of the World. This is where the world ends. Nowhere further to go.");時報《世界末日與冷酷異境》二版,pp.148-149。
223. 《全集》4:236;英譯修訂版p.173。英譯本省略的數句此處已補上。時報《世界末日與冷酷異境》二版,p.232。
224. 《全集》4:325;英譯版pp.226-227;時報《世界末日與冷酷異境》二版,pp.319-320。
225. 《全集》4:423;英譯版p.294,伯恩邦在此處修正了若干原文。時報《世界末日與冷酷異境》二版,pp.413-414。
226. 《全集》4:541-543;英譯版pp.368-369;時報《世界末日與冷酷異境》二版,pp.524-525。
227. 《全集》4:590;英譯版p.399;時報《世界末日與冷酷異境》二版,p.569。
228. 川本三郎,pp.64-65。為避免混淆,「即物」(sokubutsuteki)一詞在此譯為「physical」而不用「materialist」。
229. 「中上健次/村上春樹」,pp.27, 29, 30。
230. 鄔娜講座。
231. 《全集》8:31-36, 276。參見《夢で会いましょう》,1981。
232. 《全集》8:11-28;英譯版pp.36-49;時報《麵包店再襲擊》三版,pp.7-38。
233. 感謝查爾斯・井上提醒我這段評論。
234. 《全集》8:39-61;英譯本pp.308-327;時報《麵包店再襲擊》三版,pp.41-79。
235. 〈自作を語る:新たなる胎動〉,《全集》8:附錄p.3。這篇短篇小說刊載於女性雜誌《*Lee*》,村上表示創作時已考慮到讀者大多為女性。
236. 《全集》8:69-104;英譯版pp. 158-186;時報《麵包店再襲擊》三版,p.136。
237. 《全集》8:131-138;英譯版pp.112-118;時報《麵包店再襲擊》三版,pp.187-201。
238. 依據2001年7月24日私人通訊。
239. 石倉美智子,〈新たな世界像の獲得〉,栗坪良樹、柘植光彥編,《村上春樹スタディーズ》全五冊,若草書房,1999,4:119-151。
240. 《全集》8:141-177;英譯版pp.4-33。
241. 依據2001年7月24日私人通訊。
242. Translated by Christiane von Wedel as *Schafsmanns Weihnachten*(Berlin: Mori-Ôgai-Gedenkstätte der Humboldt-Universität zu Berlin, 1998). See Klaus Kracht and Katsumi Tateno-Kracht,《クリスマス—どうやって日本に定着したか》,角川書店,1999。感謝Kracht教授提供資料。
243. 這些包含大量羅馬拼音的書名放在文內太長了,日語全名如下:《CD-ROM版村上朝日堂:夢のサーフシティー》,朝日新聞社,1998;《「そうだ、村上さんに聞いてみよう」と世間の人々が村上春樹にとりあえずぶっつける282の大疑問に果たして村上さんはちゃんと答えられるのか?》,朝日新聞社,2000(以下簡稱「282の大疑問」);《CD-ROM版村上朝日堂:スメルジャコフ対織田信長家臣団》,朝日新聞社,2001(以下簡稱「織田信長家臣団」)。
244. 「282の大疑問」,pp.4, 12。
245. 川本三郎,pp.82-83。

192. 《全集》6:234；英譯版p.46；英國版p.60；時報三版，pp.54-55。
193. 《全集》3:237-259；英譯版pp.131-149；時報三版，pp.57-93。
194. 《全集》3:302-305；英譯版pp.243-245；時報三版，pp.95-141。
195. 《全集》5:243-244；時報二版，pp.8-9。
196. 〈自作を語る：補足する物語群〉，《全集》5：附錄pp.9-11。
197. 依據2001年7月24日私人通訊。
198. 兩篇原先都沒有在講談社的刊物上連載。〈雷德厚森〉是短篇集初版時才加進去的；〈沉默〉則是本書重編成《全集》第五冊時才收錄進來。《全集》5:11-12。
199. 《全集》5:393；時報二版，p.252。
200. 〈後記〉，《螢火蟲》，新潮文庫，1984，p.189；時報三版，pp.226-227。
201. 〈Kichōmen na bōkenka〉《中央公論》，1985年11月，p.585。
202. "A Novelist's Lament", *Japan Times*（23 November 1986）.
203. 〈自作を語る：はじめての書下ろし小說〉，《全集》4：附錄pp.5-6, 8-9。
204. 書系名稱是：「新刊純文學系列」。
205. 〈自作を語る：はじめての書下ろし小說〉，《全集》4：附錄p.5。該短篇可在1980年9月號《文學界》雜誌上找到。
206. Susan Napier, *The Fantastic in Modern Japanese Literature: The Subversion of Modernity*（London and New York: Routledge, 1966）, p.213.
207. 川本三郎，p.77。
208. 川本三郎，p.74。
209. 《全集》4:395；英譯版pp.272-273；時報《世界末日與冷酷異境》二版，pp.559-560。
210. 《全集》4:373-374；英譯版p.256；時報《世界末日與冷酷異境》二版，p.366。博士說話的語氣很接近標準日語，而非英譯所塑造的拗口土腔。
211. 《全集》4:375；英譯版p.257；時報《世界末日與冷酷異境》二版，p.367。
212. 《全集》4:25；英譯版p.9；時報《世界末日與冷酷異境》二版，p.22。
213. 《全集》4:26；英譯版p.9；時報《世界末日與冷酷異境》二版，p.22。英語譯者將此處臆測的字眼改成發音接近卻沒有太大意義的字（Truest?...Brew whist?...Blue is it?），而非照字面翻譯，這種做法似乎更聰明。
214. 《全集》4:26；英譯版p.10；時報《世界末日與冷酷異境》二版，pp.22-23。
215. Stephen Snyder, "Two Murakamis and Marcel Proust: Memory as Form in Japanese Fiction", in Xiaobing Tang and Stephen Snyder, eds., *In Pursuit of Contemporary East Asian Culture*（Boulder: Westview Press, 1996）, p.82；2001年10月3日私人通訊。
216. 《全集》4:15, 66；英譯版pp.2, 43；時報《世界末日與冷酷異境》二版，pp.13, 60。村上經常描述光線的「粒子」或「力量」。
217. 《全集》4:32；英譯版p.15；時報《世界末日與冷酷異境》二版，pp.27-28。原書提到牆的高度為七、八公尺（二十六英尺多），英譯比原著還高了一些。另一處提及牆高度的地方，見《全集》4:149；英譯版p.108；時報《世界末日與冷酷異境》二版，p.148，此處提到牆的高度則為七公尺。
218. 安原顯，〈村上春樹村上春樹ロングインタ ヴュー〉，《小說新潮》（1985年夏季號），pp.32-33。
219. Snyder, p.75.

158. 《全集》2:336；英譯版p.267；時報906，p.299。
159. 《全集》2:337；參見英譯版p.268（“everything came to pass”）；時報906，p.300。
160. 《全集》2:338；英譯版p.269；時報906，p.301。
161. 《全集》2:345；英譯版p.275；時報906，p.307。
162. 《全集》2:345；英譯版p.276；時報906，p.308。
163. 《全集》2:359；英譯版p.286；時報906，p.321。
164. 《全集》2:362；參見英譯版p.289。“Then I went and pissed so much I could hardly believe it myself.”；時報906，p.324。
165. 《全集》2:57；英譯版p.35；時報906，p.47。
166. 川本三郎，pp.63, 64。
167. 鄔娜講座。
168. 《全集》2:262-263；英譯版p.208；時報906，p.230。
169. 《全集》2:83；英譯修訂版p.57；時報906，p.69。
170. 《全集》2:154；英譯版p.118；時報906，p.70。
171. 《全集》2:155-157；英譯版pp.119-121；時報906，p.212。
172. 《全集》2:322；參見英譯版p.256；時報906，p.285。
173. 〈肉体が変われば文体も変わる！？〉及相關文章，見*Brutus*雜誌（1999年6月1日）pp.18-43。此段見p.18、〈僕の今の文体は、走ることによって出来たと思う〉，p.25。
174. 依據2001年1月12日私人通訊。
175. *Brutus*, p.28. 村上拿自己和韓波（Rimbaud）、太宰治、芥川龍之介對照，表示他並沒有類似的自毀傾向，不會年紀輕輕就想自殺，而會以長跑者的姿態活下去。
176. *Brutus*, pp.25, 27, 28.
177. 〈自作を語る：新しい出発〉，《全集》2：附錄pp.7-8。
178. *Brutus*, p.32.
179. *Brutus*, pp.20-23.
180. 《村上收音機》，大橋步繪圖（マガジンハウス，2001），pp.10-13；時報932，p.2。
181. 村上春樹，《またたび浴びたタマ》，文藝春秋社，2000。在後記中，村上否認自己是個工作狂。
182. 有關天使港聚會及其後發展的記述，主要依據2001年7月24日與泰絲·蓋拉格的電話訪談。
183. “A Literary Comrade”, p.133.
184. Raymond Carver, *All of Us: The Collected Poems*（Harvill, 1996）, pp.146-148.
185. “A Literary Comrade”, p.133.
186. 部分細節來自2001年8月14日與村上陽子的電話訪談。村上夫婦賣掉這間房子後，家具工把那張床搬回去，把其中材料拆來製作別的家具。參見《村上春樹ブック》p.127。
187. 〈Jon Āvingu-shi to Sentoraru Pāku o 6 mairu hashiru koto ni tsuite〉，*Marie Claire*（October 1984）, pp.52-57.
188. 《村上春樹去見河合隼雄》，p.41；時報二版，pp.32-35。
189. 《終於悲哀的外國語》pp. 1-2；時報944，pp.5-6。
190. 「中上健次／村上春樹」，pp.17, 25。
191. 久原伶，p.249。

4期）別冊中，以十頁篇幅刊出了“Dabchick”。
126. 〈鸊鷉〉，《全集》5:155-165；英譯版p.10；時報《遇見100%的女孩》四版，pp.165-166。
127. 《全集》5:91；英譯版p.188；時報《遇見100%的女孩》四版，p.85。
128. 《全集》5:99；英譯版p.194；時報《遇見100%的女孩》四版，p.94。
129. 《全集》5:26；英譯版p.69；時報《遇見100%的女孩》四版，p.19。
130. 《全集》5:129-136；時報《遇見100%的女孩》四版，p.133。
131. 依據1993年10月9日訪談。
132. Buruma, p.62.
133. 扇田昭彥，〈媒体の顔〉，《朝日新聞》1989年10月29日，p.4。
134. 〈Senpyo〉，《群像》，1991年6月，pp.92-97。編輯的意見出現在〈Shō e no sujigaki nijimu〉，《朝日新聞》東京晚報，1991年6月22日，p.20。
135. Haruki Murakami, "A Literary Comrade", translated by Tara Maja McGowan, in William L. Stull and Maureen R Carroll, eds., *Remembering Ray: A Composite Biography of Raymond Carver*（Santa Barbara: Capra Press）, pp.130-135.
136. 同前。
137. 同前。
138. 橋本博美，"Raymond Carver to Murakami Haruki ni miru hon'yaku no sōgo sayō"，《南山英語學15期》，1991年1月，pp.15-35。
139. Edward Fowler, *The Rhetoric of Confession: Shishosetsu in Early Twentieth-Century Japanese Fiction*（Berkeley: University of California Press, 1988）.
140. 這段討論是直接以橋本博美的文章為依據。她在第23至24頁中將青山南的譯文描繪為「客觀」，這個觀點本身就是一種「自然性」內化傾向的例證。
141. Translated by Stephen Snyder as *Coin Locker Babies*（Tokyo: Kodansha International, 1998）.
142. 〈自作を語る：新しい出発〉，《全集》2：附錄pp.2-8。參見《村上春樹去見河合隼雄》p.70；時報二版，pp.55-56。
143. 《全集》2:182；英譯修訂版p.142；時報906，p.156。
144. 《全集》2:367；英譯修訂版p.293；時報906，p.329。
145. 鄔娜講座。
146. 《全集》2:61；英譯版p.38；時報906，p.50。
147. 依據2001年7月24日私人通訊。
148. 《全集》2:282-283；參見英譯版p.225；時報906，pp.262-271。英譯本將「他們不再做愛」的段落刪除，新版將會補回。
149. 《全集》2:333-334；英譯版pp.265-266；時報906，p.297。
150. 《全集》2:371；參見英譯版p.295；時報906，pp.331-332。
151. 《全集》2:242；英譯修訂版188；時報906，p.213。
152. 《全集》2:190；英譯版p.149；時報906，p.164。
153. 《全集》2:39；英譯修訂版pp.21-22；時報906，p.31。
154. 《全集》2:303；英譯版p.241；時報906，p.268。
155. 《全集》2:313, 317；英譯版pp.251, 253；時報906，pp.277, 280。
156. 《全集》2:327；參見英譯版p.260；時報906，p.290。
157. 《全集》2:330；英譯版p.262；時報906，p.292。

103. 《全集》1:200;英譯版，p.108;時報904，p.118。
104. 川端康成代表作《雪國》(1937-1948;英譯*Snow Country*，1956)。川端於1968年獲諾貝爾文學獎。
105. 《全集》1:254;參見英譯版p.179;時報904，p.189。
106. "The Izu Dancer"(伊豆的舞孃), translated by Edward Seidensticker, in Theodore W. Goossen, ed., *The Oxford Book of Japanese Short Stories* (Oxford University Press, 1997), pp.129-148.
107. 《聽風的歌》間接處理了這個題材。譯文及討論使用的是小說修訂版，其中闡明了此處提及的許多論點。關於原著及後來版本之間差異的討論，參見拙著"Haruki Murakami's Two Poor Aunts"，*Studies in Modern Japanese Literature: Essays and Translations in Honor of Edwin McClellan* (Ann Arbor: University of Michigan Center for Japanese Studies, 1997), pp.307-319，或增訂版"Murakami Haruki's Two Poor Aunts Tell Everything They Know About Sheep, Wells, Unicorns, Proust, and Elephants"，*Oe and Beyond: Fiction in Contemporary Japan*, ed. Philip Gabriel (Honolulu: University of Hawaii Press, 1999), pp.177-198。
108. 〈自作を語る:短編小説への試み〉,《全集》3:附錄pp.4-6。
109. 依據1994年12月1日查爾斯・井上在塔夫茲大學的課程。
110. 齋藤郁男、深海遙，pp.45, 79，指出了其間關聯，並附有照片。氣勢堂皇的美術館圓頂建築建於1926年，展示明治天皇(r. 1868-1912)生活起居的歷史資料，正式名稱為「明治神宮外苑聖德紀念美術館」。
111. 《全集》3:50;英譯修訂版pp.86, 88;時報917，p.51。
112. 《全集》3:55;英譯修訂版p.90;時報917，p.59。亦可參考村上春樹,《開往中國的慢船》，中公文庫，1986，p.59。以下將此版本簡記成「文庫本」，以便讀者追索村上在新版本修訂的內容。
113. 《全集》3:55;「文庫本」p.59;英譯修訂版p.89;時報917，p.58。
114. 《全集》3:60;「文庫本」p.65;英譯修訂版p.91;時報917，p.64。
115. 《全集》3:59;「文庫本」pp.63-64;英譯修訂版pp.90-91;時報917，p.63。不過女友表示贊同以及評論的一段是《全集》新增的段落。
116. 《全集》3:66;「文庫本」p.72;英譯修訂版p.93;時報917，pp.71-72。文庫本描述這場饑餓時並沒有形容得這麼激烈。
117. 《全集》3:67;「文庫本」pp.72-73;英譯修訂版p.93;時報917，p.72。
118. 《全集》3:64-65;英譯修訂版p.92;時報917，p.70。
119. 《全集》1:253;英譯版p.178;時報904，p.188。此句原文為「本の所」。
120. 《全集》3:64-65;英譯修訂版p.92;時報917，p.70。
121. 《全集》3:44-45;英譯版p.86。村上日後寫作時已較為留意寫作技巧。這一句只出現在修訂版。
122. 〈自作を語る:短編小説への試み〉,《全集》3:附錄pp.3-4。
123. 《全集》3:114;英譯版p.269;時報917，p.123。
124. Aoki Tamotsu(青木保), "Murakami Haruki and Contemporary Japan", trans. by Matthew Strecher, in John Whittier Treat, ed., *Contemporary Japan and Popular Culture* (Honolulu: University of Hawaii Press, 1996), p.267. 原文為〈60-nendai ni kōshū -suru Murakami Haruki ga naze 80-nendai no wakamono ni shiji-sareru no darō〉，中央公論(1983年12月),pp.141-153，引文出自p.142。
125. 只有像*McSweeney's*那樣特立獨行的雜誌才會刊登這篇的英譯，該雜誌在2000年冬季號(第

38。

68. *A Capote Reader*（New York: Random House, 1987）, p.75.
69. 《村上春樹ブック》p.120。
70. 川本三郎，pp.38-39。
71. 《全集》1:71；英譯版p.73；時報《聽風的歌》五版，p.94。
72. 《全集》1:17；英譯版p.17；時報《聽風的歌》五版，p.29。
73. 《全集》1:13；英譯修訂版pp.12-13；時報《聽風的歌》五版，p.24。
74. 《全集》1:87；英譯版p.91；時報《聽風的歌》五版，pp.99-100。
75. 《全集》1:24；英譯版p.25；時報《聽風的歌》五版，p.38。
76. 《全集》1:26；參見英譯版p.26；時報《聽風的歌》五版，p.39。
77. 《全集》1:26；英譯版p.27；時報《聽風的歌》五版，pp.39-40。
78. 《全集》1:86；參見英譯版p.90；時報《聽風的歌》五版，p.113。
79. 川本三郎，p.50。
80. 鄔娜講座。
81. 《中上健次／村上春樹》，p.18。
82. 久原伶，pp.246-247。〈この10年〉，《村上春樹ブック》p.36；時報《聽風的歌》五版，p.12。
83. 關於日語省略代名詞的討論，可參閱拙著*Making Sense of Japanese*（Tokyo: Kodansha International, 1998）, pp.25-31。
84. 上野千鶴子、小倉千加子、富岡多惠子在《男流文學論》（筑摩書房，1992，pp.274-275）即已指出「要命」一語的消極性。
85. 久原伶，p.247。
86. 《全集》1:11；英譯版p.10；時報《聽風的歌》五版，p.22。
87. 志賀直哉（1883-1971）代表作為《暗夜行路》（1937；英譯*A Dark Night's Passing*，1976）。
88. 〈この10年〉，p.37；時報《聽風的歌》五版，p.14。
89. 《全集》1:7-11；英譯修訂版pp.5-11；時報《聽風的歌》五版，pp.17-22。
90. "The Man who Stank of Butter".
91. 川本三郎，p.40。
92. 《終於悲哀的外國語》pp.278-279；時報944，p.218。《村上春樹去見河合隼雄》，pp.9-10；時報二版，pp.10-11。
93. 〈この10年〉，p.38，參見〈自作を語る：台所のテーブルから生まれた小説〉，p.3；時報《聽風的歌》五版，p.15。
94. 久原伶，p.248；1997年12月2日私人通訊。
95. 《全集》1:200；英譯修訂版p.108；時報904，p.119。
96. 《全集》1:236；英譯修訂版pp.155, 156；時報904，p.164。
97. 《全集》7:135；參見英譯版p.87；時報910，p.121。羊男說：「這是現實啊。」緊接著又說：「你、還有我們，我們兩個人都一樣清楚地活著、呼吸著、談話著。」
98. 由菲利普·蓋布瑞爾（Philip Gabriel）翻譯，*The New Yorker*（11 January 1999），pp.74-79。
99. 《全集》1:201-202；英譯修訂版，pp.109-110；時報904，pp.120-121。
100. 《全集》1:190；英譯版p.96；時報904，pp.105-106。
101. 《全集》1:194-195；英譯修訂版，pp.101-102；時報904，p.111-112。
102. 《全集》1:200；英譯版，p.108；時報904，p.119。

36. 《村上春樹ブック》p.120。關於村上早年讀的書籍，參見安原顯，〈村上春樹ロングインタビュ〉，《小說新潮》1985年夏季號，pp.12-35。
37. 久原伶，p.245。
38. 《終於悲哀的外國語》p.242；時報944，pp.190-191。
39. 村上春樹及安西水丸，《村上朝日堂》，若林出版企畫，1984。引自齋藤郁男、深海遙，《探訪村上春樹の世界》，*Tokyo hen*，1968-1997（Zesuto/Zest, 1998），p.12。書中可見這個地區的照片，包括村上撞地的台階。
40. 《中上健次／村上春樹》，p.16。
41. 依據1997年12月2日私人通訊。
42. 久原伶，pp.245-246。
43. 〈自作を語る：台所のテーブルから生まれた小說〉，《全集》1：附錄p.2。
44. 齋藤郁男、深海遙，pp.16-19。
45. 依據1992年11月20日在柏克萊討論村上自己作品時的評語。
46. 依據1997年12月2日私人通訊。
47. 齋藤郁男、深海遙，pp.21-25。
48. 《全集》6:87；英譯版p.57；英國版p.74；時報《挪威的森林（上）》三版，p.84。
49. 久原伶，p.245。
50. 《全集》6:72；英譯版p.47；英國版p.61；時報《挪威的森林（上）》三版，p.70。
51. 黑古一夫，《村上春樹ーザ・ロスト・ワールド》，六興出版，1989。追溯1969-1970年的中心在村上小說中的變遷。
52. Louis Menand, "Holden at Fifty: *The Catcher in the Rye* and What it Spawned", in *The New Yorker*（1 October 2001）, p.82.
53. 依據1997年12月5日私人通訊。
54. 依據1997年9月7日在東京訪談村上陽子。下文討論村上的「羊」故事時將再度提及金縛問題。
55. 《村上朝日堂》，p.56；時報946，p.56；久原伶，p.246。
56. 依據1997年12月5日私人通訊及訪談。
57. 《終於悲哀的外國語》，p.153；時報944，p.120；2001年11月27日私人通訊。
58. 依據1997年9月8日與松村映三的訪談。
59. Buruma, p.67；1997年12月2日私人通訊。
60. 依據1997年12月2日私人通訊。
61. 《中上健次／村上春樹》，p.8。此處指的是位於河出出版社附近的後期「彼得貓」。
62. 《全集》5:142；時報《遇見100%的女孩》四版，p.139。
63. 《終於悲哀的外國語》p.153；時報944，pp.119-120。
64. 訣竅在於要切得快，這樣氣味就來不及沾到眼睛，《終於悲哀的外國語》p.214；時報944，p.169。
65. 這件事還有更幸運的部分。養樂多隊不只贏了這場比賽，還贏得當年的職棒總冠軍，是該隊29年來第一次贏得總冠軍。當時村上29歲，1993年養樂多奪得另一次總冠軍時，他正寫到15年前這場好運的情形。見《終於悲哀的外國語》p.221；時報944，pp.174-175。
66. 郞娜講座。
67. 〈自作を語る：台所のテーブルから生まれた小說〉，p.3。參見《村上春樹ブック》，pp.36,

12. 吉本芭娜娜（1964-）代表作《廚房》（1988；英譯 *Kitchen*，1993）。
13. 三島由紀夫（1925-1970）代表作《金閣寺》（1956；英譯 *The Temple of the Golden Pavilion*，1959）。
14. Masao Miyoshi, *Off Center*（Cambridge: Harvard University Press, 1991）p.234."Kenzaburo Oe: The Man Who Talks With the Trees".*Los Angeles Times*（19 October 1994）p.B7.
15. 《全集》3:81-88；時報《遇見100%的女孩》四版，pp.75-83。
16. 參考書目：久原伶，〈年譜：村上春樹による村上春樹〉，見村上龍等著，《シーク＆ファインド：村上春樹》，青銅社，1986，pp.243-251；今井清人，〈年譜〉，見加藤典洋等著，《群像日本の作家26：村上春樹》，小學館，1997，pp.303-312；今井清人，〈村上春樹年譜〉，栗坪良樹、柘植光彥編，《村上春樹スタディーズ》全五卷，若草書房，1999，5:215-227；與村上春樹及陽子的正式及私下訪談。
17. 「The Man who Stank of Butter」，BBC第3電台，全長45分，2001年4月1日周日播出，製作人：Matt Thompson。
18. 久原伶，p.243。
19. 讀過我早期所著〈村上春樹〉一文的讀者，可能注意到我描繪的村上父母親變得比較開明，這是得自2001年1月12日與村上春樹的通訊，〈村上春樹〉參見Jay Rubin ed., *Modern Japanese Writers*（New York: Scribners, 2001）。
20. 谷崎潤一郎代表作為《鍵》（1956；英譯 *The Key*，1960）及《細雪》（1943-1948；英譯 *The Makioka Sisters*，1957）。中上健次在西方最知名作品為〈岬〉（The Cape，1976）與其他短篇收錄於 *The Cape and Other Stories from the Japanese Ghetto*（Berkeley: Stone Bridge Press, 1999）。
21. 〈対談・仕事の現場から×村上春樹〉，見《國文學》，1985年3月（以下簡稱「中上健次／村上春樹」），p. 18。
22. 村上春樹，《若い読者のための短編小説案内》，文藝春秋社，1997，p.10。
23. 《終於悲哀的外國語》，講談社，1994，pp.240, 241；時報944，pp.190-193。
24. 「中上健次／村上春樹」，p.25。
25. 川本三郎，〈「物語」のための冒険：村上春樹〉，見《文學界》，1985年8月，p.40。
26. 《終於悲哀的外國語》pp.230-231；時報944，pp.183-184。這部電影亦名《終極標靶》（*The Moving Target*），村上喜歡它，是因為它改編自村上十七歲時讀過的第一本硬漢小說（Ross MacDonald, *My Name is Archer*）。參見《象工場的HAPPY END》，CBS-Sony, 1983，pp.82-85；時報，pp.82-85。
27. 《終於悲哀的外國語》p.244；時報944，p.193。
28. 依據2001年1月12日私人通訊。
29. 見〈アメリカひじき〉，作者英譯為〈American Hijiki〉，收入Howard S. Hibbett編，*Contemporary Japanese Literature*（New York: Knopf, 1977），pp.344-353。
30. 「中上健次／村上春樹」，pp.9, 15。村上龍代表作為《接近無限透明的藍》（1976；英譯 *Almost Transparent Blue*），描述美軍基地附近耽溺於毒品的日本青少年的生活。
31. 川本三郎，p.39。
32. 扇田昭彥，〈媒体の顔〉，《朝日新聞》1989年10月29日，p.4。
33. 《終於悲哀的外國語》p.244；時報944，p.193。
34. Ian Buruma, "Becoming Japanese", *The New Yorker*（23 & 30 December 1996）, pp.60-71.
35. 《終於悲哀的外國語》pp.245-246；時報944，pp.194-195。

註釋

引文出處部分，以分號區隔不同版本及來源。引用的英譯若無修訂版，則標明「英譯版」加上頁數。基於詮釋目的而修訂過的英譯本，則以「英譯修訂版及頁數」標明。少數引文需重新翻譯時，相關出處仍標明「參見英譯版」沒有標明出處者，書中的引文是由筆者（魯賓）所譯。

中文譯者案：
為便於中文讀者查詢，譯者加入了中譯版出處，頁數以時報出版系列為準，標示則以藍小說編號代替書名。除已有中譯的書籍或篇章之外，英語資料保留原文不譯，日語資料則還原以日語表示，唯部分日語資料因年代久遠，無法查得原文，故保留羅馬拼音，以便利讀者查索。

1. 出現丹尼男孩的段落，請見《村上春樹全集1979-1989》全八卷（講談社，1990-1991，以下簡稱「全集」）4:17, 537, 542；英譯版pp.3, 365, 368；時報《世界末日與冷酷異境》二版，pp.15, 519, 524。
2. 《村上春樹ブック》，《文學界》臨時增刊，1991年4月，pp.103-114；小西慶太，《村上春樹的音樂圖鑑》（Japan Mix , 1998）。
3. 引自村上在柏克萊的演講「羊男及世界末日」（The Sheep Man and the End of the World，17 November 1992）。感謝村上提供鄔娜人文講座（Una's Lectures in the Humanities，以下簡稱「鄔娜講座」）未出版的系列講稿。
4. 《全集》6:190；英譯版pp.129-130；時報《挪威的森林（上）》三版，p.182。關於這一天的描述起自《全集》6:134；英譯版p.90；英國版p.118；時報《挪威的森林（上）》三版，p.132。
5. 〈迴轉木馬的終端〉，《全集》5:239-401，尤其是pp.243-247；時報二版，pp.8-17。這段告白可見於〈自作を語る：補足する物語群〉，《全集》5：附錄，pp.9-12。
6. 村上春樹，《發條鳥年代記》全三部（新潮社，一、二部，1994；第三部，1995）〔以下《發條鳥年代記》之後分別為部號、章節編號，及頁數〕3:10.120；英譯版p.410。Vintage Harvill平裝版（1998）頁數，第二部要扣掉2頁、第三部扣掉4頁。時報912，p.85。
7. 《全集》1:123；英譯版pp.5-6；時報904，p.13。
8. 河合隼雄、村上春樹，《村上春樹去見河合隼雄》（岩波書店，1996）pp.51-55, 78, 79；時報二版，pp.54-56, 63-65。
9. 夏目漱石（1867-1916）代表作為《心》（1914；英譯Kokoro，1957）；藤井省三，〈地球は迴る：台灣，香港〉，每日新聞（2000年11月6日）；韓國出版量係根據《CD-ROM版村上朝日堂：スメルジャコフ対織田信長家臣団》（朝日新聞社，2001）光碟中的書目。
10. 大江健三郎（1935-）代表作為《個人的體驗》（1964；*A Personal Matter*，John Nathan譯，1968）。
11. 引自James Sterngold,"Japan Asks Why a Prophet Bothers", *The New York Times*（6 November 1994）p.5。數十年前，唐納德．基恩熱心地向世人引介太宰治，太宰治當年的讀者群多為高中生。

PL00102

聽見100%的村上春樹
Haruki Murakami and the Music of Words

作　者—傑．魯賓 Jay Rubin
譯　者—周月英
編　輯—黃煜智
特約編輯—石瑷寧
封面設計—Bianco Tsai
內文排版—薛美惠
行銷企劃—林昱豪

副總編輯—羅珊珊
總 編 輯—胡金倫
董 事 長—趙政岷

出 版 者—時報文化出版企業股份有限公司
108019台北市和平西路三段二四〇號四樓
發行專線—（〇二）二三〇六六八四二
讀者服務專線—〇八〇〇二三一七〇五
（〇二）二三〇四七一〇三
讀者服務傳真—（〇二）二三〇四六八五八
郵撥—一九三四四七二四時報文化出版公司
信箱—10899台北華江橋郵局第九九信箱

時報悅讀網—www.readingtimes.com.tw
電子郵件信箱—ctliving@readingtimes.com.tw
思潮線臉書—https://www.facebook.com/trendage
法律顧問—理律法律事務所　陳長文律師、李念祖律師
印　刷—勁達印刷有限公司
初版一刷—二〇二三年三月三十一日
定　價—新台幣四六〇元

時報文化出版公司成立於一九七五年，
並於一九九九年股票上櫃公開發行，於二〇〇八年脫離中時集團非屬旺中，
以「尊重智慧與創意的文化事業」為信念。

聽見100% 的村上春樹 / 傑 . 魯賓 (Jay Rubin) 著 ; 周月英譯 . -- 二版 . -- 臺北市 : 時報文化出版企業股份有限公司 , 2023.03
面 ; 14.8×21 公分

譯自 : Haruki Murakami and the music of words
ISBN 978-626-353-456-8（平裝）

783.18　　112000319

ISBN 978-626-353-456-8
Printed in Taiwan